6

알기 쉬운 한국고전문학선

옥 루 몽

편 집 부 편

- ●옥루몽(玉樓夢)
- ●콩쥐팥쥐
- ●춘향전(春香傳)
- ●장화홍련전(薔花紅蓮傳)

太乙出版社

♣차 례♣

옥루몽
玉　樓　夢

——작자 미상(作者未詳)

◇ **작품 해설** ◇

이조(李朝) 숙종(肅宗) 때 남영로(南永魯)작이라 보고 있는 한문소설(漢文小說).

천상(天上) 선계(仙界)에 있는 문창성(文昌星)과 五 선녀가 인세(人世)에 하강하여 문창성이가 이 五 선녀와 차례차례료 가연을 맺어 행복하게 살다가 그 수명이 다하자 다시 천상으로 올라가 신성이 되었다는 줄거리로, 동양적인 중세기 봉건 사회에 있어서 귀족들의 이상적 생활을 표현한 봉건문학(封建文學)이다.

옥루몽(玉樓夢)

1

　백옥루에서 옥황 상제를 둘러싸고 여러 선관이 모여 앉아 한창잔치를 즐기고 있었다.

　술잔치가 무르 익었을 무렵이다.옥황 상제는 유하주를 파리배(玻璃杯)에 가득 붓더니 문창군에게 이번에 새로 낙성된 백옥루에 관해서 시 한 수를 읊으라고 분부하는 것이었다.

　문 창성은 술기운도 있고 해서, 곧 붓을 달려 시 삼 장을 지어 바쳤다.

　즉, 제 일장에는,

珠露金颷玉界秋
紫皇高宴五雲樓
霓裳一曲天風起

吹散仙香萬十州

〈금빛 바람 불어 이슬도 구슬 같은 옥계의 가을이여,
자황(옥황 상제라는 뜻)은 높이 오운루에서 잔치를 베푸시다.
예상한 곡조에 천풍이 일어나니,
신선한 향기를 불어 십주에 가득하구나〉

했으며,
　제 이장에는,

乘鸞夜入紫微城
桂月光搖白玉京
星斗滿空風露白
綠雲時下步虛聲

〈밤에 난조 타고 자미선에 들어가니,
달빛 속 계수나무에는 백옥경에 흔들리는구나.
하늘에 별들은 가득하고 바람과 이슬은 서늘한데,
푸른 구름 때도 들리어 빈 소리로구나〉

라고 했고,
　제 삼장에는,

雲裡青龍玉絡頭

平明騎出向丹邱
閒從碧戶窺人世
一點秋烟辨九州

〈구름 속 푸른 용머리에 옥을 얽매어,
밝을 무렵 나와서 단구로 가는구나.
한가히 푸른 문으로 인간 세상을 엿어보니,
한 점 가을 연기로 구주를 분간하도다.〉

옥제는 이 시를 읽어 보고 크게 칭찬하다가 문득 불쾌한 빛이 어리
더니 태을진 군을 돌아다 보며 말한다.

"문 창성의 시는 매우 아름답지만 제 삼장에 진세와 인연이 있으니
어쩐 일일까? 문 창성은 연소하되 앞으로 기대가 큰 선관인 만큼
애석타 아니할 수 없소."

"요즘 문 창성의 미간에 부귀의 기상이 있으니, 잠시 인간 세상으
로 귀양 보내시어 겁기를 없애는 것이 좋을까 합니다."

태을진 군은 이렇게 대답한다.

옥제는 웃으며 고개를 끄덕이었다.

2

남쪽 고장에 한 명산이 있으니 둘레가 오 백여리나 되고, 높이가
일만 팔천 장이었다. 이 산에 돌들은 모두 백옥처럼 희기 때문에 멀리

서 보면 한 송이 연꽃이 푸른 하늘에 솟아난 듯 했다.

그래서 사람들은 이 산의 이름을 옥련봉이라고 지었는지도 모른 다.

그 산기슭에 한 처사가 있었으니 성은 양(揚)씨, 이름은 현(賢) 이라고 하였다.

그는 아내 허씨와 함께 산에 올라가서 나물을 캐고, 시내에서 고기 를 낚아 살며, 세상의 부귀영화를 뜬 구름처럼 생각하는 사람이었 다.

그러나 다만 나이 사십이 되기까지 슬하에 자녀가 없어 그것만이 늘 한이었다.

그리하여 두 내외는 옥련봉에 올라가서 정성껏 기도를 드리니 하늘 도 그들의 지성에 감동하였던지 과연 그날부터 허씨는 태기가 있었 다.

열 달이 지난 후 허씨가 귀동자를 낳았는데 그 날 옥련봉 위에서 서기가 가득 끼여 삼일간 밤 낮을 가리지 않고 흩어지지 않았다 한 다.

태어난 아이의 모습은 시원하고 아름다웠다. 눈썹은 산천의 정기를 띠었으며 눈은 일월의 기운이 어리어 청수한 재질과 준일한 풍채며 너그러운 도량이 앞날에 영웅 군자됨을 약속하고 있었다.

처사 부부의 기쁨은 말할 것도 없고 이웃 동네 사람들까지도 양씨 집안에 서린 상봉이 태어났다 하며 찬양하여 마지 않았다.

그리하여 아기 이름을 창곡(昌曲)이라 짓고 성장하는 날만 기다리 려니, 세월은 흘러 창곡의 나이 열 여섯이 되었다.

그 동안 그는 의젓한 장부로 성장하여 놀라운 문장, 출중한 식견,

영발한 풍류와 호방한 기상은 영웅 호걸다움이 보이고 있었다.

이 때 왕이 새로 즉위 하시매, 천하에 대사령을 내리고, 널리 문무의 인재를 뽑게 하였다.

곧 과거를 보며 인재를 뽑는다는 방이 방방곡곡에 나붙었다.

창곡이 이 방을 보고 부친에게 말하기를,

"남자가 세상에 나서 상호 봉시로 천지 사방을 쏘는 것이 뜻을 나타내는 것이요, 옛 글을 읽으며 옛 일을 외우는 것은 장차 임금을 섬기고 백성을 배부르게 하는 어진 일을 위해서 입니다. 제가 비록 불초하오나 나이 이미 마땅히 천하의 근심을 먼저 근심 할만 하오니 어찌 산촌에 파묻혀 부모의 근심만 끼치겠습니까? 황성에 가서 과거보고 입신양명하여 부모의 이름을 후세에 나타나게 하겠습니다."

처사가 그 장한 뜻을 자랑하여 창곡을 데리고 안으로 들어가 허씨와 상의한다.

허씨는 한편 기쁘기도 하나, 한편으론 슬픔을 견딜 길 없어 창곡의 손을 잡고,

"우리 부부가 그다지 늙지 않았으니 잠시 이별을 참지 못하겠느냐만, 처음으로 슬하를 떠나 멀리 가면 내 아침 저녁으로 너를 기다리는 마음 장차 어찌 하겠느냐?"

하며 눈물을 흘린다. 그런즉, 창곡이 어머니를 위로하며,

"어머님 염려 마십시오. 위태하고 험한 곳을 삼가하여 근심을 끼치지 않겠으니, 부디 귀하신 몸이나 아끼시고 기다리십시오."

허씨는 농 속에 남은 옷가지와 비녀를 팔아 한 마리 청노새와 한 동자, 그리고 수십 냥의 노자를 갖추었다.

떠나는 날 처사 부부는 동구 밖까지 따라가 전송했고, 창곡은 눈물을 거두고 곧장 황성으로 향했다.

떠난 지 십여 일 만에 창곡은 소주(蘇州) 지경으로 접어들었다.

이 때 소주 지방은 큰 흉년이 들어 도처에 도적이 들끓었다.

창곡은 불행히도 도적을 만나 노비와 의복을 모조리 털리고 빈몸으로 주막에서 오도가도 못할 처지가 되어 있었다.

그 때 두 소년이 주막을 들어왔다. 그들은 손에 각각 활을 들었는데, 얼핏 보기에도 호협한 기상이 가득했다. 그들은 주인을 불러 술을 청하더니 창곡과 동자가 쓸쓸하게 앉은 것을 보고,

"당신들은 어디로 가는 길이요?"

하고 묻는다.

"황성으로 가는 길입니다."

"실례지만 나이 몇이나 되오?"

"열 여섯입니다."

"어린 사람이 먼 길을 가는데 행색이 어찌 그리 간단하오?"

"집이 가난하여 노자가 변변치 못할 뿐더러 오는 길에 도적을 만나 의복과 노자를 빼앗기고 나니, 앞으로 갈 일이 막연합니다그려!"

소년이 비웃으며,

"대장부가 도적 한 놈을 당하지 못하고 저렇듯 낭패를 입었으니, 어지간히 용기가 없는 사람이로군! 당신이 황성으로 가는 것은 반드시 과거를 보기 위해서인 것 같은데, 글은 잘 하시우?"

"워낙 시골 태생이어서 비록 몇개 문자를 배웠으나, 눈 뜬 장님이나 매한가지지요."

"너무 겸사 마시오. 우리가 당신을 위해서 노자 얻을 계책을 지도

하리다. 내일 소주 자사가 압강정에서 크게 잔치를 베풀고 소주·
항주(抗州)의 문인 재사를 모아 압강정(壓江亭)의 시를 짓게 하여
장원한 자에겐 큰 상을 준답니다. 그러니 당신이 만약 글짓는 재주
가 있다면 황성가는 노자쯤 걱정할 것 있겠소?"

그러자 또 한 소년이,

"그러나 거기엔 기묘한 곡절이 있지, 그 내막을 알아두는 것도
좋을 게요. 강남 삼십 육 교방이 있지만 기녀로 가장 유명한 것은
강 남홍(江南紅)이요. 가무 문장과 자색이 항주 제일이니 결국
강남에서 제일인 셈이요. 그래서 자사 수령들이 모두 반했지만,
그 성품이 굳고 맑아서 뜻맞는 자 아니면 죽어도 몸을 허락치 않는
다는구먼. 홍의 나이가 이칠(二七)인데 아직 가까이 한 사람이
없다오. 이 번 수주 자사는 승상 황 의병(黃義炳)의 아들로서 나이
삼십에 가까우나 문장으로 황성에 이름높고 풍채가 뛰어났건만
본래 풍류 주색엔 정신을 못차리는 까닭에, 강 남홍을 손아귀에
넣으려고 야단이지요. 말하자면 내일 압강정에서 잔치를 베푸는
까닭도 다 강 남홍에게 있거던. 그렇지만 반드시 볼 만한 일이
있을거요. 우리들은 무인인 만큼 문인들의 좌석에 참석하기 어렵지
만 당신은 문사니 한 번 가 보는게 좋을 것 같소."

"내 본시 재주 없으니 어찌 그런 잔치에 참석하겠습니까?"

창곡이 이렇게 말하자 두 소년은 크게 웃으며 술값을 치르고 나갔
다.

'황 자사는 조정의 명을 받을 관리로서 주색에 빠져 정사를 돌보지
않으니 대하고 싶지 않지만, 소년들의 말대로 형편이 하도 딱하니
시험 삼아 가보자. 또 강남은 천하의 명승지인 만큼 반드시 볼

만한 것이다. 그리고 강 남홍은 어떤 기녀이기에 뜻과 눈이 그렇도
록 고상하여 풍류 남자의 심정을 흔들어 놓는가?'
하고, 창곡은 혼자 생각했다.

그리고는 주인을 불러 묻는다.

"여기서 압강정까지 몇 리나 되오?"

"삼십 리쯤 됩니다."

"알다시피 노자가 없으니 떠날 수가 없구료. 이 나귀를 맡겨 두겠
으니 우리들의 며칠 조석을 지어 줄 수 있겠소?"

"보통 행인이라도 딱한 형편이라면 업수이 여기지 못할 것인데
하물며 공자의 비범한 풍채를 뵙고 어찌 며칠 동안 대접을 못하겠
습니까?"

창곡은 기뻐하며 다시 그 주막에서 하루를 더 묵었다.

그 이튿날 창곡은 주인에게 압강정 구경을 간다 하고 주막을 나섰
다.

강물을 따라 십여 리를 가자니까 음악 소리가 들려 왔다. 압강정이
가까왔구나 생각했는데 과연 정자가 강을 향해서 솟아 있다.

굉장히 크게 화려하다.

정자 아래엔 수레와 말들이 모였고, 구경꾼은 그야말로 인산 인해
를 이루고 있었다.

정자 위를 바라보니 황금으로 크게 쓴 현판이 높다랗게 걸렸는데
틀림없는 압강정이었다. 창곡은 같이 왔던 동자에게,

"너는 여기서 기다리거라."

하고, 이른 다음 소주·항주의 모든 선비를 따라 정자 위로 올라갔
다. 올라 보니, 정자는 넓이가 수백 간이나 되는데, 모두 금벽 단청으

로 꾸며져 화려하고 사치함이 실로 강남에서 으뜸이었다.

동편 의자에 오사 홍포를 입고 얼근해 앉은 자는 소주자사 황 여옥(黃汝玉)이고, 서편 의자에 창백한 얼굴로 점잖게 앉아 있는 것은 황주 자사 윤형문(尹衡文)이었다. 윤 자사는 황 자사에 비해서 나이도 차이가 많고 뜻도 맞지 않았으나 이웃의 정의로 그 간청함을 물리칠 수 없어 참석했던 것이다.

이 때 소·항 문사들이 강정에 가득 모여 의관을 정제하고 동서로 늘어앉았으며, 기녀 백여 명은 주취 홍장으로 좌우에 늘어앉아 아름다운 얼굴을 자랑하고 있었다.

창곡이 눈을 돌려 천천히 살펴보니 그 중에 말도 없고, 웃지도 않는 한 기녀가 있는데, 쌀쌀한 기색은 얼음 항아리 같고 총명한 재질은 푸른 바다 밝은 구슬이 빛을 감춘 듯, 침향정에 졸고 있는 해당화와도 같다. 창곡은 마음 속으로,

'나라까지도 망하게 하는 미인이 있다는 걸 내 고서를 읽고 알기는 했지만, 이제 한 자리에서 그러한 인물을 보는구나. 반드시 심상한 여자가 아니라 소년이 말하던 바로 강남홍일게다.'

라고 생각했다.

한편 강남홍은 쓸쓸히 앉아 모든 문사를 살펴 보았으나, 거동과 언사가 다 하잘 것 없는 축들이다. 다만 그 중에 한 수재가 말석에 앉았는데 의복은 비록 가난한 선비의 행색이지만 높고 뛰어난 기상이 자리를 누른다.

홍랑은 마음 속으로,

'내 청루에 있어 많은 사람을 겪었으나 저러한 남자를 보기는 처음이다.'

하고 생각했다. 해서 홍랑은 자주 창곡의 동정을 살피고 창곡도 또한 은근히 홍랑의 기색을 보는 것이다.

황 자사가 모든 선비를 정자 위에 모은 후 홍랑을 돌아보며 말한다.

"압강정은 강남 제일 가는 정자인데 오늘 문인 재사가 자리에 가득 모였으니 낭은 한 곡조 맑은 노래를 들려 여러분의 흥취를 돕는게 어떤가?"

홍랑이 힘없이 머리를 숙이고 한동안 말이 없더니,

"상공이 이제 큰 잔치를 베푸시어 문인 소객이 가득한 자리에 어찌 하잖은 곡조로 여러분의 귀를 더럽힐 수 있겠습니까? 마땅히 제공의 금수 문장을 빌려 황하 백운의 청신한 가곡으로 기성의 값을 따질까 합니다."

그러니까 선비들이 일제히 소리를 지르며 좋은 말이라고 한다.

그러나 황 자사는 조금도 기뻐하지 않는다. 오늘 놀이는 풍류수단으로 홍랑을 유인하려는 것인데, 만일 좌중에 왕지환과 같은 재주 있는 자 있다면 어찌 무색하지 않겠는가. 그러나 홍랑의 뜻이 그렇고 선비들이 날뛰니 만일 반대하면 더욱 용렬하고 속될게다. 그는 차라리 자기가 먼저 시를 한 수 지어 좌중을 압도하고 홍랑에게 뽐내주리라 생각했다.

"홍랑의 말이 바로 내 뜻과 같으니, 바삐 시령을 내리라."

분부하고 모든 선비를 돌아다보며,

"압강정 시를 지어 글 재주를 겨루도록 하오."

하면서 너그러운 체 웃었다. 선비들은 각각 붓을 빼어 시재를 다투었다. 그리고 황 자사도 방으로 들어가 나오지 않는 싯귀를 찾는 것이었

지만, 마음만 조급할 뿐이었다. 잔뜩 이맛살을 찌푸리고 앉았다가
겨우 한 수 짓기는 지었다.

　'옛적 조자건은 일곱 걸음에 시 한 수씩 지었다는데 제공은 시령
받은 지 반 나절에 겨우 시 한 수를 만들다니……'

　황 자사는 방에서 나오자 시침 뚝 떼고 너털 웃음을 진다.

　이 때 홍랑은 가만히 창곡의 거동을 보았다. 창곡은 시령을 듣고
미소하며 채전을 펴더니 조금도 생각하는 빛도 없이 당장에 시 삼
장을 지어 석상으로 던졌다. 홍랑은 일부러 다른 선비의 시를 집어
먼저 수십 장 보았으나 모두 신통치 않아 이마를 찌푸리고 있다가,
슬그머니 창곡의 채전을 들었다.

　종왕의 필법과 안유의 서체를 받아 용사 날아 오르고 풍운이 일어
나는 듯, 다시 글을 보니 재사의 기려한 뜻이 있고 포참군의 준일과
유개부의 정신을 겸하였으니, 실로 물 속의 달이며, 거울속의 꽃이었
다.

　그 글은 이러했다.

　催鬼亭子對江頭
　畵棟朱欄壓碧流
　白鷺慣聞鐘磬響
　斜陽點點落平州

　〈강머리에 높은 정자 대하니,
　그림 기둥과 붉은 난간이 푸른 흐름을 눌렀도다.
　흰 갈매기 종소리를 익히 들어,

기우는 햇빛 받고 점점 이 물가로 떨어지더라.〉

平沙籠月樹籠煙
積水空明一色天
望地好是君從平
畵中樓閣鏡中仙

〈넓은 모래에 달이 어리고 나무에 연기 어리었으니,
쌓이는 물은 맑고도 밝아 하늘빛과 같더라.
좋구나 그대여 평지를 쫓아 바라보라.
그림 가운데 누각이며 거울 속의 신선이다.〉

江南八月聞香風
萬朶連花一朶紅
莫打鴛鴦花下起
鴛鴦飛去折花叢

〈강남 팔월에 향기로운 바람 들으니,
일만 송이 연꽃에 한 떨기만 붉었도다.
원앙새를 쳐서 꽃 아래 일어나게 말라.
원앙새 날아가고 꽃송이만 꺾일까 하노라.〉

홍랑은 그 시를 익히 보다 붉은 입술을 열고 머리에 금봉치를 뽑아
술병을 치며 맑은 목소리로 읊조린다. 구슬을 굴리는 듯, 학이 구름

속에 우는 듯 모든 사람의 귀를 놀라게 했으나, 그저 서로 돌아다
볼 뿐, 어느 사람의 글인지 알 수 없었다.

홍랑이 읊기를 마치고 채전을 받들어 두 자사에게 올렸다. 황자사
는 불쾌한 빛을 띠우고 윤 자사는 두 번 세 번 읊으며 무릎치며 찬탄
하다가 이름을 밝히라고 재촉한다. 그러니까 홍랑은 혼자 생각에
잠긴다.

'내 비록 사람 보는 눈이 없으나, 저 말석에 앉은 수재야말로 이
자리의 보배로구나. 이것은 하늘이 내게 짝 없음을 불쌍히 여기
고, 보내시어 나의 숙원을 이루어 주시는 게다.'

이렇게 기뻐했지만 한편 돌려 생각하기를,

'그러나 저분의 행색이 소·항의 선비가 아니니 만일 이 자리에서
성명을 밝히면 심보 고약한 황 자사와 재주를 시기하는 선비들이
필경 그 분을 곤경에 빠뜨릴 것이다. 어쩌면 좋을까?'

그러다가 홍랑은 두 자사에게,

"오늘 제가 여러분들의 시문 놀이를 하게 한 것은 이 잔치의 흥취
를 돕고자 해서이지 감히 재주의 우열을 밝혀 좌중을 도리어 무색
케 하려는 게 아닙니다. 그러하오니 그 이름을 드러내지 말고 종일
함께 즐기다가 저문 후에 뜯어 보는 것이 어떠하겠습니까?"

라고, 아뢰었다.

두 자사는 홍랑의 말을 허락했다. 총명한 창곡이 홍랑의 뜻을 모를
리 없었다. 마음 속으로 탄복하는 동시에 은근히 공경하는 생각까지
일어났다.

술과 음식이 들어오고 음악이 시작되었다. 그러니까 자사는 모든
기녀에게,

"선비들께 술잔 올리라!"

라고 분부한다. 창곡은 본래 주량 또한 뛰어나 연달아 마시기를 사양치 않으니 홍랑은 혹 그가 실수할까 걱정되어, 모든 기녀와 함께 일어나 잔 돌리기를 청했다.

홍랑이 차례로 잔을 돌리며 술을 따르다가 창곡 앞까지 이르러 슬쩍 잔을 엎지르고 거짓 놀란 체했다.

창곡은 이미 그 뜻을 알아차리고 크게 취한 체하며 굳이 술잔을 사양했다.

술이 십여 잔 돌자 좌중이 크게 취하여 거동은 어지럽고 말을 함부로 지껄이더니 소·항 재사 중에서 몇몇 사람이 벌떡 일어나 자사에게 말한다.

"저희들이 이토록 좋은 잔치에 참석하여 황잡한 글로 홍랑의 눈을 속일 수 없었으니 원망할 바 없사오만 오늘 홍랑이 읊은 글이 소·항 문사의 것이 아니라고들 하니, 그냥 있을 수 없사오이다. 저희들이 다시 한 번 더 견주어 소·항 양 주의 분을 풀까 합니다."

이 말을 듣자 홍랑은 크게 놀라 마음 속으로,

'저 무뢰한 것들이 저다지 불쾌히 생각들 하니 그 분이 반드시 화를 당하겠구나. 어떻게 구하지 않으면 안되겠다.'

생각하고, 자사가 미처 대답하기 전에 자리에 앉으며,

"소·항의 문장은 세상이 다 아는 바가 아닙니까? 그런데 오늘 여러 선비들이 울분을 돋군 것은 제가 글 보는 눈이 밝지 못한 죄입니다. 날도 이미 저물고 좌중이 다 취한 마당에 시문을 논하는 것은 마땅치 않을까 합니다. 그 대신 제가 노래 몇 곡으로 취흥을 도와 고시 잘못한 죄를 사과하겠습니다."

그 말에 윤 자사가 웃으며,

"좋은 말이다!"

하니 홍랑은 초, 중, 종, 삼장의 노래를 부르기 시작했다.

〈초장〉

전당호 밝은 달 연을 따는 아이들아

십 리 청강에 배 띄워 물결이 곱다 마라

네 노래에 잠든 용 깨면 풍파 일까 두렵다

〈중장〉

청로를 급히 몰아 저기 가는 저 사람아

해는 지고 길은 머나 주점에 들지 마소

네 뒤에 비바람 오리니 옷 젖을까 걱정이요

〈종장〉

항주성 돌아들 제 큰 길가 청루 몇 곳인가

문 앞 벽도화는 우물 위에 피어 있고

달머리에 솟은 누각 강남 풍월 분명하다

그 곳에 아이 불러 나오거던 연옥이냐 하소서

이 노래는 홍랑이 갑자기 지은 것이었다. 초장은 자사와 선비들이 공허의 재주를 시기하여 풍파 일어날 걸 말한 것이며, 중장은 공자더러 급히 몸을 피하라는 뜻이고, 종장은 자기 집을 가리킨 것이다.

이 때 자사와 소·항 선비들은 술이 취해 떠드느라고 자세히 듣지 못했지만 창곡이 어찌 그 뜻을 모르겠는가. 창곡은 슬쩍 자리를 빠져 사라졌다.

해가 지고 등불을 밝힌 후 장차 잔치를 파하려 할 제 황 자사가,

"장원시를 가져 오라!"

고 명령한다. 황 자사가 봉한 곳을 뜯어보니 여남 양창곡이란 다섯 자가 나타났다.

"양창곡은 이리 나오라!"

불렀으나 대답이 없다. 그런즉 한 선비가,

"아까 말석에 있었는데 어딜 갔는지 없어졌습니다."

한다. 황 자사가 화를 버럭 내며,

"이런 요사스런 놈, 우리 잔치를 업신 여기고 옛 사람의 시를 훔쳐 미리 좌중을 속였구나. 그래서 탄로날까 겁을 먹고 도망쳤으니, 그 놈을 냉큼 잡아 오라!"

하고 호령한다. 그런즉 소·항 선비들 중에서 무뢰한 자들이 팔을 걷어붙이고 덩달아 야단들이었다.

"우리 소·항이 시주 풍류로 천하게 이름 떨쳤거든, 이제 아이 놈에게 농락당했으니 큰 수치가 아니겠소? 반드시 그 놈을 잡아 분을 풀어야겠소!"

이렇게 일제히 일어났다.

3

창곡이 떠난 후, 홍랑은 여러 가지로 걱정하였다. 나이 어린 사람이

술에 취해 혹 실수라도 있을까 염려될 뿐 아니라, 이미 집을 가르쳐 주었어도 처음길이니 항주 번화한 곳을 헤매는 것만 같아 마음이 놓이질 않았다.

당장에 뒤를 쫓고 싶지만 벗어날 계책이 없었다. 그러던 참인데 황 자사가 크게 취하고 좌색이 요란하여 모든 선비들이 말썽을 일으키려 하니 속으로,

'무뢰배들이 저렇게 분해 하니 도중에서 곤욕을 당하는지도 모른다. 좌석을 진정케 해야겠다.'

하고, 결심했다.

"제가 함부로 여러분의 글을 평해서 울분이 일어났으니, 어찌 이 자리를 더 모실 수 있겠습니까? 물러가 죄를 기다리겠습니다."

슬쩍 이런 말을 던져 보았다.

이 말을 듣던 황 자사는,

'오늘 놀이는 흥을 위한 것이고 문장을 비교 하려는 것이 아니니 홍이 굳이 자리를 피하고 보면 아무 소용 없는 일이야.'

하고 생각했다. 황 자사는 즉시 웃음을 띠우며,

"창곡은 요망한 어린 놈이라, 어찌 모든 선비와 비교하겠는가. 다시 자리를 잡고 시령을 내려 놀이를 계속하여 이 밤을 밝힐까 하오."

홍랑은 더욱 놀랐다.

'얀 공자가 주인 없는 집에서 홀로 나를 기다릴 뿐 아니라, 황자사의 행실이 고약하니 여기서 밤 새우는 것은 좋지 못해. 그렇지만 벗어날 꾀가 없으니 어쩌면 좋을까?'

얼마 동안 생각하다가 웃음을 띠우며,

"여러분이 저의 당돌한 죄를 용서하시고 다시 잔치를 베풀어 밤을 밝히자 하시니 참으로 아름다운 일입니다. 제가 듣기에 시를 짓는 데엔 시령이 있고 술을 마시는 덴 주령이 있다 합니다. 부디 주령을 내려 홍취를 돕게 하십시오."

하고 꾀를 썼다. 황 자사는 그저 기뻐서,

"홍랑의 말이니 어찌 어기겠느냐? 그런데 주령은 어떻게 하는거냐?"

"제가 비록 둔하오나 아직도 소 · 항 다사의 가귀를 가슴 속에 새겨 두었으니 차례로 낭송 하겠습니다. 제가 한편을 외우거든 모든 선비는 한 순배의 술을 사양치 마시어 여러분의 주량과 저의 아는 바를 서로 겨루어 보면 문주 연석에 절묘한 주령 아니겠습니까?"

선비들은 일제히 무릎을 치며 찬동했다.

"저희들이 졸작이 홍랑의 소리에 오르지 못함을 부끄러워했는데 이제 한 번 외우는 것을 들으면 족히 부끄러움을 씻을까 합니다."

황 자사가 허락하자, 홍랑이 자리에 나와 옥같은 소리로 선비들의 시를 외우는데 한 자도 틀림이 없었다. 한 편씩 외울 때마다 홍랑이 여러 기녀들을 돌아보며 순배를 재촉했다. 이러한 바람에 문사들은 크게 취했지만 자기 시 외우는 것을 영광으로 알고 다투어 술 마시며 도리어 낭송을 재촉한다.

홍랑은 연달아 오륙십 편을 외웠다. 술도 또한 오륙십 순배가 돌았다. 모두들 몹시 취해 쓰러지는 자, 술을 토하는 자, 잔을 엎는 자 등 자리가 사뭇 어지러워졌다. 황 자사도 취한 나머지 서안에 기대어 코를 골기 시작했다. 그리고 윤 자사는 이미 주석을 피해서, 다른 방으로 들어간 후였다.

그제서야 홍랑은 가만히 압강정에서 빠져나왔다.

창곡이 항주, 강 남홍의 집을 찾아가서 기다리고 있으려니 뒤미처 홍랑이 허둥지둥 따라왔다. 창곡은 압강정에서 홍랑에게 입은 후의를 치사한 다음 자기집 형편이며 오던 길에서 생긴 일을 다 이야기하고서,

"낭은 어디 사람이며 성명은 무엇이오?"

"저는 본래 강남 사람이온데 성은 사씨입니다. 제가 세살 때 산동에서 도적이 일어나 부모를 난중에 잃고 떠돌다가 청루에 팔렸습니다. 그러나 성미가 본시 괴벽해서 범부에게 몸을 허락지 않고 다년간 지기를 만나지 못하다가 이제 공자를 뵈었으니 이 몸을 의탁하고 천한 이름을 씻을 결심입니다."

이 때 술상이 들어오니, 첫눈에 정이 통한 두 사람, 주고 받는 이야기가 각각으로 무르익는다. 그리하여 밤이 되자, 비단 요와 이불을 펴고 원앙침 나란히 벤 후 운우의 꿈이 시작되었다. 이윽고 홍랑이 나삼을 벗으니 옥같은 팔이 드러나며 한 점 앵혈이 촛불 아래 분명히 나타난다. 동풍에 도화꽃이 봄 눈처럼 날아 떨어지고, 바다 위 붉은 해가 구름 사이로 솟아난 듯하다. 공자가 놀라며,

"내 홍랑의 얼굴을 보고 마음은 못 보았는데 이제 지조가 이다지 탁월할 줄이야 미처 못 믿었소. 어찌 청루 명기의 몸으로 홍규 부녀의 정정한 마음을 이렇듯 지켰을까?"

하며 간탄했다. 절대 가인과 수녀 재사가 만났으니 밤자리의 풍정이 어찌 범연하겠는가? 반짝이는 별들과 은하는 오히려 밤의 짧음을 한탄하는 듯했다.

문득 홍랑이 베개 머리에서 공자를 마주보며,

"공자께서 나이 장성하신데 이미 정혼하신 곳이라도 있으십니까?"
하고 묻는다.

"집안이 가난하고 궁벽한 시골이어서 아직 정한 곳이 없소."

홍랑이 웃으며,

"제가 한 마디 말씀을 드리겠으니 외람된 말이라 꾸짖지 않으시겠
습니까?"
하고 주저한다.

"내 이미 마음을 허락했으니 마땅히 뜻대로 말하오."

"저는 본래 천한 몸, 공자께서 좋은 혼처를 정함은 오히려 저의
복입니다. 지금 본주 자사 윤 공에 한 따님이 있으니, 나이는 십
칠세며 달 같은 태도와 꽃같은 얼굴, 정정하고 우아한 태도는 족히
군자의 짝이라 할 수 있습니다. 윤공이 좋은 사위를 구하는 중이지
만 아직 청혼한 곳이 없다 하더군요. 공자께서 이번 과거에 장원
급제하시고 높은 벼슬을 얻으실 것은 제가 잘 짐작하고 있습니다.
배필을 다른 곳에 구하지 마시고 저의 말을 들어 주십시오."

공자는 그 말을 쾌히 승낙했다.

어느덧 동쪽이 밝자, 공자는 홍랑에게 말했다.

"내 갈 길이 바쁘니 오래 머물 수 없구료. 내일은 황성으로 향할까
하오."

그런 즉 홍랑이 힘없이 대답한다.

"여자의 조그마한 정으로 어찌 군자의 큰 일을 그리치겠습니까.
행리를 준비하겠으니 모레쯤 떠나시기로 하세요."

공자 또한 이별하기 어려운 터라 홍랑의 말을 따랐다.

이틀 밤이 지나고 공자가 떠날 날이 되었다.

"제가 비록 빈한하오나, 한 벌 의복과 약간 은자를 마련했습니다. 더럽다 말고 받으세요. 또 황성이 앞으로 천여 리니 저의 집에 있는 종을 하나 더 거느리고 가십시오."

홍랑은 이렇게 말하고, 술과 안주를 갖추어 멀리 십 리 밖까지 공자를 전송하는 것이었다.

떠나는 사람, 보내는 사람, 이별을 애처로와 하는 마음은 간절했지만 앞날을 기약하고 눈물을 뿌리며 헤어졌다.

4

압정감에서 놀던 날, 홍랑이 말 없이 달아났기 때문에 욕심을 채우지 못한 황 자사는 자나깨나 홍랑을 잊지 못하다가, 마침내 위력으로 어렵다면 부귀로 유인하리라 마음먹고 종에게 황금 백 냥, 채단 백 필, 여러 가지 패물이 들은 상자 하나와 편지 한 통을 주어 홍랑에게 전하도록 했던 것이다.

홍랑은 물건과 편지를 받자 괴로운 마음 어찌 할 수 없었다.

'황 자사가 비록 방탕하지만 어리석지는 않다. 한낱 기녀로 말없이 달아났으니 미울텐데 노여움을 돌이켜 부드럽게 유혹하는 것을 보니 오히려 만만치 않다. 장차 어떻게 그 손아귀에서 벗어날 수 있을까? 또 주는 것을 받지 않으면, 웃사람 섬기는 도리가 아니고 그렇다고 받으면 내 뜻을 꺾는 것이니 어찌하면 좋을까?'

홍랑은 이리저리 생각하다가 붓을 들어 답장을 썼다.

〈항주 천기 강 남홍은 글을 소주 상공께 올리 나이다. 제가 본디 심복의 병이 있사와 약석으로도 낫지 못하는 터이오니, 지난 날 잔치에서 아뢰지 않고 온 것도 다 그 때문이었나이다. 그러하온데 그 죄를 벌로 다스리지 아니하시고 도리어 상을 주시니 감히 받기 어렵사오나, 소·항은 형제지읍이오니, 천기가 웃사람을 섬기는 도리는 부모와 다름 없으므로 주시는 것을 물리치면 불효 막대할 듯하와 감히 봉하여 두고 죄를 기다릴 뿐이옵나이다.〉

그러나 어디까지나 추근추근한 황 자사, 단념하는 기색이라곤 조금도 보이지 않았다.

어느덧 오월 초하루가 되었다. 윤 자사에게 황 자사의 편지가 왔다.

초사흗날 압강정 아래서 배를 타고, 이튿날 이른 아침에 강물을 거슬러 전당호로 올라가겠으니, 강 남홍과 모든 기악을 거느리고 나오라는 내용이었다.

윤 자사가 강 남홍을 불러 황 자사의 편지를 보이니 홍랑은 아무 대답이 없었다.

곧 집으로 돌아온 홍랑은 그 후로는 부중에 들어가질 않고 걱정만 한다.

'황 자사의 그 편지에 압강정의 여한이 엿보이니 이번에는 생각도 못할 계책을 쓸 것이다. 그런데 이젠 그 흉칙한 계책을 모면할 길이 없으니 기회를 보아, 당장 창파에 몸을 던져 지조나 지키겠다.'

하고 결심하는 것이었다.

그리고는 부중에 이르러 윤 자사의 딸, 윤 소저를 만나서 하직을 하는데 무언중에 자기 결심이 비치었다.

마침내 윤 자사와 홍랑이 압강정에 당도하니 반겨 맞아 호화롭게 장식한 유람선으로 인도했다.

배를 중류에 놓자, 술잔이 어지럽게 돌고 음악이 요란했다.

황 자사는 술을 연거푸 마시고 뱃전을 두드리며 야단이었다. 술이 취함에 따라 황 자사는 더욱 더 신이 났다. 이번에는 큰 잔을 기울여 십여 배 마시고 홍랑의 어깨를 쓰다듬었다.

"인생 백 년이 저 흐르는 물과 같은데 어찌 조그만 고집을 부리겠는가. 황 여옥은 풍류 남자요, 강 남홍은 절대 가인이라 재자 가인이 이 같은 경개로 강상에 서로 만났으니, 쾌활한 풍경을 어찌 하늘이 주신 인연이라 아니하겠느냐?"

홍랑은 바야흐로 위기가 닥쳐옴을 짐작하는 것이었지만 힘없이 앉았을 뿐 대답이 없다. 흥을 이기지 못한 황 자사는 이렇게 소리친다.

"속히 조그만 배 하나를 저 풍류에 띄우게 하라!

그리고는 홍랑의 손을 이끌어 배에 오르게 했다.

뱃 속은 비단 장막만 겹겹이 둘렸을 뿐 아무것도 없었다. 이윽고 황 자사는 홍랑의 손을 덥썩 잡는다.

"네 간장이 철석 같을지라도 황 여옥의 불같은 욕심 앞엔 어찌 녹지 않고 견디겠느냐?"

홍랑은 황 자사를 뿌리칠 여가도 없었다.

그러니 그의 강한 욕심을 면하기 어려울까 겁이났다. 그러나 홍랑은 얼굴빛도 변치 않고 태연히 말했다.

"귀하신 몸으로 한낱 천기를 이렇듯 겁박하시니 곁에 사람에게 부끄럽군요. 제가 천한 몸으로 굳이 소소한 절개를 고집하겠습니까만 평생에 지키던 것을 오늘 허물게 되오니 거문고라도 몇곡조 탄주해서 수심을 풀어 버리고 화락한 맘으로 상공의 즐거움을 도울까 합니다."

황 자사는 이 말을 듣고 자기 체면을 생각해서 비로소 홍랑의 손을 놓았다.

"낭은 참으로 수단이 묘하군. 낭이 만일 순종치 않으면 상설의 위엄을 보일까 했더니 이렇듯 마음 돌려 재앙을 면케 하니 모두가 낭의 복이라고 할 수 있어. 내 비록 지체 높지 못하나, 승상의 아들이며 한 도의 방백이니 황금집을 지어 낭으로 하여금 평생 부귀를 누리게 하지."

홍랑은 웃으며 거문고를 들어 한 곡조 탄주했다.

그 소리는 마치 삼월 봄바람에 백화가 만발한 듯 오릉 소년이 준마를 달리는 듯——

황 자사가 호탕한 정을 이기지 못하여 비단 장막을 걷고 다시 배 안으로 들어오게 하니, 누가 홍랑의 한 맺힌 뜻을 알 수 있었겠는가?

이윽고 홍랑이 거문고를 밀어 버리고 한 곳을 응시한다. 무엇을 단단히 결심하는 듯한 기색이 얼굴에 역력하지만 당황한 황 자사는 눈치도 못챘다.

"하늘이 홍을 낳았을 때 이미 천한 곳에 처하게 하고, 또 넓은 천지에 연약한 몸을 용납할 바닥도 아니 죽은 어쩐 까닭이옵니까? 이제 강물로 뛰어들어 고기의 밥이 되려 합니다만 오직 엎드려 바라나니 죽은 후에 이 몸을 건지지 못하게 하여, 외로운 혼이라도 깨끗한 곳에서 놀게 하여 주소서."

이렇게 빌고 난 홍랑은 갑자기 몸을 날려 푸른 강물 속으로 뛰어들었다.

5

강 남홍이 강 속으로 몸을 던지가 배 안에 있던 사람들은 크게 놀라 급히 구하려고 서둘렀다.

그러나 홍랑의 몸을 붙잡기도 전에 치맛자락이 물결에 펄렁 나부끼었을 뿐, 간 곳을 알 수 없다.

한편 윤 소저는 강 남홍을 보낸 후 혼자 속으로,

'홍랑의 성미로 보아 구차히 살고자 않을 게다. 그러나 죽는 사람을 구하지 않으면 의리가 아니다.'

생각하는데 마침 유모 설파가 밖으로부터 들어왔다.

설파는 황성 사람으로서 영리치는 못하지만 마음이 곧으므로 소저를 따라와 부중에 있은 지 수 년 동안에 항주 사람과 많이 친했다.

소저는 설파를 보자,

"내 할멈에게 할 말이 있으니 나를 도와 주겠수?"

"소저를 위해선 물불을 사양치 않습죠. 무슨 어려운 일입니까?"

"강남 사람들은 물에 익숙해서 수 십리나 갈 수 있다는데 할멈은 혹 그런 사람을 아우?"

"널리 구하면 혹 있겠습죠!"

"일이 급하니 속히 한 사람을 천거하우!"

설파가 그 까닭을 물으려 했으나 소저가 이마를 찌푸리며 그저 재촉만 하니 설파는 곧 몸을 일으켜 나갔다. 얼마 후 설파는 한 사람을 데리고 들어왔다.

"남자로 마땅한 사람이 업사와 한 여자를 데려 왔습죠. 연근을 캐는 사람인데 물속으로 능히 오륙십 리를 가는 고로 사람들이 수중야차 손 삼랑(水中夜叉孫三娘)이라 한답니다."

소저가 곧 불러들여 보니 키가 팔 척이오, 머리는 누렇고 얼굴은 시커먼데, 몸에서 비린내가 몹시 났다.

"삼랑은 물 속으로 몇 리가 갈 수 있소?"

"연근을 캐다가, 교룡을 만나 서로 싸우며 십여 리를 쫓아가서 끝내 잡아 업고 나오려는데 저녁 조수에 밀리어 수 십 리를 간후에야 물 속에서 나온 일이 있습죠. 홀몸이면 칠 팔십리를 갈 수 있습죠만 가진 게 있으면 겨우 수십 리 밖에 못 갑죠."

소저는 한편 놀랍고도 한편 기쁨을 참을 수 없다.

그리하여 손 삼랑에게 물 속에 숨어 있다가 강 남홍이 뛰어들면 구하도록 부탁했다.

소저의 분부대로 삼랑이 배 밑에 엎드려 있으려니 문득 뱃속이 떠들썩해지며 한 미인이 뱃머리로부터 떨어져 내려왔다.

삼랑은 몸을 솟구쳐 미인을 들쳐 업고 화살처럼 달렸다. 순식간에 삼랑은 육십 리를 달려 인적이 드문 곳까지 왔다.

삼랑은 물 위에 솟아올라 언덕을 찾으려고 사방을 돌아다보았다. 그런즉 마침 어선 한 척이 있기에 그것을 타고 급히 도망했다.

그렇게 얼마를 갔을 때였다. 갑자기 폭풍이 일어났다.

작은 배는 바람에 몰려 나뭇잎처럼 흔들린다. 홍랑은 정신을 수습

할 수 없어, 배 속에 엎드리고 있을 뿐이었고 삼랑도 비록 풍랑에 익숙하나 배를 몰 수 없어 가는 대로 맡겨 두는 수밖에 없었다.

날이 밝아오자 바람의 형세가 더욱 급하고 미친 파도가 태산처럼 일어났다.

이 때는 삼랑도 정신을 잃다시피 홍랑을 끌어 않고 엎드려 버렸다.

파도를 따라 달린 지 반 나절에 겨우 바람은 멈추고 물결이 차차 조용해졌다.

그제야 홍랑과 삼랑이 겨우 정신을 수습하여 머리를 들어 보니 넓은 바다는 끝이 없다.

다시 물결을 따라 배 가는 대로 맡기고 있으려니 저 편에 산같은 것이 보인다. 그곳을 향해서 배를 젓기 다시 반 나절이 지나서야 비로소 언덕과 제방이 보였다.

갈대잎과 죽림이 몹시 무성하고, 몇몇 촌락이 녹음 속으로 은은히 보였다. 두 사람은 배를 매고 힘 없는 다리를 급히 옮겨 언덕으로 올랐다.

그들은 인가를 찾아 문을 두드렸다. 얼굴이 검고 눈이 움푹 들어간 사람이 알아듣기 어려운 사투리로 묻는다.

"그대들은 어떤 사람이며 누구 집을 찾으오."

"우리들은 강남 사람으로 풍파에 몰려 이 곳에 떠내려 왔소. 여기는 어딘가요?"

하고 삼랑이 되물었다. 그러니까 깜짝 놀라며,

"이 곳은 남방의 타락해며, 나라 이름은 탈탈국이니, 강남에서 육로로 삼만여 리며 수로로 칠만 여 리나 된다오!"

두 사람은 이곳에서 배운 도사를 만나 몸을 의탁하게 되었다.

한편 양 창곡은 홍랑이 강물에 뛰어들었다는 소식을 듣고 눈물을 이기지 못하였으나, 때마침 천자가 변방을 평정하고 다시 사방의 많은 선비를 모아 과거를 보이기로 하니, 눈물을 지우고 응시하기로 했다. 천자는 천히 영녕전에 자와 글제를 공포했다.

글제를 보자 양 공자는 뜰 아래 엎드려 순식간에 수 천언을 써서 바쳤다. 천자가 많은 선비의 글을 친히 점고 했으나 모두 대동 소이한 것 뿐이어서 우울하더니 마침내 창곡의 글을 보자 크게 기뻐했다.

"이 길은 한(漢)의 가의와 당(唐)의 육지라도 더 훌륭히 쓰지는 못할 만한다."

하고 그것을 제일로 골라 놓고, 이름을 불러 가까이 오도록 분부했다.

창곡이 앞에 나아가 엎드리니, 각로 황 의병이 아뢴다.

"창곡은 어린 아이라, 어찌 능히 경륜 문자를 지을 수 있겠습니까? 바로 이 앞에서 칠보시로 시험하는 것이 좋을까 합니다."

그러자 또 한 재상이 나서며,

"창곡은 어린 탓으로 망령되고 경솔한 점이 많으니 그 이름을 삭제 하시는 게 좋겠습니다."

하는 것이었다.

6

양 창곡의 등과를 반대한 또 한 재상은 바로 참지정사 노 균(參知

政事盧均)이었다. 천성이 간교한 노 균은 항상 임금에게 아첨하여 그 힘을 빌어 조정을 뒤흔들려 했다. 그러므로 소인들과 친하고 군자를 시기하니 그로 말미암아 조정이 어지러워진지 오래지만, 나이가 많고 경력이 깊은 까닭으로 천자가 즉위한 후 선조 노신지례로서 대우하던 참이었다.

노 균은 창곡의 문장 경륜이 뛰어나서 천자가 찬양함을 보자, 심사가 비꼬여 불평을 품었던 것이다.

천자가 노 균의 말을 듣고 불쾌한 기색이 완연한데 또 다른 한 재상이 나아가 아뢴다.

"신이 듣기에 송 나라 구 준은 십 구 세에 급제하여 조정을 경동케 하였으니 자고로 재예와 문장은 나이 많고 적은 데 있지 않습니다. 그런데 이제 노 균의 말이 지나치게 창곡을 핍박하니 첫 출신하는 사람의 예기를 꺾는 것은 나라의 재목을 뽑는 도리가 아닙니다. 신이 창곡의 문장을 보니, 동중서가의로도 당할 수 없으며, 치국 경륜은 한위공 부필에도 사양치 않으며, 진언 극간은 급장위징과 견줄 수 있습니다. 아마 하늘이 좋은 신하를 폐하께 내리심인가 합니다."

보니, 그는 부마도위 진왕 화진(秦王花珍)이었다. 개국 공신 화운의 증손이며, 나이 이십세로되 문무 쌍전하고 풍류호방하여 공주와 결혼한 후 토번을 평정하였으므로 나라에서 진왕을 봉하였던 것이다.

그는 마침 입조했다가 창곡을 보고 뛰어난 재주를 느꼈으므로 노 균의 터무니 없는 말을 반박한 것이었다.

이 말에 노 균이 발끈해서 진왕과 서로 논쟁이 벌어졌다. 창곡은 그만 결심하고 엎드려 아뢴다.

"신이 변변치 못한 재주로 외람스럽게 과거에 참석했으니 폐하의 인재 구하시는 뜻에 맞지 않사오며 시초부터 기군이란 말을 듣도록 문사 삼가하지 못하여 대신의 논박이 일어났으니 어찌 은총을 탐하여 염치를 돌보지 않겠습니까? 폐하는 속히 신의 과명을 삭제하시어 천사 선비들에게 임금을 속이는 일이 없도록 징계하십시오."

창곡의 겸허한 마음과 당당한 기상에 모두들 혀를 두를 지경이었다.

천자가 기뻐하며,

"창곡이 나이 적으나 예절을 알기 노사 숙위로도 당하지 못할게다."

드디어 홍포 옥대와 쌍개 안마와 이원 범악과 채화 일지를 주며 한림 학사를 내리고 자금성 제일 방 잡제를 하사했다. 양 한림이 홍포 옥대를 입고 사은 숙배한 후 어구마에 올라 쌍개 법한을 앞에 세워 자금성 사제로 향했다.

거리에 구경꾼이 구름처럼 모여 양 한림이 옥같은 용모와 영특한 풍채를 찬양하는 것이었다.

나라에서 준 사제의 문 앞에 당도하니 벌서 거마(車馬)가 구름처럼 모였고 당에 오르며 보니 손들이 가득히 앉아 있었다.

"황 각로가 오셨습니다."

하는 영보가 들어오자, 양 한림은 당에서 내려가서 영접했다.

예가 끝난 효 자리를 정하자 황 각로가 웃으며 말했다.

"학사의 소년 공명이 일세를 진동하니 오래지 않아 같은 지위에 오를 게요. 하여간 나라가 인재를 얻었으니 기쁘기 한량 없소. 내가 폐하 앞에서 실수한 게 많으니 그것은 학사의 재주를 빛냄이니 허물치 마오."

황 의병은 양 오사가 과거에 급제하는 것을 헤살 놓던 일을 변명한
다.

한림은 그 눈치를 모르는 바 아니었지마는 겸손한 말로 대답할
뿐이었다. 이튿날 한림이 어른에게 인사를 하려 먼저 황 각로의 부중
으로 갔다. 황 각로가 크게 환대하며 말하는 솜씨 매우 부드럽더니
마침내 술상이 들어왔다.

술이 몇 순배 돌았을 때다. 황 각로는 한림의 손을 잡더니,

"내 한가지 청이 있는데, 학사는 들어주겠소?"

"저에게 무슨 청이십니까?"

"다름이 아니고 내 늦게 딸 하나를 두었는데 그만하면 군자의 배우
가 될 만하오. 학사가 아직 성취 못하였음은 아는 터이니 내 뜻을
받아 주는게 어떻겠소."

한림이 속으로

'황 각로는 권력을 탐하고 세도 좋아하는 사람이니 멀리 해야한
다. 그뿐만 아니라, 홍랑이 윤 소저를 천거했으니 어찌 홍랑이 없다
해서 그 마음을 저버릴 수 있겠느냐.'

하고 생각하였다. 그래서,

"저에게는 부모가 계시니 어찌 아뢰지 않고 성취할 수 있겠습니
까?"

"그것은 나도 알 수 있는 일이요. 다만 학사의 뜻을 듣고자 하오."

"혼인은 일류 대사인데 어찌 홀로 결정하겠습니까?"

한림이 정녕코 이렇게 말하는데야 황 각로도 더 어떻게 말할 수
없었다.

한림이 황 각로의 부중을 물러나와 거리로 나오자 갈도 소리 들리며 한 재상이 오는 것이었다.

바라보니 바로 노 균이었다.

노 균은 수레를 멈추고 천연스레 미소하며,

"내 학사를 찾아가는 길인데 마침 길에서 만났구료. 우리 집이 멀지 않으니 함께 갑시다."

한림은 하는 수 없이 따라간다.

노 균 역시 혼인을 권하는 것이었다. 자기 누이 동생을 한림에게 시집보내겠다는 것이다. 그러나 한림이 쌀쌀히 거절하니 창곡에 대한 감정이 전날보다 더 심해졌다.

한림은 사제로 돌아와 마음 속으로 생각해 본다.

'이제 노, 황 양가에서 저렇듯 구혼이 급하니 만일 늦장을 부리다간 무슨 일이 생길는지 모르겠다. 내 먼저 윤 상서를 만나보고 그 뜻을 탐지한 후 홍랑이 천거한 윤 소저와 성혼해야겠다.'

한림이 곧 윤부로 찾아가니 상서는 영접하여 자리를 권하며 웃고 말한다.

"학사는 나를 기억하오?"

"지난 날 존안을 압강정에서 뵈었으니 어찌 잊겠습니까?"

"학사도 이제는 마땅히 가정의 즐거움을 두어야 할 텐데, 어디에 정혼한 데라도 있소?"

"집안이 가난해서 아직 정한 곳이 없습니다."

윤 상서는 한참 무엇을 생각하더니,

"학사가 고향에 떠나기 전에 내 한 번 찾아가 송별하겠소."

한림은 상대편에서 혼사할 뜻이 있음을 짐작했다.

양 한림이 귀향할 것을 청하는 상소를 올리니 천자는 곧 허락하고 다시 창곡의 부친 양 현에게 예부원 외랑(禮部員外郞)이란 벼슬을 내리기까지 했다.

한림은 고향을 향해 즉시 황성을 떠났다. 여러 날이 지난 후 그는 항주와 소주에 당도했다. 지난 날이 홍랑을 생각한 한림은 전당호에서 제문을 지어 홍랑의 혼을 위로한 다음 마침내 고향땅에 당도했다.

이 때 양 처사 부부는 이미 아들이 등과한 소문을 듣고 오기만 고대하던 터라, 한림이 도착했다는 소식에 기쁨을 이길 수 없었다.

부부는 서로 지팡이를 짚고 나와 문에 의지하여 바라보니 학사가 나라에서 내려준 도포를 입고 머리엔 채화를 꽂고 동구밖에서 수레를 내리었다.

그 성대한 위의는 몇 달 전 떠날 때의 수재 양 창곡과는 딴판이었다. 양 처사가 아들을 반기며,

"내 나이 오십에 양씨의 혈맥이 끊어지지 않는 것만도 다행으로 생각했는데, 이렇듯 부귀영화까지 누리다니!"

한다. 그러니까 창곡이 절하며,

"소자가 불초하와 반 년이나 모시지 못하였음은 망극하와 아버님께 외의 함직을 내리셨습니다. 더구나 떠나던 날 천자께서 하교하시기를 속히 양친을 모시고 서울로 돌아와라 하십데다."

이리하여 원외 부부는 행장을 수습하고 아들과 함께 황성으로 향했다.

7

황성에 올라온 후 어느 날 한림이 양친을 모시고 앉았는데 허부인이 원외를 돌아보며 말한다.

"우리 아들의 나이가 이미 십륙이며 벼슬까지 올랐으니 속히 성혼하는 것이 좋지 않을까요?"

그러니까 원외가 대답하기 전에 한림이 자리를 옮기며,

"소자가 불초하와 미처 아뢰지 못했습니다만, 이미 뜻을 정한 곳이 있습니다. 지난 날 과거보러 가는 도중에 압강정에서 강남홍을 만나 서로 마음을 허락한 즉 홍이 윤 소저를 천거하더군요. 홍랑의 사람 보는 눈이 뛰어났으므로 그 말이 믿을 만할겝니다."

하고, 자초 지종을 자세히 아뢰는 동시 황 각로가 구혼하던 것까지 말했다.

그런즉 원외 부부는,

"이야말로 천생 연분이니 사람의 힘으로 어쩔 수 없는 일이야. 그러나 윤 상서는 물망 높은 재상이니 어찌 한미한 우리 집과 통혼하겠는가?"

"제가 윤 상서를 보았는데 시속 재상과 다르므로 우리 집안의 한미함을 싫어하지 않을 겝니다."

원외는 머리를 끄덕이고, 부인은,

"만일 윤부와 정혼치 못한다면 홍랑의 원혼을 위로하기 어려울게요."

하는 것이었다.

이리하여 양가에서는 마침내 중간에 사람을 놓아 정혼을 하고 길일을 택하여 그 날이 오기만 기다렸다.

길일이 닥쳐왔다.

한림은 홍포 옥대를 육부에 이르러 전안하니 그 준수한 풍채와 옥 같은 용모를 감탄하지 않는 자 없다.

또 윤 소저는 머리에 칠보 부용관을 쓰고 몸엔 원앙 금루 수요군을 입고 양 원외와 허부인에게 팔배 지례를 하니 정숙한 태도와 용모는 보름날 밝은 달이 구름 사이로 솟아오르고 한송이 부용꽃이 물 위에 피어난 듯하다.

원외 부부의 기쁨이란 형언할 수도 없거니와 동방 화촉에 한림의 금실 지락은 비할 길 없었다.

홍랑의 뜻대로 화촉을 밝히고 나니 한층 더 홍랑의 생각이 간절해진다.

한림과 소저는 홍랑의 이야기를 주고 받으며 가엾이 여김을 금치 못했다.

한편, 황 각로는 집으로 돌아와 속으로,

'양 창곡은 성상의 사랑함이 지극하니 다음날 크게 부귀를 누릴 게다. 이런 사위감을 놓치니 참으로 아깝구나!'

생각하니 이는 그 울분을 부인인 위씨에게 말했다.

그 부인은 이부시랑 위 언복의 딸이니 위 시랑이 처인 마씨는 황태후의 종형제였다. 태후가 마씨를 사랑하는 골육과 다름 없었다. 그러나 마씨는 자손이 없다가 늦게야 딸 하나를 낳았는데 그것이 곧 황각로의 부인 위씨였다. 마씨가 일찍 세상을 떠나자 황태후는 위 부인이 본래 부덕이 없음을 항상 섭섭히 생각하는 터였다.

위씨는 황 각로가 분개하는 것을 비웃으며,

"원로 대신으로 있으시면서 한낱 딸 아이의 혼사도 맘대로 못하세요?"

그리고는 한참 생각하더니,

"사공은 너무 근심마십시오."

한다. 그리고는 시비를 보내어 가 궁인을 청하기로 했다.

가 궁인은 본래 태후의 궁인으로서 전날부터 위부의 왕래가 빈번한 터였는데, 마씨가 죽은 후로 전날보다는 발길이 멀어졌으나 연락만은 끊임없어 위씨의 간청에 곧 위부로 왔다.

서로 인사가 끝나자 위부인이 먼저,

"내가 오늘 청한 것은 뜻한 바를 태후께 전달하기 위해서요. 내 딸이 금년에 나이 십 오세인데 위인이 그다지 용렬하고 어리석지 않으므로 좋은 사위를 구하다가 이미 한림 학사 양 창곡과 혼인을 정해서 비록 납채는 않았으나 택일 상례를 손꼽아 기다렸는데 갑자기 언약을 어기고 병부상서 윤 형문의 딸과 혼인을 했다니, 이런 데가 어디 있겠소. 이것은 다 나와 상공이 늙었으므로 위엄이 없이 본 것이 아니고 무엇이겠소. 그래서 상공은 울분으로 병환이 나서 침식을 못하고 딸아이도 남보기에 부끄러움을 견딜 수 없어 죽기를 기약하니 이 몸도 구차스레 살 생각이 없구료. 참으로 양 원외가 시세만 보고 변절한 거와 또 윤 상서가 인간 대사를 이간한 것은 선비와 군자들의 못할 짓이 아니겠소. 그러니 황태후의 은덕으로 윤씨의 딸은 제 이 부인으로 깎아내리고, 다시 우리 딸과 성혼하도록 해 주면, 그 은혜를 크게 보답하리다."

이 말을 듣자 궁인은 한참 생각하다가,

"그런 일이란 몹시 어려운 노릇이니, 부인은 다시 고쳐 생각하십시오."

그러나 위 부인은 눈물까지 흘리며,

"전날 모친이 살아 계셨을 때는 이런 일쯤 태후께 앙달하기 몹시 쉽더니 이제 모친의 무덤에 풀도 마르기 전에 벌써 다른 사람으로부터 능멸을 이렇듯 달게 받아야 하니 어찌 한심치 않겠소."

말이 끝나자 소리 높이 흐느껴 운다.

궁인이 보기 딱하여,

"일이 되고 안 되는 것은 제가 알 바 아니오나, 다만 부인의 뜻을 태후께 앙달하겠습니다."

하고, 위로한 후 가 궁인은 곧 궁성으로 돌아갔다.

궁성으로 돌아온 가 궁인은 황태후께 위 부인의 말을 그대로 고하였다.

말을 듣자 태후는 쓰디 쓴 얼굴로,

"내 죽은 마씨를 불쌍히 여기는 까닭에 그들을 특히 생각해 주었으나 이러한 일까지 어찌 내가 간섭할 수 있겠느냐? 더구나 원로 대신의 아내로서 이렇듯 체모를 모르니······"

하고 혀를 차는 것이었다.

궁인은 물러나와 곧 황 부인에게 이 소식을 전했다.

이 소식을 듣자 황 각로는 탄식한다.

"천의가 이 같으니 도리어 아뢰지 아니한 것만 못하구료!"

그러니까 곁에 있던 위씨가,

"글쎄, 상공은 걱정 마세요."

하고 황 각로의 귀에다 무엇을 소근거렸다.

그제서야 황 각로는 머리를 끄덕이며 빙그레 웃는다.

이날부터 황 각로는 병이 들었다 하며 자리에 누워 조회에도 참석치 않았다. 이 말을 듣자 천자는 원로 대신을 대우하는 뜻으로 약을 보내고 병세를 물었다.

그제야 황 각로는 뜻을 못 이긴 체하고 비틀 걸음으로 입궐하여 아뢰었다.

"요즈음 신병으로 세상 생각은 없사옵고 다만 조석으로 죽을 때만 기다리는 고로 오랫동안 입궐치 못했습니다. 장차 전원으로 돌아가 여생을 보내려 합니다."

천자는 너무나 뜻밖의 말에 그 까닭을 물었다. 그런즉 황 각로는 천연스럽게 눈물까지 흘리며,

"군신은 부자와 다름없다 하니 신의 소회를 어찌 감추겠습니까? 신이 나이 칠십에 딸 하나를 두었사온데 아직 출가하지 못하고 있습니다. 그것은 다름이 아니오고, 한림 양 창곡과 정혼하여 언약한 바입니다만 그들이 배반하고 병부 상서 윤 형문의 집안과 갑작스레 성혼을 했으니 세상에 이럴 수가 있겠습니까? 이웃 사람과 친척들이 소문을 듣고 모두 딸의 행실까지 의심하는 지경이오니 딸의 앞길은 영영 막혀 버린 것입니다. 하오나 딸은 남이 부끄럽다 하여 죽기를 원하고 신의 처는 울분을 못이겨 병석에 누워 있습니다. 칠십 넘은 늙은 것이 오래 산 죄로 남의 웃음거리가 되고 집안이 어지러우니 다만 속히 죽어 근심을 잊고자 합니다."

천자는 한동안 생각하다가,

"짐이 승상을 위해서 중매하리다."

이렇게 말하는 것이었다. 그리고는 곧 양 창곡과 그 부친을 불려들여 하교하는 것이었다.

"황 승상은 양조 원로며 짐이 예대하는 신하요. 이제 들으니 경의 집과 통혼하려는데 경이 윤 상서의 집과 성혼했다 하니 섭섭한 일이요. 예로부터 일인 이 처를 둔자 많으니 경은 조금도 언짢게 생각 말고 서로 결혼하도록 하오!"

원외는 황송해서 하명을 받았으나, 한림이 일어나 아뢴다.

"부부의 길은 가도의 시초입니다. 비록 천한 종이라도 은의로써 합하여 힘으로 억제하지 못하는 바이온데, 이제 황 승상이 원로 대신의 체모도 모르고 규중의 조그만 사정까지 폐하께 아뢰고 비루하게 천위를 빌려 억지로 혼사를 이루려 하오니 개탄치 않을 수 없습니다. 폐하께서는 곧 하명을 거두시기 바랍니다."

이 말에 천자는 크게 노하였다.

"신진 소년으로 감히 원로 대신을 논박하고 군명을 거역하니 그 죄 막대하다. 당장에 법으로 다스릴 일이다."

그런즉 참지 정사 노 균이 나서며,

"양로 원로에게 탑전에서 논박하는 말버릇이 고약하니 폐하는 창곡을 멀리 귀양보내시는 것이 마땅하겠습니다."

라고 아뢰었다. 천자는 그 말을 들어 양 창곡을 강주부로 명배하였다.

그리고는 황 각로에게,

"이제 양 창곡의 기운을 눌렀고 짐이 이미 중매했으니 승상은 여아 이 혼사를 근심마오."

하는 것이었다.

천자가 내전으로 들어가 이 일을 태후에게 아뢰니 태후는 오히려 그 처사를 못마땅하게 여기는 것이었다.

양 한림은 즉시 집으로 돌아가 양친을 하직하고 강주로 떠났다.
황성을 떠난 지 십여 일 후 한림은 문 밖에도 나가지 않았다.
그러한 어느 날 집 주인이 조용히 한림에게 말한다.

"이곳은 예로부터 귀양살이하는 양반들이 묵던 곳이어서 강한
누대에 무사한 고적이 있습죠. 상공은 어째서 고지식하게 국법만
지키고 밤 낮 방 속에 계십니까?"

그러니 한림이 웃으며,

"내 몸에 죄 있을 뿐 아니라 원래 구경하길 좋아하지 않소."

하고 대답할 뿐이었다. 그러나 어느덧 여름은 지나고 가을이 되니
한림은 심사 울적하고 수토는 몸에 맞지 않아 몸이 나날이 상해갔
다. 그래서 고집을 버리고 바람이라도 쏘이려고 주인을 불러 묻는
다.

"이 근처에 구경할 만한 곳이 있소?"

"앞에 있는 큰 강이 바로 심양강입죠. 그리고 강 울에 한 정자가
있어서 아름다움이 다시 없습죠."

한림이 동자를 거느리고 심양강을 찾아가 정자위에 오르니 멀리
돛단배들은 수면을 덮듯 끊임없고 저녁놀은 어촌을 뒤덮어 그 풍경이
티끌 세상을 잊게 하였다. 한림은 이러한 경치가 마음에 들어 그 후로
그는 날마다 소요하였다.

8

가을도 깊어가는 어느 날이었다. 한림은 달빛을 구경하려고 저녁

후 정자에 올랐다. 언덕의 장대꽃, 장상의 어등, 원숭이의 울음과 학소리가 자못 향수를 자아낸다.

난간을 의지하고 홀로 생각을 하는데 문득 바람을 따라 무슨 소리가 들리어 온다.

한림은 귀를 기울여 소리를 유심히 들으며 동자에게 묻는다.

"저게 무슨 소린지 아느냐?"

"거문고 소리가 아닙니까?

"아니다. 대현은 늠름하고 소현은 애달프고 가냘프니 바로 비파 소리다. 옛날에 당나라 백 낙천이 이 땅에 머물 때 강두에서 손을 보내다가 비파 타는 여자를 만났으니 그 여풍이 아직도 남았구나!"

한림은 동자를 거느리고 그 소리나는 데를 찾아 가다가 한 곳에 이르렀다. 아담한 초당이 숲 속에 자리잡고 있는데 문은 이미 닫혀진 지 오랜 모양이었다.

동자가 문을 두드리니 한 몸종이 나와 문을 열었다. 한림이,

"달 구경을 하다가 마침 비파 소릴 듣고 왔는데 이 집은 누구의 집이냐?"

하고 물으니까, 몸종은 한참 한림을 보다가 대답이 없이 도로 들어갔다.

그러나 조금 후 몸종이 다시 나와 들어오라고 청한다.

한림이 동자와 함께 들어가보니, 솔과 대나무는 저절로 울타리를 이루었고 국화와 단풍은 뜰 아래 깔렸는데, 모든 차림차림이 그림같이 곱다.

한림이 당상을 바라보니 한 미인이 당 아래 비파를 비껴안고 표연히 앉았는데, 담박한 화장으로도 달과 빛을 다루는 듯하였다.

미인은 한림을 보자, 옷자락을 휘날리며 일어났다.

한림이 그 자리에 서서 주저하니까 미인이 웃으며 당 위로 오르기를 청한다.

"어떤 상공이 이렇듯 적막한 사람을 찾아 주십니까? 저는 본부 기녀이니 염려마시고 올라오십시오."

그제야 한림이 웃고 올라가 그 생김생김을 자세히 보니 맑고 아름다운 용모와 태도는 밝게 빛나는 것 같고 해당 모란의 농염함을 생각케 하여 참으로 이 세상 사람 같질 않았다.

한편 미인은 미인대로 한림을 보니 관옥 같은 풍채와 영발한 기상은 세상에 드문 군자며 풍류호걸이었다.

한림이 먼저,

"나는 이 곳으로 귀양살이 온 손인데 마침 울적하기로 달빛 보러 나왔다가 바람결에 비파 소리를 듣고 우연히 이 곳까지 왔으니 다시 한곡조 들려 줄 수 없겠소?"

하고 청한다.

미인이 사양치 않고 비파를 끌어안아 한 곡조 탄주했다. 그 소리는 애원 처절하여 무한한 심사가 구비구비 흘러내렸다.

"꽃이 시궁창에 떨어지고 옥이 진토에 묻혔으니, 바로 왕 소군의 출색곡이구먼!"

하고 한림이 웃으며 평한다.

미인이 다시 주현을 고루어 한 곡조 탄주하니 맑고 윤택하기 다시 없는 곡이었다.

한람이 다시 정한다.

"청산은 높고 녹수는 양양한데 지기가 서로 만나 한 번 부르면

한 번 화답하니, 이것은 종자기의 아양곡이구려!"

그러자 미인은 비파를 밀어 놓고 옷깃을 여미며,

"저는 비록 거문고를 잘 타는 재주 없습니다만 항상 종자기를 만나지 못해서 한이었는데 상공은 어디 계시며 어떤 까닭으로 소년 적객 되셨습니까?"

하고, 묻는다. 한림이 귀양오게 된 까닭과 평소 품고있는 심회를 말한즉 조용히 듣고 하던 미인은,

"저는 본디 낙양 사람이며 성은 가(價)씨이옵고 이름은 벽성산(壁城山)입니다. 세상에 태어난 후 불과 몇 살 못되어 병란으로 부모를 잃고 떠돌아 다니다가 청루에 몸을 맡기게 되었습니다. 그러다가 약간의 이름이 나자 낙양 기녀들이 시기하므로 장차 종적을 감추고 승니도라로서 여년을 마치려고 그 곳에 피신 왔으나 제버릇 버리지를 못하고 다시 본부 기안에 들었는데 이 곳은 집집마다 장사꾼이며 마을마다 어업인 만큼, 돈벌이만 알고 풍정을 몰라 더욱 우울합니다."

그러다가 선랑이 등불 아래 앉아 한림을 보고 한동안 무엇을 생각하더니,

"상공은 무슨 벼슬에 계셨습니까?"

하고 묻는다.

"내 처음으로 등과하여 한림 학사로 있었소. 내 성은 양이며 이름은 창곡이라 하오."

선랑이 기쁜 빛으로 다시 비파를 어루만지며,

"제가 요즘 곡조를 지었으니 한 번 들어 보십시오."

하고 한 곡조를 타니, 그 소리는 감개 청절해서 사모함이 동산이 무너

짐에 낙종이 절로 응하는 듯, 그 원망스레 우는 정은 하늘이 유유하고 바다가 망망하여 충분히 그 지기를 서러워하고 방탕함이 없었다.

한림이 귀 기울여 고요히 들으니 어쩐 일일까. 그것은 지난날 자기가 등과해서 귀향하던 길에 홍랑을 초혼하던 때의 제문이었다.

그런즉 선랑이 탄주를 마치고 정중히 말한다.

"병이 같으면 서로 동정하고, 뜻이 같으면 서로 찾는 법이라고 합니다. 저는 강 남홍과 비록 안면은 없으나 자연 뜻이 맞아 구슬의 몸으로 바다에 빠졌음을 아까와 했었는데, 요즘 청루에서 그 제문이 널리 외워지기에 구하여 보니 홍랑은 죽어도 산 것이나 다름없더군요. 그러나 양 학사가 누군지 알 수 없어 한 번 만나 마음먹은 바를 이야기하고자 원했는데 이렇게 뵈올 줄이야 알았겠습니까? 그는 다만 그 시문을 이렇게 소리에 울려 본 것은 그 풍정을 부러워한 것이 아니옵고 다만 지기를 사모한 때문이었습니다."

이 말을 듣고 한림이 깊이 탄식한다.

"내가 홍랑을 생각하기 여느 창기로서가 아니었고 백년지기로서였었소. 이제 선랑을 보니 말과 동정이 홍랑을 그대로 보는 듯해서 한편으론 슬프기도 하구려!"

이윽고 백반이 들어왔다.

한림은 적거 후로 술 취한 일이 없었으나, 이 날 밤은 풍류 가인을 만나 흉금을 토하니 술취하는 줄을 몰랐다.

술이 거나하자 한림이 선랑을 돌아보며,

"낭의 비파 소리를 들으니 보통 솜씨가 아니구료. 또 무슨 음악이 있소?"

하고 묻는다. 그런 즉 선랑이 수줍음을 띄우며,

"저에게 옥통소 하나가 있는데 언제부터 누가 만든 것인지는 알수 없지만, 전하는 말을 들으면 본래는 한쌍이었다고 합니다. 하나는 지금 어디 있는지 아는 사람이 없고 하나는 제가 가지고 있는데그 소리가 웅장 호방하고 조금도 애원함이 없으니 한 곡조 시험해서 상공께 드리겠습니다. 그러나 이 곳은 시끄러우므로 내일 밤에달빛 받으며 집뒤 벽성산에 올라 뵙겠습니다. 부디 상공은 다시왕림해 주십시오."

한림은 그렇게 하기로 하고 돌아갔다. 낮에 보니 밤에 보던 것보다더욱 은은하였다.

선랑이 문을 열고 맞이한다. 한림이 선랑의 손을 잡고,

"이곳 경치는 과연 선계며 청루같지 않구료?"

"제가 본래 산수를 좋아하는 버릇이 있어 이곳에 별당을 세운 것도벽성산의 경치를 취한 때문입니다. 그런데, 오늘 상공이 왕림하시어 빛내게 하시고 저의 가슴속에 쌓인 티끌을 씻어 주시니 비로소신선경에라도 가까와졌다는가 합니다."

두 사람은 당에 올라 차를 마셨다. 어느덧 해는 서산에 떨이지고달이 동산 위로 솟았다.

선랑은 두 몸종에게 술과 과일을 들리고 자기는 옥통소를 품고서한림과 함께 벽성산 중턱으로 올라갔다.

동자는 바위의 이끼를 쓸고 몸종은 낙엽으로 차를 끓인다.

"벼성산은 강주에 다시 없는 명산이며 더구나 중추의 달밤은 일년중에 제일 좋습니다. 상공은 귀양살이의 한이 있으시고 저는 윤락한 몸을 슬퍼하는 마음이 있사오니 가지고 온 술로 먼저 속 불평을씻어버리고 또한 옥통소를 들어 보십시오."

서로 몇 잔 술을 마시어 취흥이 일자 선랑은 옥퉁소를 들고 달을
향해 불기 시작했다. 그런 즉 산이 울고 초목은 진동하고 잠자던 학은
꿈을 깨고 날은다. 그러다가 선랑이 약간 상을 찌푸리고 더욱 더 불어
대니, 문득 미친 바람이 일어나며 흙이 날아 오른다. 그 뿐인가 달빛
이 검게 흐르고 숨었던 교룡의 춤과 맹호 부르짖는 소리가 사방에서
일어나고 산중의 귀신이 흐느껴 통곡하는 소리까지 요란하다.

한림과 동자와 몸종들은 서로 돌아보며 크게 놀랐다.

그제야 선랑은 옥퉁소를 던지니 구슬같은 땀이 흐른다.

"제가 지난날에 한 신선을 만나 이 곡조를 배웠는데 이 곡조의
이름을 운문 광악 초장이라 합니다."

한림이 곡조와 부는 솜씨를 칭찬하니 선랑이 한림에게,

"이 옥퉁소는 여느 사람이 불면 소리가 나지 않으니 상공께서 한
번 시험해 보십시요."

하기에 한림이 웃고 받아 보니 우렁찬 소리 자연히 곡제에 들어맞는
다.

선랑이 감탄하며,

"상공은 평범한 분이 아니옵고 아마 하늘에 있는 별의 정기인가
합니다. 그러나 이제 상공이 부시는 소리를 들으니 조금 살벌한
기운이 있습니다. 오래지 않아 반드시 싸움터에 나가실듯 하오니
이 옥곡을 배워 두시면 쓰실 날이 있을까 합니다."

선랑이 몇 곡조 가르치니 한림은 원래 음률에 생소치 않는 만큼
순식간에 곡조를 배웠다.

선랑이 몹시 기뻐하며,

"상공의 하재는 제가 도저히 따를 수 없습니다."

한다. 그들은 밤이 으슥한 후에야 서로 손을 잡고 달빛을 받으며 돌아 갔다.

이 후부터 한림은 날마다 선랑의 집으로 갔다. 만나면 만날수록 이야기하면 이야기할수록 뜻은 맞고 정은 든다. 그러나 자리를 펴고 남녀의 정을 맺으려 할 적마다 선랑은 굳이 사양하고 허락지 않는다.

한림은 더럭 의심을 내며,

"낭과 서로 친한 지 이미 한 달이 지났는데 굳이 사양하고 허락지 않으니 어쩐 까닭이요?"

한즉 선랑이 웃으며 변명한다.

"군자의 사랑은 담담하기 물과 같고 소인의 사귐은 달기가 꿀과 같다 합니다. 저는 평생지기에 몸을 허락하고 뭇 사람에게 더럽히지 않는 것이 원이었습니다. 오늘 상공은 저의 지기오니 어찌 함부로 청루 천기의 음란한 모양으로 사귈 수 있겠습니까? 제가 사공과 부부의 인연 맺게 되고 군자께서 만일 버리지 않으신다면 기회가 얼마쯤이라도 있을 테니, 오늘은 다만 이야기나 주고 받는 벗으로 알아 주십시오."

한림은 그 지조를 기특히 생각하고 굳이 바라지 않았으나, 그래도 선랑의 태도가 지나치게 맑은 것을 의심하지 않을 수 없었다.

하루는 한림이 선랑을 찾아갔으나 본부에 가고 없었다.

한림은 쓸쓸히 돌아오다가 문득 속으로 내가 전에는 밤에 벽성산에 올라갔기 때문에 사세히 보지 못했으니 다시 가보겠다고 생각하였다.

동자를 거느리고 산으로 올라가는데 기이한 꽃과 괴암은 곳곳에 늘어 있고 맑은 시내, 준수한 봉우리는 골마다 휘감겨 있었다.

한림은 시내의 근원을 찾고자 했으나 피곤한 나머지 바위 위에 쉬었다. 그런 즉, 문득 정신이 흐려지기 시작했다. 한 보살이 금가사를 입고 석장을 짚고 나타나서 한림을 보며,

"문창은 그 후 별고 없는가?"

한다. 한림이 당황해서 대답지 못하는데 보살이 다시 웃으며 말하기를,

"홍 란성은 어디다 두고 재천 선녀와 즐기는가. 나는 남해 수월암 관세음 보살이다. 옥제의 뜻을 받아 무곡성 관병서를 전하니 그대는 널리 창생을 제도하고 속히 상계로 돌아오라."

하고, 석장을 들어 바위를 치며 다시 높은 소리로 말한다.

"갈길이 바쁘니 속히 돌아가라!"

한림이 놀라 깨니 꿈이었다.

그러나 몸은 여전히 바위 위에 앉았는데 단서 한 권이 앞에 있지 않는가!

한림은 단서를 소매 속에 간직하고 산을 내려왔다.

내려오는 길에 다시 별당에 들렀으나 선랑은 아직 돌아오지 않았다.

객관 방으로 한림이 돌아와 단서를 보니 과연 천상 무곡성의 천문 지리와 용병 강신하는 비결이 써 있다.

문갑 속에 그것을 간직하고 밤이 깊기에 그만 자려는데 문득 발자국 소리가 들려왔다.

창을 여니 선랑이 두 몸종을 거느리고 오는 것이었다.

한림이 반겨 맞으니까 선랑은 자리에 앉은 후 두 번이나 헛걸음을 치게 한 것을 사죄하며 이런 말을 한다.

"이 같은 좋은 밤에 어찌 잠잘 수 있겠습니까? 강두에는 달빛이 몹시 상쾌하오니 잠시 심양정에 올라 달을 구경하시고 다시 저의 거처로 가시는 것이 어떠십니까?"

한림은 쾌히 허락하고 선랑과 함께 강두로 나갔다. 십리명사는 백설을 깐 듯하고 둥근 달이 푸른 하늘에 걸렸는데 모래 사장에 잠든 백로는 사람 자취에 놀라 날고 있다.

선랑이 사장을 거닐다가 한림을 돌아보며 한 곡조 노래를 한다.

〈백구야 무단히 펄펄 날지 마라.
달도 희고 모래도 희고 너도 희고 시비 흑백을 내 모르겠다.〉

선랑의 노래가 끝나자 한림이 화답한다.

〈강상에 백구야 나를 보고 날지 마라. 명사십리 달빛을 너 혼자 누리겠나. 나도 성대의 적객으로 경치 찾아 여기 왔다.〉

한림과 선랑은 노래를 마치자 서로 손을 잡고 심양강에서 놀다가 다시 선랑의 별달에 이르러 좋은 밤을 보내었다.

어느 날——

가을 비가 내리더니 종일토록 개지 않았다.

한림이 홀로 앉아 문갑에서 무곡 병서를 내어 보다가 문득 잠이 들었다. 그러다가 밤은 깊고 날은 개여 달빛이 뜰에 가득할 무렵에야 잠을 깨었다.

한림은 문득 선랑이 생각나서 별당을 향해 가려니까, 두 몸종에게

58

등불을 들리고 마침 이편으로 오는 선랑과 만났다.

"내 몹시 무료하기에 지금 낭을 찾아가는데 어디로 가오?"

"달 희고 바람 맑기에 상공이 고적하실까 염려되어 위로코자 가는 길입니다."

한림은 웃으며 함께 별당으로 갔다. 달을 보며 몇 잔 술을 마시는데 선랑이 문득 수심에 잠긴다. 이상히 여긴 한림이,

"무엇을 그리 생각하오?"

한즉 선랑이 부끄러워 한 동안 말이 없더니,

"제가 청루에 있으면서 일편 단심을 바칠 곳 없더니 뜻밖에 상공을 모시게 되어 기쁜 마음 그지 없습니다만 흐르는 물에 떠있는 인연이라, 만나고 헤어짐이 덧없을까 합니다. 이제 밝은 달을 보니 한 번 둥글면 한 번은 이지러지고야 만다는 것이 원망스럽습니다."

"내가 돌아갈 날이 빠를 지 늦을 지 나도 모르는 일을 낭은 어찌 짐작할 수 있기에 그와 같은 말을 하오."

"비록 확실히 알 수는 없으나 제가 낮에 잠시 졸다가 한 꿈을 꾸었습니다. 꿈에 상공이 푸른 구름을 타고 북으로 향하시며 저를 돌아보고 함께 가자 하십니다. 그러나 문득 뇌성이 일어나고 벽력이 머리에 떨어져 깜짝 놀라 꿈을 깨었으니, 비록 저에게는 이롭지 못한 징조이지만 상공은 오래지 않아 죄 풀리고 돌아가 영화롭게 되실 것입니다."

한림이 머리를 숙이고 무엇을 생각하더니,

"이 달 이십일은 황상께서 탄생하신 날이요. 해마다 이 날이면 천하에 대사령을 내리시어 낭의 꿈이 헛되지 않을지도 모르오."

이 말을 듣자 선랑은 몹시 놀랐다.

"은명으로 죄를 씻으시면 어찌 반갑지 않겠습니까마는 이제 한 번 이별하면 훗날의 기약이 아득합니다. 남방에는 한 새가 있으니 그 이름은 난이라 한답니다. 사람이 난새의 소리를 들으려면 거울을 들어 난새를 비춘다 합니다. 그러면 난새가 거울에 비춰진 제 그림자를 보고 종일토록 울다가 기진해서 죽어 버린다합니다. 이 몸은 청루 천한 몸이니 스스로 짝을 만나기 어려우리라 여기다가 이제 상공을 모신 것이 꿈 속인 것만 같이 그 황홀함이 마치 거울 속으로 제 그림자를 보는 듯합니다. 그러므로 지금 저의 처지는 난새 우는 거와 같사오니 비록 죽을지라도 여한이야 있겠습니까? 이 후에는 산 속으로 들어가 자취를 감추고 승니 도사를 따라 진세 욕을 면할까 합니다."

그런 즉 한림이 위로하기를,

"나는 비록 낭의 뜻을 아는데 낭은 나의 뜻을 모르는구료. 우리 앞으로 근심과 기쁨을 길이 같이하여 벽성산두의 둥근 달로 우리 두 사람의 마음을 비추고 평생토록 이지러짐이 없게 하리라."

"군자의 말씀은 천금보다 무거우니 저는 죽어도 여한이 없습니다."

하고 선랑은 술잔을 들어 권한다.

한림은 술이 반쯤 취하자 선랑의 손을 잡고 청하기를,

"우리 서로 만난 지 몇 달이 지났는데 어찌 그냥 헤어질 수 있겠소. 이는 사람이 상정이 아니니 오늘의 가약을 헛되이 보내게 하지 마오."

그런즉 선랑은 두 뺨을 붉히며 간곡히 말한다.

"예로부터 제 아무리 그 몸을 깨끗이 둔 사람도 남의 비방을 면하

기 어려웠습니다. 더구나 저는 풍류장에 노는 천한 몸이니 더말할
것 있겠습니까? 만일 다음 날 군자의 문하에 들어갔다가 비방을
받게 되면 저의 신세는 진퇴할 길이 없어지고 말지 않겠습니까?
그러므로 십 년간 청루에서 일점 홍혈을 굳이 지킴은 군자의 굳은
시종이 되기를 바랍니다. 결코 정이 없어서가 아닙니다."

이 말을 듣자 한림은 팔을 이끌어 소매를 걷어 올렸다. 그런 즉
팔 위에 앵혈이 달빛 아래 완연하다.

한림은 그 뜻을 기특히 생각하며 그저 찬탄하는 것이다. 그리고
이후로는 다시 조르지 않고 깨끗이 사랑했을 뿐이다.

한림이 귀향살이 온 지도 어느덧 오 개월이 지났다.

천자는 탄일이 되자 신하들의 진하를 받고,

"한림 학사 양 창곡이 귀향간 지 이미 오래 됐으니 특히 그 죄를
사하고 예부 시랑의 벼슬을 주어 불러 올리라!"

하고, 분부했다.

이 때 양 한림은 비록 선랑과 함께 날마다 서로 대하여 거의 나그
네 설움을 잊었으나, 문득 북쪽 하늘을 바라보던 군친을 양모하는
심사가 간절해 지는 것이었다. 그러한 어느 날 문 밖이 떠들썩하더니
동자가 뛰어들어와,

"예부 하예와 본부의 종이 왔습니다."

하고 서찰을 올리며 성지를 전한다.

그러나 이미 날은 저물어,

'내일 떠나리라.'

한림은 선랑과 이별하러 동자를 거느리고 선랑의 집으로 갔다.

선랑은 벌써 소문을 듣고 치하한다.

그러자 양 시랑은 선랑의 손을 잡고,

"이번에 내 낭을 데리고 같은 수레로 같으면 좋겠으나 전객으로 왔다가 첩을 거느리고 돌아갈 수도 없는 일이고 또 아직 양친께 아뢰지도 않았으니 내 마땅히 상경한 후 수레를 보내어 올라오게 하겠소. 그러니 낭은 이별의 설움을 참고 기다리시오."

그런 즉 선랑은 힘없이,

"상공이 음률로 저를 만났으니 마땅히 음률로써 이별을 고하겠습니다."

하고 거문고를 끌어 당겨 삼장을 탄주한다.

梧葉妻妻兮

竹實離離

鳳凰來集兮

隱隱喈喈

江雲漠漠兮

江水悠悠

行人去而秣馬兮

道及公子同歸

暗恨奏琴兮

珠絃咽

無恨思繁心曲兮

向明月

〈오동잎 우거짐이여,

대 열매는 조랑조랑 하도다.
봉황이 와 모임이여,
우는 소리 정답도다.
강구름의 막막함이여,
강물은 유유하도다.
행인이 떠나고자 말을 먹임이여,
공자를 좇아 한 가지로 돌아가리로다.
남모를 한을 거문고로 아룀이여,
주현이 목메어 우는도다.
한없는 생각 마음의 곡조에 엉겼음이여,
밝은 날을 향하였도다.〉

선랑은 다 타고 나서 거문고를 밀어 놓고 처량히 눈물을 흘리며
아무 말도 없다.

9

이튿날 시랑은 길을 떠나 수일 후 황성에 당도했다.
그 즉시로 시랑이 천자에게 사은하니 천자는 위로하기를,
"경이 오랫동안 적소에서 많은 고초를 겪었으리라. 그러나 아름다
운 옥은 닦으면 닦을수록 빛이나고, 보검은 갈수록 날카롭다니,
경은 기운 잃지 말고 앞길을 위해 힘쓰라!"
시랑은 황공해서 머리를 숙이는데 천자는 다시 하교한다.

"황 각로의 집과 혼사하도록 분부하였으니, 경은 예절에 어긋남이
없도록 사양 마라!"

그제서야 시랑은 공손히,

"마땅히 명에 쫓겠습니다."

할 수 밖에 없었다.

천자는 크게 기뻐하며, 곧 일관을 불러 탑전에서 택일까지 하였
다.

천자의 중매로 치르는 성례니만큼 위의 성대함은 가히 다 말할
수 없다. 치하하러 모여든 손들은 양부 문 앞에 구름처럼 모여들었
다.

그러나 삼일 간 화촉지례가 끝난 후 시랑은 우울한 얼굴로 윤소저
의 침실에 와서 조용히 묻는다.

"부인은 황 소저를 보았으니 그 사람됨이 어떠합디까?"

윤 소저는 한참 말이 없다가 겨우,

"아녀자의 안목이란 아름다운 옷이나 용모 자색 같은 것을 보는
것이 고작이니 어찌 심지 품행을 알 수 있겠습니까?"

"부인의 말은 예절과 도리에 합당하나 속마음이 아닐께요. 내가
보기엔 벌써 다음 날 집안을 어지럽게 할 징조가 있으니 걱정이구
료!"

하고, 탄식하는 것이었다.

윤·황 두 수저와 혼인을 하자, 창곡은 그때까지 입밖에 내지 않던
벽성선의 일을 양친께 고하니 양친은 즉시 황성으로 데려오라 분부하
여 마침내 벽성선을 불러 올리게 되었다.

그러나 이때 마침 교지 남만이 반란을 일으켜 변방이 어지럽게

되니 천자는 양 창곡을 전남만 대원수를 삼아 출전케 하였다.

원수의 대군이 황성서 삼백 리쯤 떨어진 곳에 이르렀을 때 마침 황성을 향해 올라오는 선랑과 만났다.

"상공의 출전이 어찌 이다지도 급하십니까?"

"오랑캐가 창궐해서 지체할 수 없기 때문이요. 미리 이런 줄 알았던들 낭을 급히 불러 이렇게 어긋남이 없게 했을 것을……"

그런즉 선랑이 눈물을 머금고,

"저는 미천한 몸이며 더구나 귀문에 서투르니 비록 지금 가더라도 누구를 믿고 의탁하겠습니까?"

한다. 원수가 선랑의 손을 잡고 먼저 황 소저를 얻게 된 경과부터 말한 후,

"낭의 지견이 남다르니 비록 난처한 일이 있더라도 조심해 내가 돌아올 때만 기다리오."

하고, 당부한다.

그런 즉 선랑이 옥퉁소를 꺼내어,

"이것이 혹 군중에서 쓰일 때 있을는지도 모르오니 거두어 두십시오."

하고 공손히 바친다.

원수는 옥퉁소를 받아 소매 속에 거두고 나서 다시 선랑을 돌아보며,

"낭은 부중에 들어가 혹 난처한 일이 있거던 윤 소저와 함께 상의하오. 윤 소저는 천성이 인자하고 또 내가 부탁한 바 있으니 반드시 저버리지는 않을 게요."

하고는, 눈물을 씻는 선랑을 뒤에 두고 산을 내려와 진중을 향하였

다.

그 이튿날 원수는 행군하여 남으로 떠나고 선랑은 행장을 수습하고 황성으로 향하였다.

수일 후 선랑은 황성에 도달하여 양부 문밖에 수레를 멈추고 동자를 시켜 먼저 통지하였다.

창곡의 부친 원외가 내당으로 불러들이니 아름다운 태도와 은은한 용모는 조금도 구김없이 깨끗하여 부중 상하가 모두 칭찬한다.

원외 부부도 사랑하는 마음이 일어나 자리에 앉게 하고 윤 소저와 황 소저를 들어오도록 분부했다.

윤 소저는 즉시 왔으나 황 소저가 오지 않기에 웬일인가 까닭을 물으니, 갑자기 몸이 편치 못해서 오지 못한다는 것이었다.

원외는 머리를 끄덕이며 불쾌한 기색으로 윤 소저를 돌아보고 훈계한다.

"군자가 첩을 두는 것은 자고로 있는 법이나 이것을 투기하는 것은 나쁜 버릇이다. 현부는 현숙하므로 더 타이를 것 없으나 서로 화목하도록 가도에 어그러짐이 없게 하라!"

이 날도 선랑은 양당께 문후하고 윤 소저의 침실로 갔다.

"저는 청루의 천한 몸으로 체모를 모릅니다만 두 분 소저가 계신다 말만 듣고 아직 한 분 소저를 못뵈었으니 감히 뵈옵기를 청합니다."

윤소저가 무엇을 한참 생각하더니 연옥에게 황 소저의 침실로 선랑을 모시라 명령하였다.

이 때 황 소저는 은근히 선랑의 소식을 조사해 보았지만 모두 칭찬만을 하고 조금도 언짢게 말하는 자가 없어 더욱 비위가 상했다.

황 소저가 불쾌한 나머지 잠 한숨 못자고 아침에 일찍 일어나 머리를 빗고 거울을 대하여 눈썹을 그리면서,

"하늘이 경국지색으로서 나를 세상에 내보내지 않으시어 위로는 윤 소저와 겨룰 수 없고, 밑으론 천기까지도 따를 수 없는가?"

하고 탄식한다.

황 소저는 그만 가슴이 터질 듯하고 온 몸이 벌벌 떨렸다. 이때,

"선랑이 뵈옵기를 청합니다."

하는 소리가 바깥으로부터 들려왔다. 그러자 황 소저의 안색이 새파랗게 질리며 독한 기운이 미간에 서린다.

10

한 때 미간에 독기를 띠었던 황 소저는 문득 생각을 고쳐 먹는다.

'고기를 낚으려면 먼저 단 것으로 미끼를 삼는다 하니 천기가 비록 꾀 많다 할지라도, 내 한 번 웃고 농락만 하고 보면 내 수단에서 벗어나지 못하리라!'

생각하였다.

황 소저는 즉시 화락한 모습과 온유한 음성으로 어서 당에 올라오기를 재촉한다.

선랑이 당에 올라 황 소저의 용모를 자세히 보니 얼굴엔 푸른 기운을 띠었고 입술은 얇고 눈썹이 가늘어 덕인의 기상이 전혀 없다.

그러나 황 소저는 선랑을 보고 웃으며 말한다.

"낭의 이름을 들은 지 오래건만 이제 만나 보니 과연 군자의 사랑

을 받는 것도 마땅하다 하겠소. 오늘부터 백년을 기약하고 같이
한 사람을 섬기게 되었으니 진심으로 사귀고 서로 숨기는 일이
없게 합시다."

"저는 천한 몸이어서 규범 내칙의 정당한 말을 듣지 못했으니 진퇴
의 주선에 허물이 있더라도 용서하시고 미치지 못하는 점은 잘
가르쳐 주십시오."

그런 즉 황 소저가 자지러지게 웃으며,

"낭은 지나치게 겸사 마오. 나는 사람과 사귀되 속맘을 숨기지
못하여 미우면 얼굴에 나타나니 낭은 어렵게 생각마오."

하는 것이었다.

별당으로 돌아온 선랑은,

'옛적 이 림모의 웃음 속엔 칼이 있다더니 오늘 황 소저의 말속에
그물이 있다. 오히려 칼은 피할 수 있지만 그물은 어찌 벗어날
수 있겠는가?'

하고 걱정하는 것이었다.

그 후 며칠이 지난 후——

선랑이 시비 소정을 데리고 황 소저의 침실을 다시 찾았다. 황
소저가 기꺼이 손을 쥐고,

"그러지 않아도 심심하던 차에 찾아주니 참으로 고맙소."

하고 황 소저는 자기 시비 춘월을 돌아보며,

"내 선랑과 함께 종일 지내겠다. 그러니 자연이 혼자 별당에서
쓸쓸한 테니 네가 가서 같이 놀다 오너라."

한다.

선랑의 두 몸종 중의 하나인 자연을 찾아간 춘월은,

"네가 살던 벽성산은 어떤 산이며 강변이라니 무슨 강이 있느냐?"
하면서 선랑이 살던 곳의 경치며 집의 모양이며 창곡과의 관계를
꼬치꼬치 캐어 물었다.

한편 황 소저는 선랑을 잡아 놓고 서로 쌍륙을 놀다가 문득 그것을
쓸어 버리고,

"선랑의 재주는 당할 수 있어야지. 그러니 아마 서화도 잘하겠소?"
하고 웃었다.

"창기의 글씨란 찾아오는 손들에게 통신이나 하는 것이 기껏이지
무슨 글씨랄 게 있겠습니까?"

선랑이 겸사했지만 황 소저는 웃으며 도화를 불러 붓과 벼루를
가져오도록 명한다.

"자, 낭은 사양치 말고 몇 줄 써 보오!"

선랑이 굳이 쓰지 않으려니까 황 소저가 붓을 뽑아 먼저 몇 줄을
쓰며 권한다.

"내 못난 솜씨로도 먼저 썼으니 자 사양치 마오."

선랑이 하는 수 없이 싫은 걸 겨우 한 줄을 쓰고 붓을 놓으니 황
소저는 거듭 보며 칭찬을 늘어 놓는다.

"낭의 글씨는 나로선 따를 수 없구려. 다시 다른 체로 써 보오!"

"제 재주는 이 정도이지요. 어찌 두 가지 체가 있겠습니까?"

그제서야 황 소저는 겨우 놓아 주어 별당으로 돌아왔다.

선랑의 지혜로써 어찌 황 소저의 간교한 계책을 짐작 못했을까마는
나이 어리고 마음이 부드러워 강 남홍과 같은 용단이 없었으므로
차마 권하는 걸 물리치지 못하고 그 후로도 상종하였다. 그러나 윤
소저만은 혹 선랑이 실수할까 은근히 마음을 조리었다.

아니나 다를까 황 소저는 그 후 친정을 드나들더니 친정 부모와 공모하고 선랑을 모함할 계책만 꾸미고 있었다.

양 원수가 출전한 지도 이미 삼사개월이 지나 어느새 가을이 되었다.

선랑이 쓸쓸히 별당에서 두 몸종을 거느리고 멀리 원수를 생각하며 구슬 같은 눈물을 흘리는데 문득 발자취 소리가 들리더니 춘월이 와서 생각한다.

"황 소저가 저에게 명하시길 소청과 자연을 잠깐 바꾸어 보내라 하십니다."

그래서 선랑이 두 시비를 돌아보며,

"황 소저가 항성 너희들을 칭찬하였으니 시키시는 일이 있거던 잘 받들어라!"

하고 일러 보냈다.

소청, 자연이 황 소저의 침실로 들어가니, 황 소저가 웃으며 반색한다.

"마침 친정에서 송강 농어를 보내왔지만 춘월 도화는 손질하는 법을 모르므로 너희들을 불렀으니 수고로움을 아끼지 마라."

소청과 자연은 분부대로 부엌엘 들어가 요리를 시작하였다.

한편 선랑은 소청, 자연의 두 시비를 보낸 후 돌아오기만을 기다리는데, 어쩐 일인지 밤이 깊어도 돌아오질 않았다. 그러자 춘월이 어쩐지 미안한 듯이,

"소청, 자연이 어째 안 올까요? 제가 한 번 가 보겠습니다."

하고 나갔다. 그러나 춘월도 가더니 소식이 감감하였다. 선랑은 베개를 베고 잠을 이루지 못하는데, 문득 문밖에서 사람의 소리가 들리었

다.

　그러더니 외마디 소리가 일어나며, 소청과 자연이 방 안으로 뛰어 들어왔다. 선랑이 놀라 급히 창문을 열어 보았다. 춘월이 섬돌 아래 쓰러졌고 한 남자가 맨발로 담을 넘으려다가 다시 별당 중문으로 급히 사라졌다.

　그러자 춘월이 발딱 일어나더니 높이 부르짖었다.

　"저놈 잡아라! 남자가 있소!"

하고 남자가 사라진 중문으로 쫓아 나갔다.

　이 때 원외가 외당에서 아직 잠을 이루지 못하다가 대경하여 창문을 열었다.

　과연 달 아래 억세게 생긴 한 남자가 들어오더니 나는 듯이 담을 넘으려 하고 어느새 쫓아왔는지 춘월이 그 남자의 허리띠를 움켜쥐고 늘어지더니 그 남자는 춘월을 뿌리치고 넘어가 버렸다.

　원외가 급히 종을 불러 남자의 종적을 살피라 하였으나 벌써 어디로 갔는지 알 수 없었다.

　원외가 종에게,

　"도적이 든 모양이다. 너희들은 날이 새기까지 집안을 돌아라."

하고 문을 닫았다. 그런데 춘월이 모든 종과 함께 창밖에서 떠들어 댄다.

　"내가 도적의 주머니를 잡아 뗐는데 그 속에서 향기가 나니 반드시 재상 부중의 것이야!"

　원외가 다시 창문을 열고 크게 꾸짖은 후 물러가게 하였다. 춘월과 종이 문 밖으로 물러나와 주머니를 연 즉 한쪽의 편지가 나왔다. 춘월이 생글거리며,

"그 도적은 필시 무식한 자가 아니야. 이걸 우리 부인께 보여 드려
야지?"

하고 내당으로 들어갔다. 춘월이 들어오는 것을 본 허 부인이 그 까닭
을 물은 즉 춘월이 아뢴다.

"소청과 자연이 황 소저의 침실에 와서 놀다가 밤이 으슥한 후
돌아갈 때 저와 함께 가자고 하지 않아요. 그래서 별당 섬돌까지
같이 갔는데 문득 한 미남자가 맨발로 침실 대청에서 내려오질
않겠습니까? 그러더니 불문 곡직하고 발길로 차서 쓰러뜨렸습니
다. 그 남자는 외당으로 돌아들어 외당의 담을 넘으려하므로 제가
쫓아가 그 주머니를 빼았었습니다. 그런데 그 비단주머니속에 이
종이 쪽지가 있었으니 부인은 보십시오."

이어 마침 문안하는 체 하며 달려 왔던 황 소저가 그 주머니를
펴 보니 그 속에 쪽지 하나가 들어 있는데 틀림없는 선랑의 필적으로
이런 사연이 적혀있다.

"군자를 보지 못하니 하루가 삼 년 같나이다. 양 원수는 박정한
사람이라 이미 멀리 떠나갔으니 적막한 후원에 가을 달은 둥글건만
꽃은 시들어가고 그저 옥인이 오시기만 원하나이다. 이미 저는
양 원수에게 몸을 허락하고 붕우로서 사귀었으나 이번 황성에 온
것은 한 때 유람을 위해서였나이다. 우리 두 사람의 굳은 기약이야
말로 심양강보다 깊으며 벽성산보다 높지 않나이까? 마땅히 별당
외 문을 닫고 비파를 타주하며 구정을 잊고자 하오니 이번 보름날
밤 찾아 주시기 고대고대 하나이다."

다 읽고난 허 부인은 태연히 웃으며,

"이것은 도적의 물건이 아니며 바로 벽성선의 물건입니다. 창기가

남자 그리는 편지가 흔히 있는 일이니 소저는 이상하다 생각지
마십시오."

황 소저는 허 부인의 으젓한 도량에 그저 기가 막혀 말 한번 못하
고 자기 침실로 갈 수 밖에 없었다.

그러나 마음 속으로는,

"지혜 있는 윤씨와 요악한 천기가 우리들이 꾸민 일을 짐작하고
이렇듯 모의하니 속히 서둘지 않으면 안되겠다."

황 소저의 얼굴에 더욱 독기가 올랐다.

어느 날 선랑이 혼자 별당에 있는데 낯선 노파가 들어왔다. 박물장
수라 칭하여 여러가지 물건을 꺼내보이다가 환약 한 알을 손에 들
고,

"이것은 벽사단이라는 것인데 몸에 지니면 밤에 길을 가더라도
허수아비가 침범치 못하며 괴질이 유행해도 전염되지 않으니 규중
부인은 별로 필요 없으나 비복들은 다 가질만한 것이요, 사우?"

자연이 한 개를 집어들고 사람에게 보이며 사고 싶어 하기에 선랑
이 웃으며 한 개를 사 주었다.

팔월 중순 어느 날 밤 선랑은 무료히 침상에 누웠고 소청, 자연
두 시비는 곤하게 이미 잠든 후였다.

누가 문을 몹시 두드린다. 선랑이 일어나 문을 여니 춘월이 촛불을
들고 방으로 들어오며,

"황 소저께서 갑자기 병들어 눕게 됐으니 다시 만나기 어렵겠다
하십니다."

한다.

"병세가 어떠하기에 그다지도 급하시냐?"

춘월은 묻는 말엔 곧장 대답하지도 않고,

"오늘 밤은 참 쌀쌀한데 어떻게 본부까지 갔다와야 할까요?"

"무슨 일로 가느냐?"

"약을 지으러 가야지요!"

"내가 이제 소저에게 가보지!"

선랑이 소청을 깨워 초롱의 불을 옮겨 촛대를 밝히려고 하는데
춘월이,

"곤히 잠들었으니 천천히 깨우세요."

하고 제가 촛대를 끌어다가 불을 붙이려다가 우연히 쓰러지는 체
하면서 촛대와 초롱의 불을 한꺼번에 꺼 버리고 말았다.

춘월이 몸을 일으켜 혀를 차면서,

"일이 급하니까 그만…… 저는 먼저 가겠습니다."

하고 그냥 가 버렸다.

선랑이 소청을 깨워 다시 불을 켜라고 하였다. 그러나 소청이 일어
나 옷을 찾아도 옷은 간 곳이 없었다.

캄캄한 방속에서 급히 찾는데 선랑이 속히 하라고 꾸짖는 바람에
소청은 그만 자연의 옷을 주워입고 선랑을 따라 황 소저의 방으로
갔다.

황 소저는 친상에 누워 신음하다가 선랑과 소청이 들어오는 것을
보자,

"낭이 이렇듯 찾아 주니 참으로 다정한 마음씨요."

한다.

선랑이 좌우를 돌아보니 별다른 것은 없고 다만 풍로에 약이 끓고
있을 뿐이다.

"도화는 어디에 갔기에 오지 않습니까?"

"춘월은 본부에 보냈고 도화는 밖에 나가 돌아오지 않으니 답답하구료!"

선랑이 소청과 함께 탕약을 보니 이미 짜게 되었다.

"약을 짜야겠습니다."

"미안하오만 아무도 없으니 소청을 시켜서 짜게 해주오."

소청이 즉시 약을 짜서 바치었다.

황소저가 벽을 향해 누웠다가 다시 돌아 누우며 오지 않는 도화에 대하여 짜증을 내는데 그제야 춘월이 들어오며 깜짝 놀라,

"탕약을 누가 짰습니까?"

"내 정신이 없어 잘 알 수는 없지만 선랑이 소청을 시켜 짜게 했나 보다."

춘월이 도화의 조심성 없는 거와 약이 준 것을 투덜거리며 약 그릇을 황 소저에게 바치었다.

황 소저가 약 그릇을 들고 마시려 입술에 대더니 갑자기 약그릇을 놓고 침상 위에 쓰러지며 기절한다.

선랑 노주가 크게 놀라 침상으로 가려는데 춘월이 발을 구르고 제 가슴을 치면서,

"우리 소저가 독을 마시었다."

하고 머리의 은비녀를 뽑아 약그릇을 저으니 은비녀가 당장 푸른 빛으로 변하였다.

그러자 춘월은 소청에게 달라들어 옷을 벗기니 약 한 개가 튀어나왔다. 자연의 옷을 바꾸어 입었으니 그 속에 지니고 있던 단약이었다.

춘월은 단약을 집어 들고 넋두리를 한다.

"우리 소저가 적국의 간악한 꾀를 모르시고 진심으로 대하더니 마침내 이런 일을 당했구나! 그 젊으신 나이에……"

다시 춘월은 도화를 돌아보며,

"소청 노주는 우리들의 불공 대천지 원수이니 꼭 붙들어 두고 놓지 말아. 내 부인께 아뢰고 오겠다."

부탁하고 방을 나갔다.

춘월이 울면서 허 부인께 달려가서 이 일을 고하니 허 부인과 원외가 춘월을 따라 황 소저의 방에 들어왔다.

원외는 즉시 황 소저의 진맥을 한 다음 춘월, 도화 두 시비에게,

"너희들은 그저 소저를 간호할 뿐인지 만일 쓸데없이 집안을 요란케 하면 엄하게 다스리겠다!"

하고 부인의 침실로 갔다. 그런 즉,

"황 현부의 동정이 어떠하옵니까. 집안이 이다지도 시끄러우니 상공은 장차 어떻게 조처하시겠소?"

하고 부인이 묻는다. 원외가 한참 생각하더니,

"황부가 비록 중독됐다고 하나 다행히 별다른 탈은 없는 듯하니 다시 생각한 후 조처하리다."

하고 대범스레 대답하였다.

황 소저는 침상에 누워 부중의 동정을 탐지하였으나 부중 상하 아무도 선랑을 의심하지 않으니 초조하고 분해서 견딜 수 없었다.

마침내 황 소저는 춘월을 본부로 보내어 늙은 아버지를 선동케 하였다.

11

춘월을 통하여 황 소저의 선동을 받은 황 각로는 즉시 선랑을 죽이겠다고 양부로 달려왔으나 조리있는 원외의 말에 손질을 못하고 자기 딸만 데리고 다시 돌아갔다. 그러나 황 소저의 모친 위부인은 달랐다.

위 부인은 사갈 같은 성품과 귀신 같은 마음으로 질투 많은 딸을 도와 간악한 계책을 실행하다가 일이 여의치 않으므로 독기를 이기지 못했다. 그래서 황 각로를 충동하려 딸의 손을 잡고,

"너의 부친이 사윗감을 잘못 골라서 늦게 둔 딸에 이런 고생을 겪게 한데다가 원수도 갚지 못하였으니, 후에 마침내 간악한 자들의 해를 입게 하고 말겠다. 차라리 우리 모녀 먼저 죽어 모든 걸 잊어버리는 게 낫겠다."

하며 통곡까지 하는 체한다. 그러니까 춘월이 또한 방성 대곡하니 아니나 다를까, 황 각로가 황망히 부인과 딸을 위로한다.

"모두 울음을 멈추고 원수 갚을 계책이나 생각하라. 양 원외는 편협한 사람이니 다시 말하기 싫어, 그러니 내일 황상께 여쭈어 벌을 내리시게 할 테니 부인은 근심 마오!"

이튿날 황 각로는 조회 끝난 후 탑전에서 아뢴다.

"출전한 원수 양 창곡은 신의 사위이온데, 가도가 어지러워 창곡이 출전한 후 요약한 첩이 가모에게 독을 썼습니다. 그 가모는 곧 신의 여식입니다. 해괴한 소문과 망칙한 지조가 강상을 범하였사오니 신은 사정으로만 아뢰오는 게 아닙니다. 또한 창곡은 폐하께서 믿으시는 신하인 만큼 멀리 있으면서 가도가 이렇듯 어지럽사오니

만일 폐하께서 그 악첩을 법으로 다스려 가도를 진정치 않으시면
그 해가 창곡까지 미칠까 합니다."
천자는 이 말을 듣자 윤 각로를 바라보며 묻는다.
"경도 또한 창곡과는 남이 아니니 이런 말을 들은 일이 없는가?"
"신도 들은 일이 있사오나 규중 일을 조정에서 간섭할 바 아니므로
주달치 않았사온데 이제 하문 하시니 신의 소견을 드리겠습니다.
창곡이 돌아올 때를 기다려 조처함이 좋을까 합니다."
천자는 윤 각로의 말을 좇으니,
황 각로는 하는 수 없이 대루원으로 물러나와 윤 각로를 보고 꾸짖
는다.
"형은 다음 날 당신 영애에게까지 미칠 근심을 생각지 않고 저
천기를 내버려두니 어찌 이다지도 앞일을 모르시오."
윤 각로가 웃으며 대답한다.
"내 대신의 열에 처하여 어찌 사정으로 인하여 조정을 어지럽게
하겠소. 지금 양 원수는 없으니 우리가 이 집안 풍파를 조용히
진압할 것인데 이렇듯 소문을 퍼뜨리니 그 뜻을 알 수 없구료?"
그러나 조리에 맞는 말도 알아듣지 못하고 황 각로는 울분을 참지
못할 뿐이었다.
한편, 선랑은 그 일이 있은 후 죄인으로 자처하고 별당에서 행각
협실로 물러나와 거적자리와 베 이불에 빗질 않고, 세수 않고 소청,
자연과 함께 문밖을 나오지 않는 것이었다.
부중 상하가 그 억울함을 알고 측은히 생각하는 것이었지만, 또한
그 처지를 생각하고 말리지 않았다.
한편, 양 원수는 행군하여 구강에 이르러 군사를 쉬게 하고 오·초

제군에 격문을 보내어 군마를 조발하고 큰 사냥을 하도록 했다.

그러자, 전부선봉 뇌천풍이 간하여 말하기를,

"적세가 급하여 남방 제군이 천병을 고대 하는데 지금 대군이 비록 더 빨리 갈 수야 없겠지만, 이 곳에 오래 머무는 것은 소장으로선 알 수 없는 일입니다."

그런 즉, 원수가 웃으며 대답한다.

"삼군이 먼 길을 오기에 노고가 대단하니 잠시 쉬는 동안 기운을 기르고 오·초의 병사가 모이기를 기다려 그 무예를 보고 다시 행군하자는 것이요."

이 때 남방 제군이 격문을 보고 군마를 고르고 장사를 뽑아, 나흘 만에 일제히 도달하니 제오 일에 양 원수가 대군을 거느리고 무창산 아래서 오·초의 병사와 합치었다.

그리고는 모든 장병들의 무기를 시험코자 대군을 휘몰아 무창산을 에워싼 후 사냥을 시작하였다.

고각 포향은 천지를 뒤흔들고 기치 창막은 바람을 이루었으니 산천 초목이 살기를 띠고 짐승과 새들은 자취가 끊어질 지경이었다.

이 때 양 원수는 동 초(童超), 마 달(馬達)이란 두 용사를 발견해서 큰 힘이 되었다. 원수는 사냥한 것으로 크게 대군을 먹이고 남을 향하여 다시 행군하였다.

이 때 남만왕 나 탁(那叱)이 대군을 몰아 중원 지경에 이르러 방비 없음을 보고 형익, 연양, 사주를 엿보아 군사를 세 길로 나누어 다시 남경을 범코자 하다가 원수의 대군이 구강탕에 이르러 삼 일간 크게 사냥함을 듣고 놀라서,

"천병이 칠천여 리를 왔건만 오히려 용기 저렇듯 하니 그 강성함을

짐작할 수 있으며 변방이 소동한데도 태연하게 사냥을 하니 반드시
믿을 만한 방략이 있는 모양이다."

하고 두려워한 나머지 급히 삼군의 군사를 거두어 물러갔다.

원수의 대군이 익주 땅에 당도하니 자사 소 유경이 경계까지 출영
하였다.

이에 원수가 남방으로 행군하여 나 탁의 종적을 탐지 하니, 나탁은
오록동으로 들어가 만병을 모으는 중이라 했다.

원래 나 탁의 은신처가 다섯 곳이 있으니, 제일은 철목동인데 나
탁이 거처하는 곳이었고, 제이는 태을동이며, 제상은 화과동이며,
제사는 대록동이요, 제오는 오록동이니 각 동마다 군량과 병기가
있고 산천 도로가 몹시 험한 지형이었다.

그러나 도중에 잡은 만병에게 나 탁이 과연 오록동에 있느냐고
다시 물으니,

"우리 왕이 군대를 이대로 나누어 일대는 대왕이 친히 거느려 미후
동에 숨기고 일대는 가짜 왕이 오록동에 매복하고 있습니다. 만일
원수의 대군이 오록동에 가짜 왕을 치면 미후동의 진짜 왕이 뒤를
엄습하려는 계책입니다."

이렇게 아뢴다.

원수는 곧 소마사를 불러 귀에다 무엇인지 속삭인다. 소마사는
곧 대군을 사대로 나눈 후 각각 지휘하였다. 미후동은 만왕의 별다른
처수로서 오록동의 동쪽에 있었다.

나 탁이 만장 철 목탑을 만왕으로 꾸민 다음 오록동을 지키게 하고
자기는 스스로 정병을 거느리고 습격하기만 기다리던 참이었다.

그런 즉, 과연 함성이 진동하더니 양 원수가 대군을 몰아 오록동을

치는 것이었다.

철 목탑이 나 탁의 복장으로 명군을 대적하고 나 탁은 복병을 거느리고 미후동에서 쏟아져 나와 양 원수의 뒤를 엄습하려 하였다.

그러나 어쩐 일일까?

미후동의 동문을 나왔을 때 서편으로부터 또 하나의 양 원수가 정병을 거느리고 쳐들어오는 것이 아닌가.

나 탁이 대경하여 자못 어찌할 바를 모르는데 미후동 동편에서 또 하나의 양 원수가 군사를 거느리고 쳐들어와 좌우로 에워싼다.

가짜 만왕 철 목탑은 진짜 만왕 나 탁이 위험해진 것을 보자, 옥록동을 버리고 나 탁을 구하려 달려왔다.

그러나 두 사람의 양 원수가 앞 뒤에서 공격하니 나 탁은 가슴이 떨리고 정신이 어지러워 명령을 감당할 도리가 없다.

나 탁은 죽을 힘을 다하여 단기로 포위를 뚫고 오록동을 향하여 달아났다.

나 탁이 오록동의 동편을 향하여 달려가니 동문은 이미 굳게 닫혀 있고 문 위엔 또 한 사람의 양 원수가 나타나는 게 아닌가,

"나 탁아! 네가 만왕 둘 있음을 자랑할진대 어찌 양 원수가 네 사람이나 있음을 알지 못했느냐? 내 이미 오록동을 취하였으니 속히 와서 항복하라!"

말이 끝나자 양 원수가 대우전을 뽑아 한 시울 쏘니 화살은 번개처럼 날아 나 탁의 머리에 꽂힌 홍정자를 맞추어 땅에 떨어뜨렸다. 나 탁은 혼비백산하여 말을 돌려 남쪽을 향하여 달아났다.

그러나 이번엔 늙은 장수 하나가 길을 막으며 꾸짖는다.

"대명 파로 장군 뇌천풍이 기다린지 오래다."

　나 탁이 대답도 못하고 서로 십여 합을 싸우다가 돌아보니 철목탑
이 또한 달아나는 게 보이며 함성이 천지를 진동하면서 양 원수의
대군이 몰려오는 게 보인다.

　나 탁은 기겁해서 말 고삐를 돌려 서남 간을 향하여 달아났다.

　미후동 서편에서 나타난 양 원수는 마 달이었고, 미후동 동편에서
나온 양 원수는 동 초였으며, 오록동을 공격한 양 원수는 소 유경이었
고, 오록동 문 위에 나타났던 양 원수가 진짜 양 원수이었던 것이다.

　나 탁은 기계를 쓰려다가 성공 못하고 도리어 참패하여 홀로 몸을
빼어 대록동으로 들어갔다.

　그러나 양 원수는 연이어 신묘한 전략으로 대록동을 치고 화파동을
점거하니 나 탁은 속수무책, 태을동으로 들어가서 슬피 탄식하며
하는 말이,

　"내 비록 목숨은 가졌지만 피와 힘을 쓸 대로 다 썼으니 이번엔
　여러 장수들의 계책을 빌리고 싶다."

하고 힘없이 둘러본다.

　그러니까 뜰 아래서 한 사람이 일어나서,

　"소장이 대왕을 위하여 한 사람을 천거하겠으니 과히 근심마십시
　오."

한다.

　나 탁이 몹시 기뻐하며 그 말하는 사람을 보니 우추장 맹 열이었
다.

　"맹 추장은 어떠한 사람을 나에게 천거하려오?"

　"오게도 채운동에 한 도인이 있으니 도호는 운룡 도인이라 합니
　다. 도술이 비상하여 능히 바람과 비를 부르며 또 귀신과 맹수를

부른다고 합니다. 대왕이 가시어 지성으로 청하여 군사를 삼을
수만 있다면 명병을 걱정할 게 없을 겁니다."

나 탁이 크게 기뻐하며 곧 맹 열을 거느리고 떠났다. 그들은 채운
동에 이르자 울면서 운룡 도인에게 고하였다.

"오대 동천은 남방 세전의 땅이온데 이제 거의 중국에서 빼앗겼으
니 선생은 비록 세속을 떠나 노는 고상한 분이오나, 또한 남방
사람이오니 도술을 아끼지 마시고 이 사람으로 하여금 옛 터를
다시 찾게 해 주십시오."

그런 즉 운룡 도인이 도관 도복으로 사슴을 타고 만왕을 따라 태을
동으로 향하였다. 태을동에 당도하자 나 탁에게 청한다.

"명군의 진세를 보겠으니 대왕는 다시 싸움을 거십시오."

나 탁은 즉시 원수에게 싸움을 걸었다. 원수가 웃으며,

"오랑캐가 반드시 원병을 청하여 왔겠지!"

하고, 대군을 거느려 태을동 앞에 진을 쳤다. 운룡 도인이 진세를
바라보다 두려워하는 기색이 떠오르더니 문득 주문을 외우며 칼을
뽑아들고 사방을 가리킨다. 한 즉 어쩐 일일까? 갑자기 폭풍우가
크게 일어나고 뇌성이 진동하며 무수한 신장과 귀병이 명진을 에워싸
고 공격하였다. 그러나 반 나절이 지나도록 명진을 격파하지 못하자
운룡이 칼을 던지며 탄식한다.

"대명 원수는 비범한 사람입니다. 천하를 다스린다는 재주 있으니
대왕은 이기려고 다투지 마십시오. 저 진법은 하늘의 무곡 선관의
선천 음양진입니다. 이는 다 당당한 정도인 만큼 요술로서 이기기
어렵습니다."

이 말을 듣자 나 탁이 소리내어 울며 애원한다.

"그러면 우리 오대동은 어느날에야 도로 찾게 되겠습니까? 선생은 불쌍히 생각하시어 방략을 가르쳐 주십시오."

운룡이 한참 생각하다가 하는 말이,

"저의 사부가 탈탈국 총황령 백운동에 있으니 도호는 백운 도사입니다. 음양 조화의 술법과 천지 현묘한 이치를 모르는 게 없으니, 그 분이 아니면 면병을 가히 당적할 수 없겠습니다. 그러나 그 분이 뜻 높고 덕이 맑아 평생 산문을 나오지 않으니 대왕이 성의를 다하지 않으면 가히 청해 올 수 없을 겁니다."

하고, 사슴을 타고서 표연히 채운동으로 돌어가 버렸다.

나 탁은 운룡의 말을 듣고 곧 폐백을 갖추어 백운동으로 향하였다.

12

한편 강 남홍은 백운동 산 속에 의지한 채 잠시 편안해지기는 했으나, 멀리 고국을 생각하면 슬픈 마음 이길 길이 없었다. 그러나 어느 날 도사가 홍랑을 부르더니,

"내 그대의 상을 본 즉 다음 날 부귀를 누릴 상이다. 내 비록 재주 적지만 이제 술법을 그대에게 전해 보겠다. 그대가 고국을 그리워한다면 몇 가지 술법을 배워 고국에 돌아가는 방편으로 삼게 하라!"

하는 것이었다. 홍랑이 절하고 그 날부터 사제의 의를 정하여 도동의 옷을 입었다.

도사는 먼저 의약, 복서, 천문, 지리를 차례로 가르치니 총명한 홍랑은 한 가질 들으면 열 가지를 아는 것이었다. 도사가 기뻐하며,

"내가 남방에 온 후로 제자들이 있으니, 하나는 채운동 운룡도 인이고 또 하나는 도동 청운인데 성품들이 악하고 경망해서 아는 걸 다 전하지 않았다. 그런데 이제 네 재주와 성품을 보니 운룡, 청운의 무리와 다르다. 다음 날 크게 쓰일 곳이 있을 것이니 열심히 배우도록 하라!"

하고 병법까지 전수하였다. 홍랑이 가르침을 받은 지 불과 몇 달 사이에 모를 게 없게 되니 도사는 크게 놀라,

"너는 실로 천재로구나! 나로서도 감당하지 못하겠으니, 이쯤으로도 세상에 당할 자 없겠지만 무예를 가르치마."

하고 도사는 검술을 가르친 다음 두 자루의 칼을 내놓으며,

"이 칼의 이름이 부용검이라 한다. 일월 정기와 성두 문장을 띠었으므로 돌을 치면 쪼개고 쇠를 베면 끊으니 용천, 대아, 간장, 막야의 종류와는 비교가 아니란다, 내 쉽사리 전하려 하지 않았으나, 이제 너를 준다. 잘 쓰도록 하라!"

홍랑이 절하고 부용검을 받았다. 이런 일이 있은 후로 밤이면 도사께 병법과 검술을 강론 받고 낮이면 삼랑을 데리고 산에 올라 진법과 검술을 익히니 울적한 마음을 많이 잊게 되었다.

하루는 홍랑이 부용검을 들고 연무장에서 검술을 익히는데 도동 청운이 무슨 책을 가지고 와서 말을 건다.

"검술도 좋지만 이 책을 보오. 이 책은 산천 둔갑병서니 선생이 감추어 두었기에 몰래 가지고 왔소."

홍랑이 깜짝 놀라,

"스승께서 우리를 사랑하시므로 뜻하신 바 있으셔서 둔 것일테니 함부로 볼 것이 아니요, 급히 있던 자리에 갔다 두세요."

하고 타이른다.

그러나 청운이 히죽히죽 웃으며,

"밤이면 선생이 잠드신 틈을 타서 이 방서를 가져다 보았는데 참으로 묘한 법이다. 자 한번 심심할 테니 보오."

청운은 풀잎을 뜯어 주문을 외우더니 그것을 공중으로 던진다. 그러니까 그것이 푸른 옷 입은 동자가 된다.

청운은 다시 주문을 외우고 풀잎을 수 없이 던진다.

이번엔 채색 구름이 사방에서 일어나며 풀잎 하나하나가 신장, 귀졸선관으로 변하여 비오듯 내려온다.

이 때 갑자기 발자취 소리가 들리었다.

도사가 나타난 것이다. 도사는 청운을 부르며,

"네 어찌 요망한 재주를 자랑하느냐? 급히 치우지 못하겠나."

그리고 홍랑의 곁으로 와서,

"둔갑은 허황한 술법이라, 네게 전하지 않으려 했으나 이제 벌써 누설됐으니 대강 배워두는 것도 좋겠지? 그렇지만 다음 날이 도로 신명을 더럽히고 낭패할 자는 바로 청운 저 사람이야!"

하는 것이었다. 그날 밤 도사는 홍랑을 불러,

"세상에 행하는 도 세 가지 있으니 유도, 불도, 선도이다. 유도는 ㄱ 정대함을 주장하고 석불은 신의에 가까우나, 마음을 닦아 외물에 변함 없음은 다 일반이다. 후세의 승니 도사들이 선불의 근본을 모르고 황탄한 술법으로 세상 사람들의 이목을 어지럽게 하니 이것이 바로 둔갑이란 것이다. 둔갑의 법이 세상에 퍼지고 나니 정도

(正道)만으로는 억누를 수 없게 되었다. 네가 대략 알아두면 어려울 때 쓸 수 있을 게다.”

하고 그 중에 지정 지묘한 것을 골라 홍랑에게 가르쳐 주었다.

그런 다음에 도사는 또 이런 부탁을 한다.

“네 마음이 본래 단정하니 다시 당부할 것은 없지만 한가지 조심할 것은 이 술법만은 함부로 쓰지 말라는 것이다. 예로부터 길인 귀인은 이런 술법을 배우지 않는다. 신기를 누설하면 복록에 해로운 까닭이다.”

홍랑이 가르침을 받고 침소로 물러가려 문밖을 나오니, 한 여자가 초당 창 아래 서서 지금까지 홍랑이 하는 말을 엿듣고 있다가 홍랑이 나오는 것을 보고 급히 사라졌다.

홍랑이 또한 놀라 도사에게 고하니, 도사는 웃으며,

“이곳은 상중이니 허깨비 같은 것들이 있어 종종 이렇다. 나의 둔갑 방서의 말을 들었으니 후일에 잠시 인간 세상을 소동케 할까 두렵구나!”

하고 잠시 걱정할 따름이었다.

하루는 홍랑이 손 삼랑과 함께 부용검을 들고 연무장에 나아가 검술을 자습하고 있었다.

그런데 웬 일인지 몹시 피곤하여 칼을 거두고 높이 올라 먼 곳을 바라보니 문득 양공자와 고향 생각이 간절해진다. 그리고 그 날 밤은 초당으로 돌아와도 잠을 이루지 못한다. 그 때 도사가 홍랑을 불러 말한다.

“네 산에 있을 날 많지 않고 세상에 나갈 날도 멀지 않으니 슬퍼마라!”

하고, 벽장으로부터 한 옥통소를 내놓으며 천히 몇 곡조를 불고나
서,

"한 나라의 장 자방이 계명산 가을 달밤에 통소를 불어 초병을
무찌른 일이 있다. 이 옥통소를 배워 반드시 요긴하게 쓸 곳이
있으리라!"

홍랑이 원래 음률에 서투르지 않았던 만큼 잠깐에 갖가지 곡조를
다 배운다. 도사가 크게 기뻐하며,

"이 옥통소는 본래 한 쌍인데 한 개는 문창성군에게 있다. 네 다음
날 고국으로 돌아갈 기회가 이 옥통소에 있으니 귀중히 간직하여
두라!"

하고 당부하였다. 어느덧 홍랑이 입산하지 이년이 가까왔다. 하루는
도사가 홍랑과 함께 달빛을 구경하다가 죽장을 들어 하늘을 가리키
며,

"에 저별을 아느냐?"

"저게 문창성이 아닙니까?"

도사가 빙그레 웃으며, 다시 남쪽 하늘을 가리킨다.

"요즘 태백이 남두를 범했으니, 반드시 남방에 병화가 있겠지만
문창성의 광채가 휘황하여 재원을 호의하였으며, 반드시 중국에
인재있어 칠십 년 간은 태평케 다스릴 게다."

"이미 병화(兵火)있을 것이다 하셨으니 어찌 태평한 정치를 할
수 있겠습니까?"

"그것은 일시적인 병화일 뿐이지!"

밤이 깊어 홍랑이 침소에 돌아와 잠이 들자, 어느덧 한 곳에 이르
렀다 그 곳은 살기가 하늘을 덮고 비바람이 몹시 요란한데 한 맹수가

한 남자를 몰려한다.

자세히 보니 그 남자는 바로 양 공자가 아닌가.

홍랑이 놀라 부용검을 뽑아 들고 맹수를 치며 고함을 질렀다.

이 바람에 곁에 누웠던 삼랑이 깜짝 놀라 깨어 홍랑을 부른다.

"무슨 꿈을 꾸셨기에 그리 큰 소리를 지르십니까?"

그제야 홍랑도 잠이 깨어 몸을 뒤척거리며 마음 속으로 공자에게 반드시 무슨 액 있는 모양인데 만리 밖에 있어 소식이 끊어졌으니 가서 구할 수도 없다고 생각하며 은근한 수심 속에 밤을 새웠다.

그러한 어느날 만왕 나 탁이 운룡 도인의 말대로 백운 도사를 찾아 왔다. 도사가 만왕을 영접하니 만왕이 절하고 하는 말이,

"남방 오대동천은 이 사람이 대대로 전하여 온 옛터인데 이번엔 까닭 없이 중국에게 잃게 됐으니, 선생님은 불쌍히 생각하시고 도와주십시오."

"산에 묻힌 늙은이가 무엇을 알고 대왕을 돕겠습니까?"

그런 즉, 만왕이 눈물을 뿌리며,

"선생도 또한 남방 사람이니 이 땅에 계시면서 환란을 구해 주지 않으시면 어찌 의리라 할 수 있겠습니까?"

도사는 웃으며,

"다시 생각하겠으니 잠시 문밖에 기다리십시오."

나 탁은 크게 기뻐하며 외당으로 나갔다.

도사는 홍랑을 불러 손을 잡고,

"오늘은 낭이 귀국 할 날이다. 우리가 몇 해 동안 사제의 의를 맺어 오다가 이제 멀리 이별하게 되었으니 한편 슬프기도 하도다!"

홍랑이 놀랍고 또 기쁨을 억제 못하며 그 까닭을 물으니,

"나는 다른 사람이 아니라 바로 서천 문수보살이다. 관세음 보살의
명을 받고 그대에게 병법을 전하고자 왔으니 이제 너는 고국에
돌아가 부귀를 누리겠거니와, 미구에 반 년쯤은 살기 있어 반드시
병화를 겪겠으니 조심하라!"

"제가 한낱 여자의 몸으로 약간의 병법을 배웠으나 고국으로 돌아
가는 길을 모르오니 자세히 가르쳐 주십시오."

도사가 웃으며,

"너는 본래 세상사람이 아니라, 천상의 성정으로 문창과 숙연있어
인간에 귀양 온 것이다. 이번에 가면 서로 만나 부귀를 누릴테니,
이게 다 관세음 보살의 뜻이다. 그러니 근심 말아라."

하며 말을 이어,

"나 탁은 또한 천랑성의 왕이다. 그대가 만일 구하지 않으면 의리
가 아니다."

하고 간곡히 일러 준다.

그리고는,

"우리가 다시 하늘에서 만날 날은 칠십 년 후다."

한다. 그런 다음 도사는 만왕을 청하여,

"나는 늙고 병들어 정자 한 사람을 대신 보내겠으니 홍 혼탈이라
합니다. 대왕의 옛 터를 길이 잃지 않게 하리이다."

나 탁은 절하고 감사하며 문을 나가고 홍랑은 도사에게 이별을
고하는데 흐르는 눈물이 비오듯 하였다. 그러나 도사의 권고에 하는
수 없이 손 삼랑을 거느리고 만왕을 따라 떠났다.

나 탁은 홍랑과 함께 돌아오면서도 속으로는 한낱 연약한 소년을
데리고 가니 무슨 소용이 있겠느냐 하고, 홍랑의 힘을 믿지 않았다.

만진으로 간 홍랑은 만왕과 함께 동중의 지형부터 살펴본 다음 그 이튿날 태을동 앞에 진을 쳤다. 양 원수 또한 대군을 거느리고 수백 걸음 밖에 진을 쳤다.

홍랑이 수레을 타고 진 앞에 나아가 명 진을 바라보니 한 소년 장군이 홍포 금갑으로 대우전 차고 수기 잡고 전후좌우로 모두 장수들이 옹위한 가운데 강상에 앉았으니 곧 명 원수임을 알 수 있었다.

홍랑은 손 삼랑을 시켜 진 앞에서 외치게 하였다.

"소국이 남방 편벽한 곳에 있어 비록 인재 없으나 오늘은 진법으로 한 번 싸워 대국의 용병하는 것과 비교하려 하니 명 원수는 진을 한번 베풀어 보시오."

양 원수는 그 말하는 솜씨가 점잖고 뚜렷하여 한편 놀랍고 한편 의심스러웠다.

해서 만진을 바라보니 한 소년 장군이 초록금루로 소매 짧은 전포를 입고 벽문 있는 원앙 쌍고 요대를 띠우고 머리엔 성관을 쓰고 허리에 부용검을 차고 단정히 수레에 앉았는데 아름다운 태도는 밝은 달이 푸른 바다에 솟아나는 듯하다.

원수가 크게 놀라 모든 장수를 돌아보며 묻는다.

"저 장수는 반드시 남방 사람이 아닐 게요. 나 탁이 어디 가서 저 같은 인물을 데려 왔을까?"

이리하여 양 원수와 홍랑은 먼저 진법으로 싸우는데 양 원수가 육화진을 치면 홍랑은 호접진으로, 팔괘진을 치면 방원진으로, 조익진을 치면 장사진으로 응수하여 그 진법이 무궁무진하니 양원수는 마침내 진법으로 이길 수 없음을 짐작하고 군대를 거둔 후 뇌천풍을 시켜 진 앞에서 외치게 하였다.

"오늘 양 진이 이미 진법을 보았으니, 다시 무예로 싸울 자 있거든 나오라!"

말이 끝나기가 무섭게 만진에서 한 장수가 나왔다.

뇌천풍과 싸움이 어울린 장수는 철 목탑이었다.

싸움이 수합에 이르렀을 때 철 목탑이 견디지 못하여 자주 몸을 피한다. 그러자 손 야차가 창을 높이 들고 나와 큰 소리로 꾸짖는다.

"네 이미 진법에 졌으니 이번에는 다시 무예에도 패하리라."

뇌천풍이 대노하여,

"늙은 오랑캐야! 당돌한 체 마라!"

또 수십 합 싸우자 이번에는 동 초, 마 달이 일시에 달려와 뇌천풍을 도운다. 손 야차는 더 감당할 수 없어 말고삐를 돌려 달아나고 말았다.

홍랑은 손 야차가 몸을 피하는 걸 보자 스스로 수레에서 내려 말에 올라 진압으로 나아가 크게 외친다.

"명장들은 창법으로 센 척 말고 먼저 내 화살을 받으라!"

말이 끝나자 공중으로 나는 화살이 흐르는 별처럼 번쩍이더니 어느덧 뇌천풍의 투구가 땅바닥으로 떨어졌다.

이걸 본 동 초, 마 달 두 장수가 일시에 힘을 모아 칼을 휘두르며 홍랑에게로 달려든다.

그러나 홍랑이 손 들어 활 시위를 잡아 당기니 연달아 화살이 뒤를 따라 날아가 동 초, 마 달 두 장수의 엄심갑을 부순다. 두 장수는 그만 말을 달려 진으로 돌아가고 말았다.

13

뇌천풍이 노기를 띠우고 홍랑에게 달려들자, 홍랑은 방긋이 웃으면서 그냥 서 있을 뿐이었다.

뇌천풍이 더욱 노하여 외마디 소리를 지르더니 도끼를 들어 홍랑을 친다. 그러자 홍랑은 한번 몸을 흔들며 하늘 높이 솟는다.

뇌천풍은 그만 허공을 치고 도끼를 거두려 한다. 그런 즉 머리위에서 이상한 소리가 울리자 번득이는 칼이 떨어져 그의 투구를 쪼개었다. 천풍은 그만 당황한 나머지 말에서 떨어지고 말았다.

홍랑은 그것을 돌아보지도 않고 칼을 거둔다. 원래 홍랑의 칼쓰는 법은 하늘의 뜻을 받들어 사람을 해치지 않는 것이므로 투구만 깨뜨린 것이었다.

그러자 뇌천풍은 투구가 깨어지는 통에 자기 머리가 갈라진 줄로 알고 허둥지둥 말을 몰아 본진으로 돌아갔고, 멀리서 바라보고 있던 양 원수는 크게 노하여 소리소리 지른다.

"입에 젖내 나는 한낱 만장을 세 장수가 대적지 못하니 이런 망신이 어디 있는가? 내가 친히 가서 적장을 사로잡겠다."

그러자 소마사가 가로 막으며 간한다.

"원수의 중한신 몸으로 어찌 한낱 만장과 경솔히 접전 하시겠습니까? 소장이 비록 용기없습니다만 한 번 나가 싸워 만장의 머리를 베어다 바치겠습니다."

그리고는 말을 몰아 적진으로 나갔다. 소마사 역시 젊은 혈기 있는 몸이라 한번 싸워 보고 싶은 생각이 간절하던 터였다.

소마사가 방천극을 휘두르며 홍랑에게 향하니 홍랑은 말을 돌려 접전하기 수 합에 소마사의 무술이 뛰어난 것을 알아차린다.

그래서 칼을 빼어 십 여 보를 물러서며 공중을 향해서 오른손에 들었던 부용검을 던진다. 그러니까 그 칼이 날아 소마사의 머리 위에 떨어지려 하지 않는가?

소마사는 말 위에서 몸을 피하여 방천극으로 그 칼을 막으려 한다. 그 때를 놓치지 않고 홍랑은 말을 몰아 돌진했다.

소마사는 몸을 굽히고 창을 들어 막으려 하는 것이었지만 홍랑이 다시 왼손으로 공중에 올라갔던 칼을 받아들어 쌍검을 일시에 던진다.

제 아무리 창을 쓰는 재주가 뛰어난 소마사도 홍랑의 칼을 그저 막기만 할 뿐 어찌할 바를 몰랐다.

이제는 정신이 어지러워 손에 익은 무술도 다 잊어버렸다. 그저 이리 찌르고 하며 눈 먼 사람처럼 허둥대었다. 그러다가 그만 기진해서 이제는 홍랑의 칼에 죽을 것을 마음 속으로 각오하는데 문득 하늘에서 명랑한 소리가 들려온다.

"하늘이 낸 명장을 내 손으로 어찌 죽이겠소. 살 길을 더 놓을테니 장군은 돌아가 원수께 삼군을 거두어 물러가라고 전하시오."

그리고는 홍랑은 쌍검을 거두고 본진으로 돌아간다.

소마사는 감히 그 뒤를 따르지 못하고 자기 진으로 돌아가 원수에게 권한다.

"소장이 비록 변변치 못하오나 병서를 읽고 무예를 배워 남에게 뒤진 일이 없었는데 오늘 이토록 만장에게 패하고 보니 만장은 필시 사람이 아니라 귀신인가 합니다."

이 말을 듣자 양 원수는,

"오늘은 날이 저물었으니 내일 싸우기로 하되 만일 적장을 사로잡지 못하면 맹세코 회군하지 않겠소."
하고, 말하는 것이었다.

한편 나 탁은 홍랑의 병법과 검술을 보고 대단히 기뻐했다.

"하늘이 이 사람을 도우시어 장군을 주셨으니 후일에 마땅히 남방절반을 장군께 드려 그 공을 갚겠소."

그리고는 자기 진중에서 쉬기를 청한다. 그런즉 홍랑이 웃으며,

"소장은 한적한 것을 좋아하는 까닭에 요란한 진중에서 쉬는 것은 도리어 괴롭습니다. 어디 조용한 데 객실을 얻어 수하 노졸과 쉬겠습니다."

나 탁은 그 뜻을 존중해서 객실 하나를 치워 주니 홍랑은 손삼랑을 데리고 거기서 밤을 지내기로 했다. 밤을 보내며 홍랑은 홀로 생각하는 것이었다.

'내 비록 계집의 몸이지만 대의를 모르고 어찌 만왕만을 위해 고국을 저버리겠는가? 그리고 내 손으로 장수 한 사람, 병졸 하나 죽이고 싶지 않지만 스승의 분부로 나 탁을 구하려 왔다가 그냥 돌아갈 수 없다. 어떻게 하면 좋을까?'

그러다가 문득 한 계교를 생각해 냈다.

"오늘밤 달이 아름다우니 연화봉에 가 명군의 동정을 구경하겠다"

이렇게 손 야차와 더불어 백운 도사가 준 옥퉁소를 품에 품고 연화봉으로 올라갔다.

명 진이 있는 쪽을 바라보니 몹시 고요한 속에 등불만 반짝인다.

홍랑은 품고 온 옥퉁소를 꺼내어 한 곡조 불어본다.

이 때 저쪽 바람은 산들산들하고 별과 달은 휘영청 밝은데 돌아오

는 기러기 소리는 고향을 떠난 애달픔을 돋구어 준다. 멀리 처자를
이별하는 싸움터에 나온 군사들은 가뜩이나 고향 생각에 잠을 못
이루던 판인데 어디선지 들려오는 옥퉁소 소리——그리고 그 퉁소
소리에는 무슨 알지 못하는 힘이 있는 듯, 군사들은 저도 모르게 혹은
한숨을 쉬고, 혹은 고향 노래를 부르며 진중이 어지러워졌다.

이것을 보자 소마사는 크게 놀라 동 초와 마 달 두 장수를 불러
진중을 단속케 했다. 그러나 어쩐 일인지 두 장수 역시 다른 병졸을
따라 태도가 처량해진다. 귀신같은 장수가 눈물을 흘리며 훌쩍거리는
게 아닌가.

소마사는 이상히 여겨 이 일을 양 원수에게 알렸다. 이 때 양 원수
는 살며시 잠이 들어 있었는데, 이상한 꿈을 꾸고 마음이 언짢던 참이
었다. 그러므로 소마사의 말을 듣자 더욱 놀랬다.

양 원수는 장막 밖으로 나가 진중을 돌아보았다. 삼군의 병졸들이
슬픔에 잠겨 어수선한데 어디선지 서풍을 타고 옥퉁소 소리가 들려오
는 것이었다. 그 소리는 마치 하소연하는 듯, 원망하는 듯, 무쇠 같은
간장도 녹일 지경이었다. 원수는 가만히 귀를 기울이더니 여러 장수
들을 향해 말한다.

"옛적에 장 자방이 계명산에 올라가 퉁소를 불어 초군을 어지럽게
한 일이 있소. 그러나 내가 이제 한 곡조를 불어 저 소리로 어지러
워진 군사들의 마음을 진정시켜 주겠소."

원수는 언젠가 벽성선이 준 옥퉁소를 꺼내어 한 곡조 부른다. 그
소리는 든든하고 긴 강물이 흐르듯 즐겁게 봄 바람에 나비들이 춤추
는 듯하다.

모든 군사는 원수의 옥퉁소 소리를 듣자 처량하던 마음이 풀리고

새 힘이 솟는 듯 싶었다.

원수는 다시 한 곡조를 불었다. 그 소리는 힘차고 씩씩하기가 싸움
터에 나간 장군이 적진을 향해 돌진하는 듯 싶었다. 이 소리를 듣자
마침내 삼군의 사기는 하늘을 찌르는 듯 당장이라도 적진을 향해
진격할 기세다.

원수는 그제서야 옥통소를 거두고 장막 속에서 이 궁리 저 궁리해
보는 것이었다.

'참으로 알지 못할 일이다. 이런 오랑캐 땅에 아까 나타났던 젊은
장수의 뛰어난 병법이며, 지금 옥통소를 부는 저 인물 같은 뛰어난
천재들이 있을 줄이야…… 아마 이것은 하늘이 우리 명 나라를
돕지 않으시고 만왕을 도우시려는 모양이다.'

원수는 장막 속으로 소마사를 불러 들였다.

"아까 장군이 싸운 만장의 얼굴을 똑똑히 보았소?"

"하도 잘난 인물이라 잠깐 보고도 잊혀지지 않습니다. 그 기상은
뛰어난 영웅입니다만 약한 허리, 가는 눈썹은 남자 같질 않고 어여
쁜 여인 같았으며, 그러면서도 용맹스럽고 날쌔기는 결코 여자의
자태가 아니었습니다."

그 말을 듣자 양 원수는 묵묵히 생각에 잠기었다.

한편, 홍랑은 짐작했던 바와는 계교와 일이 어그러져 버렸다.

홍랑은 스승의 분부를 받고 만왕을 구하러 왔으나 한편 부모의
나라를 칠 마음이 생기지 않아 조용히 옥통소를 불어 진중을 어지럽
게 하려고 했었다. 그러나 뜻밖에도 명진 중에서도 다른 통소 소리가
들려와서 그 술법을 깨어 버린 것이다. 그런데 이상한 것은 그 술법을
깨는 방법이 그냥 막아 버린 투가 아니라, 비록 곡조는 다르면서 음률

은 같고 기상은 다르면서 의사는 같아서 마치 아침 햇빛에 한 쌍의
암수 채봉이 어울려 노는 듯 싶은 점이었다.

문득 스승 백운 도사가 하던 말이 생각났다.

"이 옥퉁소는 원래 한 쌍이었는데 한 개는 문창성에게 있으니 그것
으로 네 나라로 돌아갈 기회가 생길 것이다."

그렇다면 명 나라의 원수가 바로 문창성이 아닐까? 이 퉁소의 짝이
있다면 아까 그 퉁소가 짝일 것이며, 그렇다면 그 퉁소를 분 사람과
나도 또한 짝이 되어야 하지 않는가?

'강 남홍의 짝은 양 공자 한 사람이니 혹시 하늘이 도우시어 우리
공자께서 명 나라의 도원수로 오신게 아닐까?'

홍랑은 생각한다.

홍랑의 가슴은 설레었다.

'내일 다시 싸움을 걸어 원수의 모습을 똑똑히 보아야겠다.'

홍랑은 이렇게 결심했다.

그 이튿날 홍랑은 만왕을 향해서,

"오늘은 마지막으로 크게 싸울 작정이니 대왕께서는 먼저 군사
만 명을 거느리고 동문 앞에서 진을 치십시오."

만왕이 군사를 거느리고 나갔다. 홍랑은 손 야차를 데리고 앞으로
나갔다. 이 때 홍랑은 활과 화살을 메고 부용검을 비껴 찼는데 그
모습이 몹시 황홀하다. 한편 양 원수는 마주 싸울 생각으로 진을 쳤
다.

홍랑은 명진 앞에 서서 손 야차로 하여금 큰 소리로 외치게 했다.

"어제 싸움은 첫 시험이라 용서 해 주었지만 오늘은 조금도 용서
를 않겠다. 나를 당할 자 있거든 곧 나오고 없거든 애당초 칼을

걷고 꿇어 엎드려라."

이 말에 명군의 좌익 장군 동초가 크게 노하여 창을 겨누며 나온다. 그러니까 홍랑은 까닭도 하지 않고 슬슬 놀리기만 한다.

"그대는 덤비기만 하니 내 적수가 못된다. 어서 돌아가서 다른 장수를 보내라!"

동초는 더욱 노하여 창을 휘두르며 덤벼드니까 홍랑은 점잖게 꾸짖는다.

"네가 만일 물러가지 않으면 네 창에 달려 있는 상모를 뽑아 떨어뜨릴 테니 피할 수 있거든 덤벼 보아라!"

홍랑의 말이 떨어지기 무섭게 동초가 춤추는 듯 휘들던 창에서 어느새 상모가 떨어졌다. 동초가 약간 당황하는데 홍랑은 다시 소리친다.

"이번에 바로 네 왼편 눈을 쏘아 뚫겠다."

홍랑의 활에서 이상한 소리가 나더니 동 초는 왼 편 눈을 움켜 쥐고 본진으로 돌아갔다.

이것을 보아 양 원수가 혼연히 일어섰다. 양 원수는 청총 사자마를 타고 장팔 탱천 이화창을 들고 홍포 금갑을 입고 활과 화살을 차고 진 앞에 나가 선다. 이번에도 소마사가 소매를 잡고 말렸으니 마침내 듣지 않고 말을 달려 나갔다.

원수가 나오는 것을 보자 홍랑도 말을 달려 칼을 휘두르며 마주 싸우는 것이었지만 일합도 어울리기 전에 명군의 원수가 바로 양 공자인 것을 알아 차렸다.

꿈에도 잊지 못하던 공자의 모습, 홍랑은 기쁨에 눈물이 앞을 가려 어찌할 바를 몰랐다. 그러나 양 원수는 아직도 홍랑을 알아보지 못했든지 창을 번쩍 들어 홍랑을 찌르려 한다. 그러니까 홍랑은 슬쩍 몸을 피하며 쌍검을 일부러 땅바닥에 떨어뜨린다.

"소장이 실수해서 칼을 놓쳤으니, 원수께서는 잠깐 기다려 칼을 잡게 해 주십쇼!"

구슬같이 맑은 목소리로 홍랑이 이렇게 말하자 원수는 그 음성이 귀에 익어 창을 거두고 자세히 살펴본다.

홍랑은 칼을 집어 말에 다시 오른 다음, 똑바로 양 원수를 보며 말하는 것이었다.

"상공께서 벌써 강 남홍을 잊으셨습니까?"

그러니 양 원수는 눈이 휘둥그레진다.

"지금 당장 상공을 따라가고 싶습니다마는 친히 거느리던 노졸하나가 만진에 있으니 오늘밤 이슥해서 군중으로 찾아가겠습니다."

말을 마치자 홍랑은 말 고삐를 돌려 본진으로 돌아가 버렸다.

양 원수는 꿈인지 생시인지 정신을 차리지 못하고 장승처럼 서있을 뿐이었다. 얼마 후 양 원수가 정신을 수습하고 본진으로 돌아가자 소마사가 고개를 갸웃하고 묻는다.

"오늘은 그 날쌔던 만장이 힘을 다하지 않은 것 같으니 어쩐까닭입니까?"

그렇지만 원수는 그저 웃기만 할 뿐 아무런 대답이 없었다. 본진으로 돌아간 홍랑은 만왕을 향해서,

"오늘 밤 명 나라 원수를 거의 사로잡을 뻔했다가 몸이 편치 않아, 그냥 물러왔습니다. 오늘 밤은 몸조리를 하고 내일 다시 싸우겠습니다."

그리고 그날 밤, 홍랑은 손 삼랑에게 싸움터에서 양 공자를 만났으

므로 오늘 밤에 명진으로 가야겠다는 뜻을 말했다. 그러니까 삼랑이 크게 기뻐하며 몰래 짐을 꾸렸다.

한편 양 원수는 본진에 돌아와 생각에 잠기어 있었다.

'오늘 싸움터에서 만난 것이 참으로 홍랑이라면 다만 끊어진 인연이 다시 이어졌다고 할 수 있을 뿐만 아니라 오랑캐를 평정하는 데에도 크게 도움이 될 게다. 그렇지만 홍랑이 정말로 살아서 만나게 된 것이라고는 믿어지지 않는구나! 어쩌면 홍랑의 혼이 내가 이곳에 온 것을 알고 평생 원한을 하소연하려는 것이 아닌가? 어쨌든 오늘 밤에 만나 보면 다 알 수 있을 게다.'

하고 촛불을 돋우고 기다리고 있는데 문득 한가닥 찬바람이 불어 들어오더니 한 소년 장군이 쌍검을 들고 들어와 촛불 아래 서는 것이 아닌가?

원수가 자세히 보니 틀림없이 꿈에도 잊지 못하던 홍랑이었다.

원수는 한참동안 말이 없다가 겨우 입을 열어,

"홍랑! 그대가 죽어서 혼이 찾아 온 것인가 정말로 산 것이 찾아온 것인가? 나는 그대가 죽은 것을 잘 알기에 살아 왔다고는 믿기지 않는구료"

그러니까 홍랑은 목멘 소리로 흐느껴가며,

"저를 상공이 사랑하시는 덕택으로 물 속에 귀신이 되지 않고 만리 먼 고장에서 다시 살게 되었으니, 그저 가슴이 막힐 뿐 무슨 말을 해야 좋을지 알 수 없습니다. 다만 여러 사람이 눈이 많으니 저의 행색이 탄로될까 염려됩니다."

양 원수는 즉시 장막을 쳐서 누가 엿보지 못하게 한 다음 홍랑의 손을 잡아 자리에 앉히며 그저 눈물한 흘릴 뿐이었다. 홍랑도 원수의

손을 마주 잡고 그저 흐느끼면서,

"상공께서는 제가 살아 있는 것을 꿈처럼 여기시는 모양이십니다 마는 저 역시 상공께서 오늘 이 자리에 계신 것이 꿈같이만 여겨집니다."

그러니까 한참만에 양 원수는 길게 탄식을 하며,

"원래 사나이란 정처없이 떠돌아다니는 게 이상하지 않지만, 낭은 여자의 약한 몸으로 이렇게 먼 곳까지 온 것도 이상한데, 하물며 젊은 명장이 되어 만왕을 구하게 되었으니 어찌 뜻밖이 아니겠소!"

이에 홍랑은 황 자사의 등쌀에 못 이겨 물에 빠진 일과 윤 소저가 삼랑을 보내 구해 준 일, 멀리 남방으로 떠내려 왔다가 백운 도사를 만나 병법과 검술을 배우고, 도사의 분부로 산을 내려온 곡절을 자세히 이야기했다. 그러니까 원수도 역시 헤어진 후 윤 소저와 혼인한 일, 벽 성선을 데려온 일, 소저를 알게 된 일을 낱낱이 다 이야기하는 것이었다.

그러면서 양 원수는 촛불 아래 홍랑의 얼굴을 보니 아름다운 모습은 지난날 보다 한층 더한 것 같다. 솟아 오르는 사랑을 이기지 못하여 그날 밤은 장막 속에서 같이 지내고 옛정을 되풀이 하는 것이었다.

그리고는 여러 장졸의 사기를 생각해서 본색을 드러내지 않고 원수를 돕기로 약속했다. 나 탁은 홍랑이 달아난 것을 알고 기가 막혀 낙담하다가 그만 화를 불끈 내며,

"네기 대접을 그토록 했는데 도망 치다니 괘씸하기 짝이 없다, 이제 당장에 백운동으로 가서 그 도사를 죽이고 다른 사람에게 구원을 청해 분풀이를 하겠다."

그러자 한 장수가 말하기를,

"소장이 한 장수를 천거 하겠습니다. 운남국 축융동에 한 왕이 있는데 천하 영웅이며 그 왕의 딸이 또한 쌍검을 잘 써서 사나이 만 명으로도 당하지 못합니다. 다만 축융왕은 욕심이 많아서 예물이 적으면 응하지 않을 듯 싶습니다."

나 탁은 크게 기뻐하며 곧 예물을 갖추고 축융왕을 찾아가기로 하였다. 그리고 떠날 적에 철 목탑, 아 발도 두 장수를 불러 자기가 돌아올 때까지는 동문을 굳게 닫고 나가 싸우지 말라고 부탁했다.

그러나 경솔한 두 장수는 홍랑의 계교에 속아 마침내 태을동도 점거 당하고 말았다.

14

한편 축융동으로 구원을 청하러 간 나 탁은 떠나던 길로 백운동에 이르러 도사를 찾았으나 도사의 자취는 간 곳이 없었다.

나 탁은 하는 수 없이 발길을 돌려 축융동으로 향하였다. 며칠 후 축융동에 당도하니 동학은 험하고 산천은 장대하였다.

나 탁이 동중에 들어가 축융 대왕을 보니 푸른 눈, 붉은 얼굴에는 수염이 호랑이 같고, 허리는 곰 같고, 키는 구척이나 되었다.

나 탁이 채단 명주와 그 밖에 갖은 보배를 바치고, 명진과 싸우며 여러가지로 혼이 난 이야기를 자세히 말한 후 구원하여 주길 빌었다.

축융왕은 재물을 담뿍 받고 보니 그저 기뻐서,

"이웃 나라의 불행을 보고 어찌 그저 있겠소."

한다. 그리고 그는 곧 수하 만장 세 사람을 거느리고 떠나겠다 하니, 곧 삼적모 잘 쓰는 천화 장군 주 돌통, 개산대부 잘 쓰는 촉산 장군 첩 목홀, 일월도 잘 쓰는 둔갑 장군 가 달이었다.

그러나 나 탁이 다시 축융왕에게 간청한다.

"이 사람 듣기에 대왕의 따님은 뛰어난 무술을 지니셨다 하니 비록 청하기 어렵사오나 함께 도와 주시면 더욱 감사하겠습니다."

그런 즉,

"딸아이의 나이 아직 어리고 천성이 민첩치 못해서……"

하고 말끝을 흐렸다.

나 탁은 욕심 많은 축융의 속을 알아차리고 다시 명주 백 필, 만포 이백 필을 바치며 간청하였다.

축융은 그제야 허락하고 딸에게 종군하라 명하였다.

축융의 딸의 이름은 일 지련(一枝蓮)이었으니, 나이가 십삼 세이지만 자색이 뛰어나고 기묘한 무예와 총명한 천성은 남방 오랑캐 같지 않았다.

평생에 중원의 문물을 한 번 가 보기가 소원이었으나, 만리 남쪽 하늘 아래, 더구나 여자의 몸으로 맘대로 갈 수 없어, 자나 깨나 탄식만 하였던 것이다. 이러던 참에 부왕이 나 탁의 하던 말을 전하니 일 지련는 곧 쌍창을 들고 종군하였다.

나 탁이 이러한 원군을 얻어 기뻐하며 본군으로 돌아왔으나, 그 동안 이미 태을동이 뺏겼고 모두 철목동에 들어 박혀 있는 것을 보고 다시 한 번 홍랑의 병법에 크게 놀랄 뿐이었다.

그 이튿날, 나 탁은 만장을 보내어 싸움을 걸게 하고 축융은 만병을 거느리고 진을 치는데 십이 방으로 나누어 오색기를 꽂고 군사들은 각기 창검을 들고 내달았다.

그들을 바라보던 홍 사마는 미소하며, 뇌천풍으로 나아가 싸우게 하나, 만진에선 첩목홀이 나와 서로 싸움이 어울린 지 수합에 명장 동 초, 마 달이 일시에 창을 휘드르며 나가고 만진 중에서도 주 돌통과 명장 세 사람은 싸우다간 물러서고 물러섰단 다시 싸운다. 나 탁이 축융을 돌아보며,

"명장들이 싸우며 점점 물러서니, 반드시 꼬임수일 것입니다. 세 장수를 불러들여 낭패없도록 하십시오."

하고 주의한다. 그러나 축융은 워낙 성미 급한 사람이어서,

"오늘 내 명 원수를 서로잡지 못한다면 돌아가지 않겠소!"

하더니 급히 기를 두드리며 진언을 염하기 시작하였다.

그런 즉 문득 광풍이 생기고 검은 구름이 일어나는 곳에 무수한 귀병이 산과 들에 가득 내려 세 장수의 위세를 도우려 명진으로 쳐들어 온다.

홍 사마는 즉시 북치고 기를 휘두른다. 한즉 간방군이 진문을 열고 갈라진다. 이 때 만장 세 사람이 귀병을 몰고 사면으로 공격했으나 쳐부수지 못하다가 문득 터진 곳이 있음을 보고 귀병을 몰아 쳐들어 갔다.

그제야 홍 사마는 다시 북을 올리고 흑기를 휘둘러 간방 진문을 닫고 부용검을 들고 오방을 향하여 가만히 작법하니, 문득 일진청풍이 칼 끝에서 일어나 검은 구름과 귀병이 봄눈 녹듯 사라지며 풀뿌리와 나무잎으로 변하여 공중에서 떨어진다.

만장 세 사람은 깜짝 놀라, 군중에서 방황하여 어찌할 바를 모른다. 홍 사마는 다시 부용검으로 남쪽을 가리키니 불 빛이 충천하고

다시 북쪽을 가리키니 아득한 큰 바다가 나타나고 동서를 가리키니 천둥과 빗발이 크게 일어나며 큰 못이 앞을 가로 막는다. 세 장수는 더욱 더 어찌할 바를 몰랐다.

마침내 둔갑 장군 가 달이 재주를 넘어 몸을 변하려 했다. 그런즉 홍 사마가 부용검을 번쩍 들더니 칼끝에서 붉은 기운이 일어나며 가 달의 머리를 누른다. 가 달은 세번이나 재주를 넘었지만 변형 못하고 마침내 외마디 소리와 함께 말에서 굴러 떨어졌다. 이것을 보자 주 돌통, 첩 목홀이 하늘을 우러러 탄식하고 칼을 뽑아 스스로 목을 치려 한다.

그제야 홍 사마는 손 야차를 시켜 진상에서 외치게 하였다.

"만장들아! 너희들 죽이지 않고 그 목숨을 빌려 줄 테니 돌아가 속히 항복하도록 축융에게 전하라! 만일 듣지 않으면 후회면치 못하리라."

홍랑이 진언을 외워 문을 여니 세 장수는 쥐구멍 찾듯 돌아갔다. 그들은 축융을 보고,

"홍 장군은 감당할 수 없으니, 대왕은 이길 생각 버리시고 속히 항복하십시오."

하고 권했다. 축융이 대노하여 칼을 들어 다시 십이 방위를 가리키며 한참 동안 주문을 외우기 시작하였다.

그러자 문득 공중에서 포 소리 하늘을 흔들고 살기 가득하여 사면 팔방으로부터 무수한 신장이 구름처럼 모여온다.

그들은 각기 병기를 잡고 일시에 명진으로 쳐 들어갔다. 홍 사마는 높이 수기를 들고 하명한다.

"모든 장졸은 이 수기만 쳐다보라. 만일 전후 좌우로 돌아보는 자

있으면 목을 베겠다."

모든 군사로 영을 따라 수기만 쳐다보니, 군중이 숙연하여 조금도 요동이 없다. 이제 축융이 마지막으로 갖은 요술을 다 부려 보았지만 홍 사마는 이것을 일일히 오행의 이치를 따라 물리치고 마니, 축융은 더 무슨 재주를 부릴 길이 없었다.

15

홍 사마에게 형편 없이 패하여 본진으로 돌아간 축융은 분하고 부끄러움을 참을 수 없어 마침내 칼을 뽑아 자기 목을 치려했다. 그런 즉 곁에 있던 딸 지련이 그 칼을 잡으며,

"소녀가 부왕을 모시고 종군하여 이 곳까지 왔사오니 마땅히 한번 싸워 사생을 결정하겠습니다. 그러니 부친은 잠시 분을 참으시고 소녀 돌아올 때까지 기다리십시오."

축융이 탄식하며,

"네 아비의 힘으로도 당적 못했거늘 한낱 여자가 어찌 당적하겠느 냐? 명장의 병법과 검술은 천신이 하강 할지라도 그 이상 더 비범 하진 못할 게다."

그러나 일 지련은 분연히 말에 올라 진으로 나아가 싸움을 걸었 다. 이 때 홍 사마는 장차 대군을 휘몰아 만진을 섬멸하려던 참에 한 장수가 들어와,

"한 여장이 싸움을 겁니다."

하고 보고한다.

홍 사마는 이상히 여겨 진에 나가 바라보니 과연 젊은 여장이 머리에 홍모리 쓰고 몸에 초록 수의를 입고 대완마를 타고 쌍창을 춤추듯 휘두르며 나오는 것이었다. 백설 같은 얼굴 빛에 도화 같은 두 볼에 총명한 눈 정기, 옥같은 이와 붉은 입술, 푸르른 귀밑머리, 털과 구름 같은 머리카락채, 참으로 남방 풍토에서 자라난 사람 같지 않았다.

홍 사마 속으로 자못 놀라 손 야차에게 대적하라 명하였다. 그러나 손 야차가 내달아 서로 싸우기 수십 여 합에 일 지련은 쌍창을 옆구리에 끼더니 손 야차를 냉큼 사로잡아 본진으로 돌아가는 것이었다.

홍 사마는 대경하여 좌우를 돌아보고,

"누가 저 장수를 사로잡겠는냐?"

하고 묻는다. 그런 즉,

뇌천풍이 벽력부를 휘두르며 달려갔으나 역시 사오 합 못되어 천풍의 도끼 쓰는 폼이 자못 어지러워지며 막아 내기에 쩔쩔 맨다.

이 번엔 동 초, 마 달이 일시에 창을 들고 내달아 천풍을 도와 싸움은 십여 합에 이르렀으나 일 지련은 까딱이 없다. 홍 사마는 울분을 참을 수 없어 곧 금을 올려 세 장수를 불러들이고 친히 말에 올라 꾸짖는다.

"세 장수의 힘으로 한낱 여자를 취하지 못하니 어찌 그다지도 무능하오? 한 번에 사로잡아 오리라."

양 원수가 굳이 말렸다. 홍 사마는 듣지 않고 쌍금을 춤추듯 휘두르며 나아갔다. 일 지련도 역시 쌍창을 휘두르며 달려든다. 그러나 아무리 날래고 검술에 능하기로 일 지련은 홍랑의 적이 아니었다.

십 여 합을 어울려 싸우다가 더 당적할 수 없음을 깨달은 일 지련, 쌍검을 거두고 말을 돌려 달아나려 하니,

홍랑이 말을 달려 부용검 옆에 끼고 팔을 뻗어 일 지련을 사로 잡아 말 위로 끌어올린다. 그리고는 본진으로 돌아갔다.

그러나 적수가 서로 만나 속임수를 버리고, 정도로 겨룬 것이니 일 지련은 탄복하고 성심으로 홍랑을 존경하게 되었고, 홍랑도 일 지련의 재주와 사람됨을 자랑하게 되었다.

진중에 이르자 홍랑이 일 지련의 손을 잡고 치하한다.

"내 오늘 낭을 잡은 것은 검술로 이긴 것이 아니라 하늘의 지기로 서로 만나도록 도우심인가 하오."

일 지련은 일찍부터 중추의 문물을 사모하던 터였으며 홍랑의 재주 와 인품을 보고 그 밑에 항복 하기를 결심한 터였다. 그래서,

"만일 장군이 저를 불쌍히 생각하신다면, 마땅히 휘하의 천졸이 되어 견마지성을 다하겠습니다."

고 대답하는 것이었다.

"낭이 만일 날 버리지 않는다면 붕우의 의를 맺고자 원하오."

이렇게 말하는 홍랑의 태도에 일 지련은 눈물을 흘리며,

"저의 부친은 일찍 천조에 죄없고 다만 이웃 나라의 정의로 만왕을 구원하러 왔다가 큰 죄를 범했으니, 어찌 살기 바라겠습니까마는 장군의 인자한 덕과 너그러우신 마음으로 죄를 사하시고 목숨을 보존케 해주시면 결초 보은하겠습니다."

한다.

"그것은 원수에게 아뢰면 좋은 도리가 있을까 하오."

그리하여 일 지련이 축융 대왕에게 항복하기를 간곡히 하니 축융도 딸의 말을 쫓아 명진에 항복하게 되었다. 이리하여 원수는 크게 기뻐 하며 휘하 세 장수와 일 지련을 거느리고 함께 진중에 머물도록 하였

다.

전에는 홍 혼탈을 잃고 이번에는 축융과 일 지련까지 잃은 만왕 나 탁은 낙심하여 용기를 잃은 데다가 그 후에도 싸우는 적마다 번번 히 패하니 마침내 여러 장수를 모아 놓고 하는 말이,

"내 들으니 하늘을 거역하면 망하고 하늘을 순종하면 번창한다 하더라. 내 이미 오래 동천을 잃고 비록 철목동을 힘껏 지키고 있으나 전후 수십 여 전에 한 번도 이익이 없었으니 어찌 하늘의 뜻이 아니겠는가? 앞으로 철목동을 더 지킨다면 이는 하늘을 거역 함이며, 또 내 여러 번 위험한 고비를 겪었으되 그럴 때마다 양 원수가 죽이지 않고 살려 줬으니 이제 내가 항복하지 않는다면 배은일 뿐이다. 더구나 양 원수가 자객을 보내어 정자를 뽑아간 것을 생각하면 내 살아서는 하늘을 거역한 사람밖에 되지 않고 죽어도 머리 없는 귀신을 면치 못할테니 어찌 한심치 않겠는가? 이제 마땅히 항복하리라."

마침내 성 위로 항번이 올랐다. 그리고 만왕 나 탁은 소거(小車) 와 백기로 인수를 목에 걸고 나왔다.

이리하여 양 원수는 대군을 거느리고 진을 편 후 군법으로써 항 복을 받았다.

원수는 항복을 받은 후 만왕을 군중에 머물게 하고 모든 장수와 대군을 거느리고 철목동으로 들어가 진악을 합주한 후 크게 잔치를 베풀어 군사를 위로하였다.

그런 다음 원수는 좌익 장군 동 초를 시켜 천자께 아뢰려고 첩보를 황성으로 보냈다. 동 초가 황성에 당도하자 천자는 자신전에 임어하 여 동초를 탑전에 인견하고 한림 학사에 명하여 원수의 첩표를 읽게

하였다.

　"정남 도원수 신 양 창곡은 황제 폐하께 상서 하나이다. 신이 황명
을 받자와 남정한 지도 이미 반 년이오나 도략이 적고 재주 넉넉지
못하와 천병을 먼 곳에 오래도록 머물게 하니 참으로 황공하옵나이
다. 신이 금월 모일에 만왕 나 탁을 철목동 앞에서 항복 받고 첩서
를 올리오니 마땅히 조서 기다려 회군코자 하나이다. 신이 생각컨
대 남방은 황화가 멀리 끊어지고 풍속이 사납고 모질어 덕화로
무마할 것이며 위력으로 제압치 못할까 하나이다. 만왕 나 탁은
비록 죄를 범했사오나 이제 심복하였삽고 또 나 탁이 아닌 즉 남방
을 진정할 자 없을까 하나이다. 그러하오니 엎드려 바라건대 폐하
는 나 탁의 죄를 특사 하시고 전처럼 왕호를 누리게 하사 더욱
성덕을 감복케 하여 그로 하여금 길이 반역함이 없게 하소서."

　천자는 크게 기뻐한 다음 동 초를 전상으로 부르고 묻는다.

　"너는 어느 곳 사람이냐?"

　"신은 소주 사람이온데 원수가 강재 뽑음을 듣고 자원하여 출전했
습니다."

　천자는 칭찬하고 다시 진중에서 겪는 일과 양 원수 용병하던 술법
을 묻는다.

　동 초가 일일이 아뢰니 천자는 대경하여,

　"양 원수의 장략은 내 이미 알거니와 그 홍 혼탈이란 사람은 어떤
장수이기에 무예와 도략이 그렇듯 전류한가?"

하였다.

　동 초가 다시 대답해 아뢴다.

　"홍 혼탈은 본시 중국 사람으로 남방에 흘러왔다가 산중에서 술법

을 닦았다 합니다. 나이는 십 육 세며 위인은 의기를 숭상하고 용모 풍채는 장 자방과 같습니다."

동 초가 이렇듯 아뢰는데 바깥으로부터 사신이 들어와 고한다.

"교지 왕의 상소가 왔습니다."

그 상소는 아래와 같은 급보였다.

〈교지 남방 천 리 밖에 홍도국이라는 나라 있사온데 자고로 중국에 조공이 미치지 못하고, 먼 만이의 나라를 물리칠 변방을 침략함이 없었나이다. 하온데 이제 만일 백여 부락과 결탁하여 교지 지방을 침범한 고로 신이 군사를 조발하여 무찌르고자 하였으나, 세 번 싸워 세 번 패하니 그 기세 더욱 창성하여 대적치 못하겠나이다. 엎드려 바라건대 폐하는 속히 천병을 보내시어 평정케 하소서〉

이에 천자는 곰곰히 궁리한 끝에 하교 하기를,

"짐이 생각하니 적세 가볍지 않아 일개 편장으로 홍도국을 평정케 할 것이 아니니 다시 양 창곡에게 조서를 내려 홍 혼탈과 평정하도록 하라!"

그리고 즉시 천자는 양 원수에게 조서를 내렸다.

──경의 덕망이 조정에까지 들리고 위엄을 변방에 떨쳐 사납던 만형들로 하여금 만풍 와해케 하였으니 짐은 이제 베개를 높이고 근심 없을 줄 알았도다. 그러나 뒤이어 홍도국의 급보를 듣게 되니 적세 가볍지 않는가 하노라. 경은 회군치 말고 즉시 교지를 향하여 도적을 평정하고 돌아오도록 하라. 짐이 덕화 부족하여 경으로 하여금 홀로 수고를 끼치게 하니 짐은 머리를 돌려 남천을 바라봄에 부끄럽기 그지 없도다. 이제 경에게 특히 우승상 겸 정남 대도독을 제수하노니 부원수 홍 혼탈과 더불어 만사를 좋도록 처리함과 아울러 짐의

뜻을 저버리지 말지어다. 만왕 나 탁은 그 죄 비록 중하나 짐짓 용서
하노니 전처럼 남방을 진정케 하되 다시는 역천함이 없도록 하라——.

천자는 겸해서 홍 혼탈에게도 조서를 내리었다.

16

천자가 홍 혼탈에게 내린 조서는 곧 정남 부원수를 삼으니 양 도독
을 도와 오랑캐를 무찌르라는 것이었다.

이 때 선랑은 봄바람 같은 기상과 가을 대 같은 뜻을 지니고도
변을 당하여 더러운 이름과 억울한 죄목을 씻지 못하고 호소할 곳
없어 죄인으로 자처하고 문밖에 나가지 않은지도 어느덧 반년이 되었
다. 밤이면 잠을 이루지 못하고 낮이면 눈물로 세월을 보냈다.

그러나 아직도 고생이 끝나지 못해던지 다시 한바탕 풍파가 일어나
고야 말았다.

위씨 모녀가 간교한 모략을 써서 두 번씩이나 선랑을 헤치고자
하다가 뜻을 이루지 못하자 황 소저는 병이라고 거짓 꾸미고 본부에
있으면서 마음을 조리다가 양 원수가 회군한다는 소문을 들었다.

이에 마음이 조급해진 위씨 모녀는 선랑을 죽이고자 시비 춘월을
시켜 자객을 구하게 하니, 춘월은 한 노파를 데리고 왔다. 그러나
이 노파는 비록 자객을 일삼으나 의기있는 여자라 선랑의 사람됨을
한 번 대하자 크게 심복하는 한편 위씨 모녀의 관계에 분개했다.

"이 칼은 낭자에게 쓸 칼이 아니라 오히려 그 자들에게 쓸 칼이군
요!"

하고는 표연히 나가는 것이었다.

노파가 칼을 품고 황씨 집에 나타났을 때엔 벌써 동쪽 하늘이 붉어질 무렵이었다.

춘월은 초조히 기다리다가 노파가 돌아옴을 보고 쫓와 나와 묻는다.

"왜 이다지도 늦었소? 그리고 천기의 머리는 어디 있지?"

그러나 노파는 한 번 비쭉 웃더니 왼손으로 춘월의 머리채를 움켜잡고 오른손으로 번쩍이는 칼을 들어 위 부인을 가리키며 한참 노려보다가,

"간악한 늙은이야? 요부를 도아 숙녀 가인을 모해하니 이 칼로 너의 목을 끊을 일이지만 선랑의 충심을 저버릴 수 없어 용서한다. 앞으로도 선랑을 해하려 한다면 내 비록 천 리 밖에 있을지라도 이 칼이 날아오리라."

크게 꾸짖고 춘월을 문밖으로 끌어낸다.

황씨 집 사람들은 크게 놀라 수십 명의 종들이 노파를 잡으려 달려든다. 그러니까 노파가 꾸짖으며,

"너희들이 만일 달려들면, 이 칼로 이 계집을 찌르겠다."

하니 아무도 감히 덤비질 못했다.

노파는 춘월의 머리를 잡아 끌고 큰 길로 나갔다.

그리고는 큰 소리로 길 가는 사람들에게 위씨 모녀와 춘월의 죄를 욕하고 선랑의 억울한 처지를 하소연하는 것이었다.

그리고는 한 번 칼을 번쩍이자 춘월은 외마디 소리를 지르고 땅에 쓰러지고, 노파는 어디론지 바람처럼 사라졌다. 좌우에 모였던 사람들이 춘월을 일으켜 보니 피가 어지럽게 흐르는데 양편 귀와 코가

없어졌다.

　이런 후로는 그 소문이 황성에 자자하여, 선랑의 억울함과 위씨 모녀의 간악함을 모르는 사람이 없게 되었다.

17

　황씨집 종이 춘월을 등에 업고 들어왔다.

　그것을 본 위씨 부인 더욱 원통히 여기고 이번에는 황 각로를 충동하여 직접 천자께 선랑의 일을 각가지로 무고하게 하였다.

　이에 천자께서는 태후를 뵙고 그 일을 의논하신 끝에

　"소자가 한 계책으로 잠시 풍파를 멈추게 하고 양 창곡이 환군한 후 조치케 하지요."

했다.

　"무슨 계책이시오?"

　"벽성선을 고향으로 보내는 것이 어떨까요?"

　태후도 그 조처에 찬성이었다.

　이튿날 천자는 조회에 나와 황 윤·양 각로에게 하교하였다.

　"이번 벽성선의 일은 해괴하지만 양 창곡이 대신의 자리에 있고 집이 그를 예로써 대하는 터이니 어찌 그의 첩을 법부에 나가게 하겠소. 경들은 오늘 퇴궐하는 길에 양 현을 찾아가 벽성선은 일시적 방편으로 고향에 돌려보냄으로써 집안 풍파를 잠시 멈추게 하고 창곡이 돌아올 때를 기다려 처치하라는 내 하교를 전하오."

　윤 각로는 황 각로의 협잡을 모르는 바 아니다. 서로 다투기도

싫었지만, 다시 생각하면 선랑을 고향으로 보내어 그 동안이라도 편케하는 것이 좋을 듯하여 천자의 뜻을 받고 물러 나왔다.

황 각로는 끝까지 불쾌한 생각이 없지 않았지만 한편 선랑을 고향으로 쫓는 것만도 다행인 듯 싶어 천자의 뜻을 쫓기로 했다.

18

천자의 붙부가 전해지자 양 원외는 하는 수 없어 내당으로 들어가 선랑을 불렀다.

"내 귀와 눈이 어두워 능히 집안을 다스리지 못하고 엄교를 받았으니, 극히 황송하다. 그러니 네 잠시 고향으로 돌아가 원수가 회군할 때까지 기다려라!"

이 말을 듣자 선랑은 구슬 같은 눈물만 흘릴 뿐 감히 머리를 들어 묻지도 못한다. 그 정경을 보니 원외는 측은함을 견딜 수 없어 그저 위로할 뿐이었다.

드디어 원외는 조그만 수레와 종 몇 명을 따르게 하고 행장을 수습케 하였다. 그리고 자연은 부중에 두고 소청만 딸려 보내게 하였다.

마침내 선랑은 부인과 윤 소저에게 하직하고 축대를 내려가니 두 뺨에는 눈물이 비오듯 흐른다.

이날 양부 상하 사람은 누구나 이 참혹한 정경에 눈물 뿌렸으며 윤·황 양부의 시비들도 구름처럼 모여와서 흐느껴 울었다.

선랑이 수레를 타고 강주로 향하니 낙교의 푸른 구름은 점점 멀어지고 머나 먼 길은 첩첩 산중이다.

이에 선랑이 곰곰히 생각하니 고향이라고는 하나 강주로 가 보았자 의지할 곳도 없는 처지이므로 산화암이란 절간을 찾아가 몸을 의탁하는 한편 이 사연을 윤 소저에게 기별하였다.

선랑은 산화암에 몸을 의탁한 후 문밖을 나가지 않았다. 낮이면 여승과 함께 불경을 논하고 밤이면 홀로 앉아 분향으로 세월을 보내니 일신은 비록 깨끗했지만 저멀리 만리 밖에 있는 군자를 생각하면 자나깨나 잊을래야 잊을 수 없었다. 하루는 한가히 창을 의지하고 졸고 있으려니 문득 양 원수가 운룡을 타고 어디론지 가면서,

"내 황명을 받고 요괴한 것을 잡고자 남방으로 가는 길이다."

한창 선랑이 같이 가기로 청하니까 산호 채찍을 붙잡고 공중으로 떠 오르려다가 떨어져 놀라 깨니 꿈이었다.

꿈을 깨자 선랑은 불길한 생각이 들어 여승을 청한 후 오늘 꿈이 어지러우니, 불전에 분향하고 기도 드리겠다고 부탁한 다음 목욕재계하고 암자 언덕 위에 있는 십왕전으로 갔다. 분향기도를 마치고 선랑이 도로 사문을 나오는데 여승이 선랑에게 고한다.

"오늘 밤은 달빛이 명쾌하니 낭자는 이 뒤 석대에 오르시어 심회를 푸십시오."

선랑은 별로 생각이 없었으나 간청하는 것을 물리칠 까닭도 없어, 소청과 함께 석대로 올라갔다.

석대에 올라서자 여승은,

"이 산이 비록 높진 못합니다만 날씨 좋은 날은 멀리 남악 형상도 완연히 보이지요."

한다. 선랑은 남쪽 하늘을 바라보았다. 그런 즉 절로 눈물이 솟아 오른다. 여승은 이상하다는 듯이,

"낭자는 어째서 남천을 바라보시더니 이같이 슬퍼하십니까?"
묻는다.

"나는 남방 사람이라 그 쪽을 바라보니 자연시 슬퍼지는군요…"

선랑의 대답이 끝나기도 전이었다. 동구에서 불빛이 충천하더니,
십여 명이나 되는 자들이 암중으로 들어 닿는다. 여승은 대경하여,

"틀림없이 강도의 무리로군요?"
하고 황급히 내려갔다.

순식간에 암중이 요란해지더니 한 놈이 흉악한 목소리로,

"낭자의 객실이 어디냐?"
고, 묻는다.

이 소리를 듣자 선랑이 소청을 돌아보며,

"우리의 여액이 아직도 미진해서 간인들과 풍파가 다시 일어나는
게 아니냐?"
하는데 아나나 다를까 그들은 고함을 치며 선랑을 쫓아 오는 것이었
다.

소청은 그만 선랑을 끌어안고 땅바닥에 쓰러져,

"아아 하느님! 어찌 이다지도 무심하십니까?"
하고 그저 한탄만 할 뿐이었다. 바로 이 때다.

난데 없는 말굽소리가 일어나더니 한 우렁찬 음성이 들려온다.

"도적들은 꼼짝 말고 게 섰거라!"

보니, 한 장군이 손에 장창을 들고 말을 달려 도적을 쫓고 그 뒤에
갑자 십여 인이 칼을 휘두르며 뒤쫓고 있다. 한 도적이 문득 그 장수
에게 달려들었으나 그 장수가 창을 들어 가벼이 밀어 던지자, 도적의
얼굴은 즉시 피투성이가 되었다.

이것을 본 도적들은 기가 질려 그만 사방으로 흩어져 간 곳 조차 알 수 없게 되었다.

그제야 장수가 말꼬비를 돌려 선랑 노주에게로 온다.

선랑 노주는 더욱 무섭고 겁에 질려 떨기만 할 뿐이었다. 장수는 그 앞에까지 이르자 말을 멈추고,

"어떤 낭자인데 무슨 일로 이렇듯 도적을 만났는가?"

하고 묻는다.

소청은 겁에 질려 말도 못하고 떨 뿐이다.

그러니까 장수가 웃으며,

"나는 황성에 왔다가 남방으로 돌아가는 길이라, 낭자를 해할 사람이 아니니, 주저 말고 자세히 말하오."

선랑은 그 말에 반가와서 소청을 시켜 말을 전하게 한다.

"우리들은 일시 과객인데 이 같은 액을 당했습니다만, 장군은 남으로 돌아 가신다니 어느 곳으로 가십니까?"

"나는 정남 도원수 양 승상의 휘하에 있는 편장이요."

선랑 노주가 양 승상 삼자를 들으니 가슴이 무너지는 것 같아 서로 붙들고 통곡하며 어쩔 줄을 모른다.

그 장수는 다른 사람이 아니라 바로 마 달이었다. 때마침 양 원수의 명을 천자께 포문을 올리고 돌아가던 도중, 문득 길에서 여자의 곡성을 듣고 또한 불빛 속에 무수한 도적이 쫓는 걸 보고 도적을 쫓은 다음 까닭이 궁금하여 물은 것이었다.

그러나 여인이 통곡하는 것을 보자, 다시 묻는다.

"낭자가 내 말을 듣고 통곡을 하니 어쩐 까닭이요?"

"우리 낭자는 바로 양 원수의 소실이랍니다."

"양 원수라니?"

"자금성 제일 방 양 승상이십니다. 남방에 출정하신지 이미 반년이
됩니다."

이 말을 듣자 이번엔 마 달이 대경하여 급히 말에서 내려서며,

"소장은 원수의 휘하인 우익 장군 마달이요. 장막의 의리는 군신
부자와 다름 없으니 이제 낭자의 곤액을 보고 어찌 무심히 떠날
수 있겠습니까? 낭자께서 본부로 돌아가실 형편이 못 되신다면
소장은 마땅히 낭자가 편히 계실 수 있는 곳을 구하여 모신 후
돌아가서 원수를 뵈옵는 날에, 자세한 형편을 여쭙겠습니다."

하고 갑사들에게 부근의 객점으로 가서 가마 한 채를 빌려 오라 분부
하였다.

선랑이 소청의 부축으로 몸을 일으켜 걸으면서 묻는다.

"장군은 첩으로 하여금 어디로 가게 하십니까?"

"소장이 힘껏 마땅한 곳으로 구하겠습니다."

마 달이 창을 짚고 앞을 인도하여 몇 마장 가니 갑사들이 교자를
가지고 온다.

마 달은 소청을 돌아보며,

"도적들이 반드시 멀리 가지 않았겠으니 낭자를 이 근처에 머물게
하면 어찌 후환이 없겠소? 소장이 모시고 가다가 깊숙하고 조용한
도관 고찰을 찾아 편히 계시도록 하고 돌아갈까 하오."

선랑은 마 달이 뜻이 고마워 교자에 올랐다.

한 백여 리쯤 가다가 마 달은 객점으로 들어가 도관 사찰이 없느냐
고 물었다.

"여기서 동쪽 산곡으로 들어가 몇 리 동안 가면 유마산이란 산

120

속에 도관이 있습니다."

하는 대답이었다.

그들은 다시 길을 재촉하여 유마산 기슭에 다달았다.

청청한 경치와 그윽한 숲속에 한 도관이 있었으니 이름은 점화관이었다. 그 도관엔 수백 명의 여도사들이 살고 있었다.

마 달이 도사에게 청하여 객실을 빌려 선랑 노주를 들게 하고, 또 갑사 두 사람까지 머물게 하여 잡인을 엄금하도록 지시한 다음 길을 떠났다.

한편 산화암에 몰려 들어갔다가 혼이 난 도적은 다른 사람이 아니라 바로 우 격이란 불량배였다.

선랑을 내쫓고도 흡족치 못한 위씨 모녀는 춘월을 통해 우 격이란 불량배로 하여금 선랑을 해치게 한 것이었다.

그 후 양 도독은 신묘한 병법의 도움을 받아 오랑캐를 무찔렀으며, 또 간신 노 균이 나라를 배반하여 한때 천자의 생명까지 위태로울 지경이었으나 불타는 충성과 용맹으로 평정하여 마침내 영예로운 개선을 하게 되었다.

이에 천자는 그 공을 크게 치하하는 한편 양 창곡으로 연왕(燕王)을 봉하니 연화봉 기슭, 한낱 포의로 일어난 창곡은 마침내 왕이란 칭호를 듣게 된 것이다.

19

하루는 천자가 연왕을 돌아보며 묻는다.

"경의 소실인 벽성선의 소식을 요즘 들었는가?"

"나라 일을 돌보기에 여가 없어 그 생각조차 탐문 못하였습니다."

연왕이 이렇게 대답한 즉 천자는 자못 한탄하며,

"선랑의 지조와 절개는 가히 알 수 있느니라. 이제 마땅히 시비를 가려 애매한 것부터 풀어 주리라."

하고 곧 지난날의 자격을 체모하라 하였다.

이 말을 듣자 위씨는 크게 놀라 춘월을 불러 놓고,

"네가 지난날 선랑을 죽였다더니 아직도 그 년이 살아 있어 일을 뒤집으려 한다니 장차 어떻게 할 테냐?"

그런 즉 춘월은 다시 간악한 계교를 꾸며 천자까지 속이려 하였으니, 일찍이 자객이 되어 선랑을 죽이려다가 오히려 그 인품에 감탄하여 춘월을 칼로 저민 일이 있는 노파가 나타나서 죄악이 백일하에 드러났다.

그리하여 법관은 황명을 받들어 마침내 춘월과 우 격을 네거리에 끌어내고 참하고 춘성과 우 이랑을 무인절도로 보냈다. 이날 천자 앞을 물러나온 연왕은 부중으로 돌아오자 양친께,

"황씨의 죄악이 발각되었으니 실로 칠거지악에서 벗어날 수 없습니다. 곧 쫓아 내겠습니다."

하고 고하고는 모든 인연을 끊겠다는 사연을 황부로 통지하였다.

이 소식을 받은 황 소저는 그만 정신을 잃고 위 부인은 독한 마음만 더욱 치솟았다.

"내가 직접 태후를 뵈옵고 원통한 사정을 한바탕 일러 바쳐야겠다."

하고는, 즉시 궐내로 향하였다.

한편, 천자는 선량의 사건을 처결하고 곧 태후께 고하였다.

"위씨 모녀의 죄악이 탄로 되어 소자가 이미 처치 하였습니다. 그러나 그 좌우 모든 사람만 벌하고 다스렸을 뿐 이 사건의 진범은 문죄 아니했습니다. 그것은 위씨 모녀가 대신의 집안 사람일 뿐 아니라 또한 무후께서 사랑하시는자라 소자로서는 처치하기 어렵 사오니 모후께서 엄히 그 허물을 징계하십시오."

태후는 이 말을 듣자 대단히 불쾌한 낯이었다. 바로 이 때 가궁인 이 물어오더니,

"위 부인이 뵈옵겠다 하며 바깥에 와 있습니다."

한다.

태후는 더욱 노하여 뜰 아래에다 위 부인을 꿇어 앉게 하고 친히,

"내 너의 모친과는 동기와 다름없었으므로 너를 친딸차럼 여겨왔 는데, 너는 늙도록 부덕을 닦지 않고 고약한 죄악이 궐 내에까지 들리니 이게 어쩐 일이냐?"

한 후 일일이 죄목을 들어 꾸짖는다. 그런 즉 위 부인은 천연스럽 레 대답하다는 게,

"깊은 궁중에 계시어 바깥 동정을 듣지 못하신 모양입니다. 저의 모녀는 백옥같이 험이 없습니다만 명도 기박하여 자모를 일찍 여의 고 태후와 계하를 친지처럼 믿어 왔는데 오히려 이렇듯 엄책하시니 앞으로 누굴 의지하겠습니까?"

말을 마치자 위 부인은 비녀를 뽑아 머리를 치며 통곡한다. 배후는 뉘우칠 줄도 모르는 위 부인의 태도에 더욱 노하여,

"위씨 모녀를 추자동에 가두고 스스로 그 죄를 깨닫게 하라!"

고 하교하였다.

원래 추자동은 위씨의 모친 마씨의 무덤이 있는 곳이었다.

위씨는 하는 수 없이 소저와 도화를 거느리고 추자동으로 향하니 황성에서 오십여 리 되는 곳이었다.

위씨 일행은 추자동에 당도하여 산을 의지한 한 모퉁이에 한 오막살이 집을 지었으니, 사면은 흙벽에 구멍을 뚫어 창을 만들고 가시덤불은 성을 이루어 하늘의 해를 보기 어려웠다.

한편, 선랑은 실로 파란 많은 고난 끝에 낭군의 부름을 받아 다시 양부의 사람이 되었다.

20

황 소저가 추자동에 갇힌 지도 이미 한 달이 지났다.

그 동안 소저는 식음을 전폐하고 밤낮으로 울기만 하여 떨어진 의복과 풀자리엔 눈물 흔적이 마를 여가가 없었다.

그러한 어느 날 밤이었다. 위씨와 도화는 이미 잠들고 소저만 홀로 외로이 앉아 쇠잔한 등불을 바라보며 잠을 이루지 못하고 스스로 신세를 탄식하고 있는데 문득 정신이 아찔하더니 한 누각이 반공에 솟아 있는 곳에 당도했다. 크고 그윽한 품이 인간 세상의 궁궐과 사뭇 다르다.

과연 그 곳에는 무수한 선녀들이 오고 가는 것이었다.

황 소저는 앞으로 나아가 한 선녀를 보고 묻는다.

"이 곳은 천상 옥경이며 이 누각은 상에궁이니 궁중에 상청 부인이 계신다오."

"상청 부인이라니 어떠한 부인인데요?"

"아니 상청 부인을 모르다니? 부인은 바로 주나라 태사이지요. 상제의 명을 받고자 상청 궁청에 처사하시어 천상의 선녀들을 교훈하시는 분이지요."

이 말을 들은 소저는 혼자 생각하기를 태사는 숙덕 높아 부인들의 사표라 하니 한 번 가서 보리라 하고 한 선녀에게 인도하기를 청해 궁중으로 따라 들어가니, 삼천 궁녀가 전상에 시립하였는데 한 부인이 검소한 의복을 입고 유순한 태도로 높이 백옥 의자에 앉았다.

황 소저가 전상에 오르자 상청 부인이 묻는다.

"그대는 어떠한 사람이요?"

황 소저는 자기의 신분을 밝힌 다음,

"부인께 여쭈어 볼 말이 있어서 왔습니다. 부인이 인간 세상에 계실 때 모든 첩들이 성덕을 칭송하고 조금도 투기하는 마음이 없었다니 만일 이것을 교묘한 허식이라고 아니 한다면 사람의 마음에도 여러 가지 다름이 있는가 합니다."

한다. 그런 즉 상청 부인이 당황히,

"투기란 것이 무엇이요?"

"여자의 평생이란 남편에 매였는데 그 남편이 평소에 많은 첩을 두어 그 사랑을 다른 여자에게 옮긴다면 어찌 투기하는 마음이 일어나지 않겠습니까?"

상청 부인이 이 말을 듣더니 갑자기 안색을 변하고 일어나 좌우를 호령하여 소저를 끌어 내어 앉힌 다음,

"네 무슨 추물이기에 더러운 말을 감히 내 귀에 들리게 하는가 인간 세상에 구십 년 동안 있었으나 한 번도 투기란 말 들어본

일도 없더니 네 이제 음란한 심사로 더러운 말을 입밖에 내어 나의 기색을 살피고자 하는구나! 이러한 음부는 잠시도 옥경 청도에 들 수 없으니 속히 돌아가 인간 여자들에게 나의 말을 전하라. 부녀자란 오직 유순 단정해야 하는 법이니 만일 이에 어긋난다면 숙녀라고 할 수 없다고.”

그리고는 시녀에게 호령하여 황 소저를 밖으로 쫓아냈다. 쫓겨난 황 소저가 길을 따라 나오다가 문득 한곳을 바라보니 습기 가득한 속에 귀신 같은 울음소리가 들려온다. 그 소리나는 곳에 이르러 보니 큰 늪에 불결한 것들이 가득하여 흉악한 냄새 코를 찌르는데 무수한 여자들이 그 속에 빠져 벗어나지 못하고 버둥대며 황 소저를 향해 소리친다. 황 소저는,

“낭들은 어떠한 사람이기에 이러한 고초를 당하고 있소?”

하고 물었다. 그런 즉 그 여자들은 자기들의 전생을 말하는데 모두 다 투기가 심하기로 예로부터 이름난 여자들이었다. 그 여자들의 말을 듣자 황 소저는 모골이 송연하여 한 마디도 대답지 못하고 소매로 얼굴을 가리며 돌아서자 달아난다.

그런 즉 여자들이 뒤에 부르짖는다.

“연국 부인은 달아나지 마라! 그대도 우리와 같으니 마땅히 이 고초를 받을 게다.”

하고, 더러운 물건들을 집어 던지니 그 더러운 것이 일시에 뒤쫓아 오지 않는가?

황 소저는 기겁을 해서 외마디 소리를 지르면서 눈을 번쩍 뜨니 꿈이었다. 꿈에서 깨어난 황 소저는 지난날 자기가 저지른 죄를 생각하니 새삼 부끄럽고 두려워 어찌 할 바를 몰랐다.

그리하여 그것을 뉘우치고 괴로워하다가 마침내 병들어 누워 버렸다.

어느 깊은 밤이었다.

문득 소저가 모친을 부르더니,

"소녀의 병이 심상치 않사오니 비록 죽어도 아깝지 않습니다만 시댁에 죄 짓고 쫓겨난 누명을 씻지 못하는 것만이 한입니다. 소녀가 불효하여 청덕을 손상하니 죽어도 눈을 감지 못하겠습니다."

하고, 말을 마치더니 그만 기절하였다. 그러다가 다시 눈을 뜨더니,

"이제 소녀의 목숨이 끊어지면 만사를 다 잊겠습니다만 두 가지 소원이 있습니다. 그 하나는 연왕이 소녀를 저버린 것이 아니라 소녀가 연왕을 잃은 것이고 선랑이 소녀를 모해한 것이 아니라 소녀가 선랑을 모해하였으니 이후는 연왕과 선랑의 욕을 입밖에 내지 마시오. 죽은 넋으로 하여금 부끄럼이나 면케 하여 주십시오. 그리고 또 하나는 소녀가 죽은 후 황씨 선산에 묻힌다면 출가한 여자의 떳떳한 일이 아니며, 그렇다고 양씨 선산에 묻히려 한다면 인자하신 시부모와 관대한 연왕이 소녀의 신세를 불쌍히 생각하여 비록 허락할지라도 어찌 부끄럽지 않겠습니까? 소녀는 천지간의 죄인이니 소녀 죽은 후의 시체는 화장하시어 더러운 뼈나마 이 세상에 남기지 마십시오."

하고 흐느껴 탄식하더니 그만 숨이 끊어질 듯하다. 위 부인은 딸이 죽은 것을 보고 가슴을 두드리며 통곡 하다가 또한 기절하였다.

위씨도 기절한 동안 한 꿈을 꾸었다. 그것은 죽은 모친 마씨가 한 백의 노인에게 딸의 악한 마음을 고쳐 달라고 당부한 즉 그 노인이 오장육부를 끄집어 내어 말끔히 씻고 뼈를 갈아 독을 뽑는 꿈이었

다.

이 후부터 위씨는 성품이 싹 바뀌었다. 그 잘못을 깨닫고 그 덕을 닦으니 도리어 남보다 훌륭한 사람이 되었으나, 소저의 병세가 이미 골수에 들고 위씨가 꿈에 뼈를 갈 때 입은 흔적이 종기 되어 두 모녀의 참혹한 모양이란 차마 볼 수 없는 지경이었다.

그러자 태후가 이 정경을 듣고 비밀히 가 궁인을 보내어 사실인가를 알아보라 하였다.

곧 가 궁인이 추자동에 이르러 보니 과연 참혹한 정경은 말할 수 없고 위씨의 태도 또한 전 날과는 딴판으로 정숙해졌다.

한 마디 한 마디가 모두 자기 죄를 뉘우치는 말뿐이고 조금도 남을 원망하는 티가 없다. 그러더니 다 죽게 된 딸을 보며,

"딸 아이의 병이 참으로 가볍지 않고 꿈이 또한 괴상하니 혹 이 근처에 불당이나 고찰 없을까? 한번 치성드리고 기도하여 볼까 하오."

한다. 가 궁인은 기꺼이 웃으며,

"여기서 서북으로 향하여 십여 리 가면 한 암자가 있으니 이름은 산화암이라 합니다. 그 암자 뒤엔 시왕전이 있는데 영험이 놀랍사오니 그리로 가 보십시오."

이 말 듣자 위씨는 크게 기뻐하여 가 궁인이 돌아간 후 도화를 산화암으로 보내어 지성껏 기도 드리게 하였다.

가 궁인은 궁으로 돌아와 태후께 위씨 모녀가 개과한 일을 일일이 아뢰고 그들이 토굴에서 고초하는 정상을 고하는 동시에 그 죄를 용서해 주도록 청하였다.

이에 태후가 웃으며,

"내 위씨를 사랑하는 마음 어찌 너만 못하겠는가? 이제 그들이 비록 후회하고 허물을 고쳤으나 황 소저는 출부당한 신세니 좀더 고초를 겪도록하여 연왕으로 하여금 스스로 깨닫는 바 있게 해야 하겠다."

하는 것이었다.

21

악독하던 황씨는 쫓겨나고 선랑은 누명을 벗고 사랑을 받게 되어 마침내 홍랑의 주선으로 곱게 간직하던 정조까지 연왕에게 바쳤으니 양부는 이제 즐거움과 복된 속에 극락 같이만 보였다. 그러나 뜻하지 않은 불행이 닥쳐왔다. 연왕이 만 리 풍진에 남북을 달려 풍한과 서습에 상했든지 드디어 심기 불편하여 자리에 눕게 되니 부중 상하가 모두 근심에 쌓였다.

이러한 어느 날이었다.

한 늙은 여인이 향탁을 등에 지고 입으로 십왕 보살을 염하며 들어와 시주하기를 청한다.

선랑과 난성은 근심스레 앉았던 참이라 그 노인을 올라오게 한 다음 점을 쳐달라고 부탁했다.

그런 즉 십왕 보살에게 치성을 드리면 연왕의 병이 낫는다고 한다.

이 말에 선랑은 이튿날로 소청과 연옥을 거느리고 향화와 지촉 갖추어 그 옛날 인연이 있던 산화암으로 향했다. 암자 앞에 당도하여 교자를 내리니 모든 여승들이 몰려와 선랑의 손을 잡고 눈물을 머금으면서 반가와 한다. 선랑은 일일이 옛정을 푼 다음 목욕 재계하고 십왕전에 이르러 예배하고 문득 우러러 탑상을 보니 한 조각 채단폭에 몇 줄의 축원문이 있었다. 집어본 즉 그 내용은 다음과 같았다.

"제자 황씨는 육근이 탁하고 오욕에 덮이어 이생에서 악업이 산처럼 쌓였으니 비록 공덕을 닦아 연화대 위에 칠보탑을 쌓을지라도 어찌 속죄할 장수 있겠습니까? 차 진세의 인연 끊고 볼전에 귀의하여 남은 목숨을 마치고자 하오니 모든 불보살께서는 대자 대비 베푸소서."

선랑이 그 필적을 보니 눈에 익은 글씨며 내용 또한 심상한 축원이 아니었으므로 여승들을 돌아보고,

"이것은 어떠한 사람들의 기도요?"

하고 물었다.

그런 즉 여승들이 일시에 눈물을 머금고 대답한다.

"이 곳으로부터 남쪽으로 수십 리 가면 추자동이라는 곳이 있습니다. 그 곳에 월 전에 황성으로부터 두 부인이 와서 산 아래 한 간 초옥을 의지하고 사는데 참혹하고 처량한 꼴이 흡사 죄인 같더군요. 그 중 소 부인은 병세가 골수에 들어 죽기만 기다리는 것 같습니다만 그 까닭을 알 수 없었습니다. 그러나 그 분들이 불공 축원하실 때 노부의 말씀에 평생 죄를 지어 이 지경에 이르렀으므로 불전에 치성하여 그 속죄를 바란다 하고 소부인은 말없이 몇 줄 글을 써서 주며 부처님 앞에 이렇게 발원하여 축수하고 눈물만 흘립니다."

선랑은 이 말을 듣고 크게 놀라 속으로,

"바로 황 소저구나. 그런데 황씨 모녀가 이렇듯 개과하였다는 것은
참으로 기약하기 어려운 일이야? 만일 개과하여 여승들의 말과
같다면, 원래 그들의 죄악이 나로 말미암아 저질러진 것이니 내
마땅히 그들을 구해야겠다."

고 생각하였다. 그리고 선랑이 불전에 치성한 후로부터 여왕의 병세
도 점점 회복하였다. 한편 황 소저는 자기의 죄를 깨닫고 보니 뉘우치
는 마음을 이길 수 없어 침식을 전폐하였다. 그런 즉 형용이 더욱
초췌하여 하루에도 몇 번씩이나 정신을 잃고 쓰러졌다.

황 각로와 상서가 급한 소식 받고 와보니 이미 손 쓸 수도 없는
모습이었다. 위씨는 소저가 일찍이 소망하던 대로 화장코자 산화암으
로 보내어 여승들을 불러오라 하였다.

여승들이 이 소식을 듣고 추자동으로 가는 도중 선랑을 알아보고
황 소저 일을 전하였다.

이 소식에 놀란 선랑은 어찌할 바를 몰랐다.

자기의 처지가 묘한 까닭으로 울고 싶어도 곁에 사람들이 간사하다
고 조소할 것이요, 그저 눈물이 절로 옷을 적시었다.

이 때 문득 난성이 들어오기에 선랑은 황씨의 별세를 말하고 눈물
을 씻으며,

"모두 다 나 한몸 때문에 일어난 일이니 내 처지야 말로 진퇴할
길 없고 얼굴 들 곳이 없소. 오히려 모든 진루 끊어 버린 후 세상
생각 잊고 여생이나 마칠까 하오."

한다. 난성도 한 동안 말이 없더니,

"이제 대략 황 소저의 병근을 들으니 의심스러운데 없지 않소.
내 일찍 백운도사로부터 배운 바에 의하면 사람의 칠정이 서로

충격하면 괴질이 되어 숨을 통하지 못한다니 숨 끊어진 것은 이에 지나지 않을게요."

선랑이 이 말을 듣자 난성의 손을 잡으며 간청한다.

"난성! 그러면 그 재주를 다하여 한 사람의 목숨을 구함으로써 두 사람의 신세를 펴게 하오?"

난성이 웃으며,

"그것은 어렵지 않은 일이지만 만일 상공께서 아신다면 어떻게 생각하실런지? 그러나 사람의 목숨이 가장 중하니 이럴 수도 저럴 수도 없구만!"

하고 주저하는 것이었다.

그런 즉 선 숙인은 난성의 손을 잡고 눈물까지 흘리며 사정을 한다.

"만일 황 소저가 불행하게 된다면 나는 단연코 자취를 감추고 이 누명에서 벗어날 테니 낭은 나를 보아 사람 하나 살려 주오."

그제서야 난성은 쾌히 승락한 후,

"어찌 선 숙인만을 위한 것이라 하겠소? 상공의 젊은 나이로 진정이 만 리 같은데 황 소저로 하여금 원혼되게 한다면 어찌 아깝지 않겠소. 어떻든 가 본 후에 그 사생을 판결 할테니 낭은 속히 산화암의 여승들을 청하여 서로 약속하되……"

하고 선랑의 귀에다 비밀히 무엇인지 지시하였다.

한편, 황 소저는 숨이 끊어진지 이틀이 지났으나 얼굴은 살아있는 듯하여 마치 잠자는 거와 다름 없었다.

그날 밤이 깊어서였다.

문득 화산암에 있는 여승이 와서 위씨에게 가만히 말한다.

"마침 지나가던 도사가 저희 암자에 오셨는데요, 그 도사는 도술이 신기하여 만일 비명으로 죽은 자는 삼일안에 영약을 쓰기만 하면 모두 살릴 수 있다는군요! 그래서 간청하여 왔으니 한번 시험해 보십시오."

그런 즉, 위씨가 길이 탄식하며,

"죽은 자가 다시 살아날 수 없는 법이지만 선사의 지성이 극진하니 잠시 시험해 보겠소."

"그 도사는 여인들이라 천성이 수줍어 비록 시비나 종일지라도 잡인은 다 꺼리는 데요."

그리하여 위씨는 도화를 바깥으로 내어보내니 여승은 과연 그 여도사를 데리고 들어온다.

이윽고 그 중에 유달리 총명하게 생긴 도사가 소저 앞에 앉아서 한 동안 진맥한 후 다시 이불을 걷어 소저의 온몸을 쓰다듬는다. 그리고 다시 소저의 안색을 본 후 주머니에서 환약 세 개를 내어 위씨에게 주며,

"이 약을 잣물에 풀어 입 속으로 흘려 넣고 그 동정만 보십시오."

하고는, 둘이 함께 나가는 것이었다. 위씨는 반신반의 하면서 곧 한 개를 시험하였으나 아무런 동정이 없더니 두 개째 쓴 즉 온기 생기고 세 개를 다 쓰고 나니 문득 소저가 길게 숨을 몰아쉬며 돌아 눕는다.

위씨는 크게 반가와 급히 도화를 불러 분부한다.

"네 산화암에 가서 조금전에 왔다간 두 도사도러 소저께서 살아나실 가망이 보이니 무슨 약을 써야 할까 여쭈어 보고 오너라."

그러나 도화는 빙그레 웃으며,

"제가 숨어서 엿보았더니 그분들은 도사가 아니에요. 앞의 분은 선랑이었고 뒤의 분은 홍 난성이었습니다."

이 말을 듣자 위씨는 더욱 당황하여 그 까닭을 알지 못하는 것이었다. 홍랑과 선랑이 황 소저에게 약을 쓰고 양부로 돌아가니 연왕은 문득 이런 말을 하는 것이었다.

"황씨를 위해서 생각하니 허물을 고치지 못하고 사느니 보다는 차라리 개과하고 죽은 것이 잘됐다고 생각하오. 황씨가 허물을 고치고 죽었다면 비록 그 혼이라도 쾌락하지 않겠소!"

연왕의 말이 끝나기도 전이었다. 갑자기 선랑이 띠를 풀고 비녀 뽑고 땅에 엎드려 청죄한다.

"제가 청루의 천한 몸으로 품행이 불민하여 군자의 문중에 환란이 끊임없으니 다 저의 죄입니다. 어찌 허물을 황씨에게만 돌릴 수 있겠습니까? 더욱이 황씨가 덕을 닦아 이제 현숙한 부인이 되었는데도 저 산중 토굴에서 하늘의 해를 보지 못하고 처량한 심회와 궁박한 신세로 병을 이루어 목숨이 조석에 걸렸으니 상공께서는 불쌍히 여기시기 바랍니다. 집 안에 큰 일을 제가 어찌 당돌하게 말하겠습니까마는 만일 제가 없었다면 이런 일도 없었을 것이므로 상공께서 황씨의 죄를 용서 않으신다면 저는 머리를 깍고 입산하여 황씨에게 대한 사과를 하겠습니다."

그런 즉 마침 곁에 있던 연왕의 부친 양 현이 이 말을 듣자 그 뜻을 기특히 생각하고,

"네 말이 간절하여 족히 군자의 마음을 감동케 한다마는 황부가 이미 여망이 없으니 어찌하면 좋을까?"

한다.

그런 즉 선랑은 이미 홍랑이 약을 써서 살려 놓은 이야기를 했다. 양 현은 더욱 신통히 여겨 마침내 연왕에게 분부한다.

"개과천신하면 옛사람도 용서하였으니 주저말고 황부를 용서하고 병든 몸을 위로하라!"

그리하여 하는 수 없이 연왕은 황 소저를 용서하기로 했다. 연왕의 용서를 받은 선랑은 다시 태후에게도 황씨 모녀의 죄를 사해달라고 소를 올렸다. 공적으로 죄를 준 것은 원래 태후였기 때문이었다.

다른 사람이 아닌 선랑의 간청이고 보니 태후는 그 심리를 칭찬하여 마침내 가 궁인을 추자동으로 보내어 황씨 모녀를 집으로 돌려보내도록 분부했다.이리하여 황 소저는 극진한 고생 끝에 황부로 돌아왔다.

18

연왕은 황 소저가 돌아왔다는 소식을 듣자 곧 황부로 갔다. 그리고 소저의 병을 문안하려고 그가 거처하고 있다는 후원 정자로 가보니 수간 초당에 갈대발이 드리워 있고 삼층 흙 층대엔 이끼의 자취 완연하다.

그런 즉 소저가 무심히 앉았다가 깜짝 놀라 일어나며 맞이한다.

연왕이 방 속을 돌아보니 다만 책상 위에 몇권 책과 향로 하나가 있을 뿐이었다.

그리고 소저의 모습을 보니 수척한 두 볼에 구름같이 귀밑머리가 나부끼고 남루한 의상에 병색이 뚜렷한데 두 눈에는 이미 물욕은 깨끗이 가시어 보였다.

어느 모로 보나 지난날의 황 소저와는 아주 딴 사람이 되었으므로 연왕은 마침내 황 소저를 다시 양부로 데려가 부인의 대접을 하기로 했다.

연왕 부중에 한 후원이 있으니 이름을 상춘원이라고 하는데, 가지 각색 꽃이 만발하여 실로 아름다웠다.

하루는 연왕이 윤 부인, 황 부인, 홍 난성, 선 숙인을 거느리고 즐겨 이 잔치를 하는데 문득 난성이 선 숙인을 보며,

"오늘 이 자리에 우리가 다 즐거워하지만 오직 홀로 한 사람이 적막하게 지내니 어찌 가엾지 않겠소?"

한다.

그런 즉 선 숙인이 고개를 끄덕이고 방으로 들어가더니 연랑의 손을 끌고 나와 자리를 정해 주는데, 연랑은 몹시 수줍어 한다.

"낭이 싸움터에서 위험을 무릅쓰고 횡행했으니 장부로도 능히 당하지 못할 터인데, 오늘은 어찌 이다지도 부끄러워 하오? 낭이 만일 나를 싫어하지 않는다면 아마 한잔 술을 사양치 않을게요!"

선랑이 이렇게 말해도 연랑은 연왕이 자리에 있었으므로 끝내 부끄러워 대답을 못한다. 선랑은 그만 언짢은 빛을 지으며,

"이 자리에 별로 딴 사람이 없는데 낭이 이토록 부끄러워 하니 나를 싫어하는 까닭일거야? 그러니 내가 마땅히 이 자리에서 물러 가나 연랑으로 하여금 편안하게 해야지!"

한다. 그제야 연랑이 웃으며 대답한다.

"저는 만리 타국에 한 친척도 없으니 외인으로 친다면 외인 아닌 사람 없지요. 어찌 숙인에게만 어색할리 있겠어요?"

"낭의 말은 진심같지 않소. 이 자리를 봐요. 여기 두 부인이 있으나 낭은 이미 이 부중에 있어 주객의 정이 한 집안과 다름 없으니 부끄러울 바 없으며 연왕 상공이 자리에 계시지만 낭은 일찍이 항복한 장수로서 장전에 무릎 꿇고 이미 한 바탕 수치를 겪었으니 무슨 부끄럼이 남았겠소. 이러고 보면 오직 선 숙인 한 사람과 뜻이 맞지 않아 속 맘을 나타내지 않는거지뭐요? 그러니 내 어찌 이 자리에 오래 있어 낭을 괴롭히겠소."

이에 연랑은 하는 수 없이 웃고 술을 받아 마신다. 그런 즉 난성이 불쾌한 낯으로 핀잔을 준다.

"낭이 홍 혼탈과 함께 만리 풍진에서 고락을 같이 하고도 조금도 마음을 허락하지 않아 일찍이 한 잔 술도 마시지 않더니 오늘 어떤 사람과는 한 번 보자 십 년 친구 본 듯 저렇게 다정할까?"

연랑이 웃으며,

"낭은 일찍이 한 잔 술도 권하지 않고 그저 마시지 않는다 꾸짖기만 하는 군요?"

하고 대꾸한다. 그래서 난성이 술을 큰 잔에 가득 부어 권한 즉 연랑은 사양치 않고 마신다. 연랑의 주량이 남달리 강했던 것이다.

홍랑과 선랑이 술을 권하고 나자 윤, 황 두 부인도 차례로 권한다. 그런즉 연랑은 연달아 삼배를 마시고는 두 눈에 봄빛이 짙어지더니,

"오늘 풍광이 이토록 아름답고 지기 한 자리에 앉았으니 한 곡조 탄주하여 홍취를 돕고자 합니다."

하는 것이었다.

선 숙인이 크게 기뻐하여,

"낭은 무슨 음악을 하려우?"

"오랑캐 나라에 어찌 여러 가지 음악이 있겠어요? 야랑 노강의
흐르는 물이 소상 동정과 통하므로 상령의 보배로운 비파가 유전되
어 제가 일찍 몇몇 곡조 배웠으니 웃음으로 들어 주세요."
한다.

선랑이 소청에게 명하여 보슬을 가져오게 한 다음 연랑에게 주니
연랑은 줄을 고르며 만가 삼장을 탄주하였다.

地不毛兮

海波揚

燭龍鬪兮

火雲興

倚天涯而望北斗兮

是帝鄕

白龍在後兮

赤豹在前

從蠻王而野獵兮

鴃舌喧

皺蛾眉而不樂兮

欲消魂

秋風起兮

一鴈飛

從之子而遊上國兮

思爺孃而淚沾衣

爺孃兮思兒兮
兒爲誰而忘歸

〈땅이 메마름이여
바다엔 파도 높도다
촉룡이 싸움이여
불 구름이 일어나는도다
하늘 가에서 북두성을 바라봄이여
이 임금이 계시는 고장이로다
백룡이 뒤에 있음이여
붉은 표범이 앞에 있도다
만왕 따라 들에서 사냥함이여
격설이 시끄럽도다
아미 찌푸리고 즐기지 않음이여
넋을 잃도다
가을바람 일어남이여
외기러기 홀로 날으는도다
그대 따라 상국에 오심이여
늙은 아비를 생각함에 눈물이 옷을 적시는도다
아내가 자식을 생각하심이여!
자식은 누구 위해 돌아갈 줄 잊었는가?〉

연랑이 탄주하길 마치니 애달프고 호소하는 듯한 곡조에 듣는 자로
하여금 추연케 한다.

선 숙인은 눈물을 머금고 연랑의 손을 잡으며 위로하다가 거문고를 가져 오게 하여 한 곡조 화답하니 바로 종자기의 아양곡이었다.

그 소리 화락하여 듣자니 기쁘고 즐거우니 이 세상의 슬픔을 잊게 한다. 그런 즉 이번엔 난성이 자리 위의 옥통소를 들어 유선사를 취주하며 한 번 창하고 한 번 화덕하니 어느덧 석양은 산에 퍼지고 꽃 그림자는 산란하다.

이 때 연왕의 모친 허 부인이 자리에 있다가 돌아가는 길에 연왕에게,

"내 오늘 연랑을 자세히 보니 아름다운 용모, 출중한 무예와 지견 기상의 활발한 폼이 어딘지 난성과 방불케 하는구만! 그런데 그대는 장차 그를 어떻게 할 작정인가!"

하고 묻는다.

연왕이 웃음을 띠우며,

"소자가 만리 절역에서 거느리고 왔으니 어찌 다른 집으로 보낼 수 있겠습니까만, 곰곰히 생각하니 첩을 셋씩이나 두는 것이 지나치게 외람한 고로 감히 어른들께 여쭈지 못했습니다."

한다.

그런 즉 허 부인은 웃으며,

"얼마 전에 이 일을 네 부친께 말씀드렸더니 대답하시길 연소한 아들에게 여러 첩이 있는 것은, 그 부모의 된 자로서 원하는 바 아니지만, 일이 이렇게 되었을 바에야 속히 수습하여 연랑으로 하여금 억울한 탄식을 하지 않게 하라 하셨으니, 그대는 속히 일을 처리하는 게 좋겠다."

연왕이 허 부인 곁을 떠나 선랑의 방으로 갔다. 그리고는,

"그래 오늘 놀이는 즐거웠소?"

하고 물으니 선 숙인이 모습을 고치며 대답한다.

"오늘 놀이에서는 여러 사람이 다 즐겨했지만 한 사람이 슬퍼함을 상공은 모르셨습니까?"

한다.

연왕은 일부러 놀란 체,

"슬퍼하다니, 그게 누구요?"

하고 물었다.

"저 사람은 비록 나를 알아 주나 내가 저 사람을 몰라 준다면 어떻겠습니까?"

하고 선 숙인은 말을 슬쩍 돌린다.

"옳지 못하지!"

"임금이 문벌로서 신하를 고르고 재덕을 묻지 않는다면 어떻겠습니까?"

"옳지 못하지!"

그제야 선 숙인은 정색하고 말한다.

"일 지련은 절세의 가인에다가 만리 타국에 상공 쫓아온 것은 상공을 흠앙하기 때문인데, 규중에 처한 지 벌써 여러 해가 지나도록 상공이 주저하고 수습치 않으시니 아마 연랑이 만이의 태생임을 싫어하시는 때문이겠지요. 그러니 연랑은 상공을 알아주는데 상공은 연공을 알아주지 못하는 것이 아니겠습니까? 그렇다면 임금이 문벌로 신하를 고르고 재덕을 묻지 않는 것과 무엇이 다르겠습니까?"

그런 즉 연왕이 미소를 띠우고,

"연랑은 난성을 남자인줄 알고 뒤따라 왔지. 어찌 나를 흠모할리
있소?"

한다.

선 숙인은 그만 탄식하며,

"상공께서는 어찌 연랑의 마음을 그렇게도 몰라 주십니까? 총명한
연랑이 어찌 남녀를 판단 못하고 그 몸을 맡기려 하겠습니까? 오늘
잔치 자리에 만가 삼장으로서 그 품은 바를 하소했으니 그 처지를
슬퍼한 것이며, 중장은 그 흉금을 토한 것이며, 종장은 그 불우함을
탄식한 것이요, 그래서 제가 위로코자 하여 유선사로서 우유히
그 회포를 풀어 주려 한 것이니 상공은 다시 생각 하십시오."

선랑이 이렇게 권하고 나자 다음에는 난성이 또한 굳이 권한다.
그러니 원래 연왕은 마침내 길을 택하여 연랑과 혼사를 하기로 하였
다.

그리고 홍랑, 선랑, 연랑 세 첩은 마침내 형제를 맺어 영원히 변하
지 말 것을 맹세하는 것이었다.

한편, 난성은 은근히 살펴보니 선랑의 시비 소청과 난성의 시비
연옥이 어느덧 청춘을 맞이했는데 마 달은 소청에게, 동 초는 연옥에
게 뜻이 있는 것 같이 보이므로 연왕과 의논하여 두 쌍의 혼인 또한
성대하게 치러 주었다.

이리하여 나라의 일이나 연왕부의 형편이나 그저 평화롭고 복되고
흥겨운 속에서 세월이 흘러갔다.

이리하여 그들은 그 후 온 천하가 다 부러워 마지 않는 무귀를
누렸다. 즉, 연왕 양 창곡은 줄장입상(出獎入相)하여 팔십까지 수를
누렸으며, 윤 부인은 삼남 이녀를 두고 칠십까지 수를 누렸으며, 황

부인은 이남 일녀를 두고 육십까지 수를 누렸으며, 강 남홍은 오남 삼녀를 두고 칠십까지 수를 누렸으며, 벽성선과 일지련은 각기 삼남 이녀를 두고 칠십까지 수를 누렸다. 연왕 양 창곡의 자녀는 모두 이십 육 인이었는데 남자 십육인은 다 입신 양명하여 부귀영화를 누리고, 여자 십 인은 다 왕공(王公)의 부인이 되어 다자다복하였으니 실로 고금에 드문 일이라 아니할 수 없다.

콩쥐 팥쥐

―――작자 미상(作者未詳)

◇ **작품 해설** ◇

　작자와 연대 미상. 옛날부터 전해 오던 민담(民譚)을 소설화한 것이다.
이 민 담은 서양에 널리 퍼진 〈선고담(仙姑譚)〉인 「신데레라」와 같은 계통
의 설화인데. 당나라 단성식(段成式)의 「유양잡조속집(油陽雜粗續集)」에
도 이런 설화가 있다.

콩쥐 팥쥐

1

이조(李朝) 중엽시절에 전라도 전주(全州) 서문 밖,삼십 리쯤 되는 곳에서 한 퇴리(退吏——벼슬을 사 물러난 사람)있으니, 성명은 최만춘(崔萬春)이라 하며 아내 조씨와 더불어 이십 여 년을 같이 살아왔건만 슬하에는 일점 혈육(血肉) 이 없더니 최 만춘 내외는 이로 말미암아 극심을 마지 아니하여 명산대찰(名山大刹)에 기도와 불공도 하고, 곤궁한 사람을 살려 주는 적선도 하여, 한편으로는 의약(醫藥)을 써 몸을 보호하기도하여 그러저러 하는 사이에 신명(神明)이 감응하였든지 그러하지 아니하면 정성이 지극하였든지, 부부가 한가지로 신기한 꿈을 얻더니 이내, 부인에게 태기가 있더라.

열 달이 차매 하루는 조씨부인이 신기(神氣)가 불편하므로 자리에 누워 있었더니, 갑자기 그윽한 향내가 방안에 감돌며 문득한 옥녀를 낳더라. 만춘의 기뻐 날뛰는 양은 이루 말할 수도 없겠거니와, 다만 딸아이를 낳게 됨을 섭섭히 생각하고 내외가 서로 위로하며 재미롭게 키워내더라.

딸아이의 이름을 '콩쥐'라 지어 손바닥의 보옥같이 애지중지 사랑하여 남의 귀공자(貴公子)를 부러워하지 아니하며, 불면 날까, 쥐면 꺼질까 하고 어서 바삐 자라 나기를 주야로 바라더라. 그러나 어찌 알았으리오? 그의 모친의 천명이 그만이든지 조물(造物)이 시기함인지 콩쥐가 태어난지 겨우 백일 만에 조씨부인이 세상을 영영 하직한바 되니, 최 만춘은 뜻하지 않게 중년에 홀아비 신세가 되어버렸다.

만춘은 몸이 외롭고 쓸쓸한 적이면 죽은 아내를 생각하며 눈물을 흘리며 어린 콩쥐를 안고 다니면서 동리 아낙네들의 젖을 얻어 먹이니, 하루 이틀도 아니요, 일년 이년을 그리하였으니 그 고생이 어떠하였으리요? 철 모르는 콩쥐가 젖찾는 소리는 죽은 어미의 혼이 가령 있을진대, 눈물이 변하여 비라도 되었으리라.

하루는 콩쥐가 이슥한 깊은 밤에 빈 방에서, 두 팔을 허우적거리며 어미를 찾으니 최 만춘의 마음이 설사 봄눈은 아니더라도 슬슬 녹아나는 형편이더라. 그러나 그러한 고생도 한 해가 가고 두 해를 넘기니, 쉬지 아니하고 흐르는 세월이라, 어언 콩쥐의 나이 십여 세에 이르게 되매, 오히려 이제는 고생이 호강으로 바뀌어 그 딸이 지은 밥을 먹고, 그 딸이 지은 옷을 입게 되니라.

본디 콩쥐의 성품이 부친을 극진히 공경하고, 또한 재질(才質)이 뛰어나서 비록 어려서부터 공들여 배운 바는 없을지라도 천신과 사리 판단에 어긋남이 없으며, 잠시를 놀지 아니하고, 부친을 봉양하기에 힘을 다하므로 동리 사람들까지도 칭찬을 아니 하는 이 없고, 차차 나이는 많아지고 시집 갈 때는 머지 아니하니, 장래의 살림이 말 못할 형편이라, 은근히 근심으로 지내더라.

콩쥐가 열네 살이 되던 해에, 최 만춘이 배씨라 하는 과부를 얻어 금실의 즐거움을 잇게 되리라. 배씨는 인물도 과히 추루(醜陋)하지 아니하고 가사도 잘 거둘만하므로 속으로 은근히 기뻐하여 '저러한 사람이 들어옴은 우리 집안의 행운이요, 콩쥐도 이제부터는 어느 만큼은 의지가 되며 배우기라도 하리라'하여 매우 그 배씨를 사랑하며 가간 대소사(家間大小事)는 물론이고 모든 살림살이를 맡기게 되었으니, 집안 일이 어찌 되어 감을 전혀 모르게 되더라. 이 때부터 콩쥐의 신세는 은연 중에 새로운 고생이 생기며, 설움이 아니면 날을 보내지 못하는 경지에 이르게 되리라.

원래 배씨는 처녀로 시집을 갔다가 '팥쥐'라 하는 딸 하나를 낳은 후에 남편을 여의고 과부의 박명(薄命)이 참담하여 말이 아니더니, 좋은 중매로 인하여 최씨 가문에 들어온 터이나, 천성이 요악간특(妖惡奸慝・요사・간악・사특함)하고 그 데려온 딸 팥쥐 역시 마음이 곱지 못하며, 얼굴조차 덕스럽지 못한 인물이 요사스럽고 간악하기 짝이 없는 그 어머니보다도 한풀 더하더라. 그러하므로 터무니 없는 모함으로 고자질 하기가 일쑤요, 콩쥐의 못되는 것은 자기의 잘 되는 것보다 상쾌하게 생각하여, 그 모녀 사이에 소곤 거림이 그치면 콩쥐의 신변에는 참혹한 일이 벌어지되, 그 부친은 한번 배씨가 눈에 든 다음으로는 말할 나위없이 감겨들어, 배씨의 말이라면 '콩으로 메주를 쑨다'하더라도 곧이 듣게 되었는지라, 허물 없는 콩쥐를 오히려 구박하여 마지 아니하더라.

2

하루는 배씨가 두 딸을 불러 놓고 이르기를,

"시골에 사는 계집아이가 농사일을 몰라서는 목구멍에 밥알이 들어가지 아니하나니, 콩쥐는 오늘부터 벌밭으로 김을 매러 다녀라. 팥쥐는 너보다 한 살이나 덜 먹었고, 아직 어린 것이니라 어찌, 김을 맬 수 있겠느냐마는 어찌, 그렇다고 집에 있으면 콩쥐부터라도 제 자식만 사랑한다 할 것이나, 팥쥐 너도 오늘부터 김을 매러 다니도록 하라. "

하고, 팥쥐에게는 쇠호미를 주어 집 근처 모래 밭을 매게하고 콩쥐에게는 나무 호미를 주어 산비탈에 있는 돌사닥 밭을 매게하니라.

콩쥐는 점심도 얻어 먹지 못하고, 호미도 나무로 만든 것이라 밭한 도랑도 못 매어서 목이 부러져 버리니, 마음씨 나쁜 계모로 말미암아 기를 펴지 못하는 콩쥐의 마음이야 어찌 다 말할 수 있으리오? 집에 돌아가면 호미를 부러뜨린 것도 죄목(罪目)이 될 것이오, 김을 얼마 매지 못한 것도 허물이 될터인즉, 저녁은 별 수 없이 굶게 될 형편이매, 어리고 약한 마음에,

"이 일을 어찌하면 좋을까?"

하고, 천지가 아득하여지며 어찌할 줄을 모르고 울고만 있더라.

그럴 즈음 홀연히 하늘로부터 검은 소 한 마리가 내려오더니, 콩쥐를 보고 하는 말이,

"너는 무슨 일이 있기에 그토록 우는지 모르겠다마는, 내게 자세한 이야기를 하면 어찌 변통할 도리가 없겠느냐? 그러하니 숨김없이 낱낱이 말하여라. "

하니, 콩쥐는 심중에 놀랍고도 이상하여 머뭇거리다가 전후 일을
자상히 아뢰니라.

검은 소가 이야기를 듣고나자 다시 말하기를,

" 그러면, 너는 곧장 가서 하탕(下湯)에 가서 발을 씻고, 중탕(中
湯)에 가서 손 씻고, 상탕(上湯)에 가서 낯 씻고 오라. "

하기에, 콩쥐는 소라 하여 업신여기지 아니하고 그 말대로 수족과
얼굴을 씻으러 가니라.

한 동안이 지나자 콩쥐가 돌아와 보니 검은 소가 하는 말이,

"너의 행실에 하느님도 감응(感應)하시는 바이라."

하며 좋은 호미와 온갖 과실을 치마 앞에 싸주고는 홀연히 사라져
보이지 아니하더라.

콩쥐는 그것을 받아 가지고 마음에 흡족하여, 배가 고픔도 참아
가며 과실 한 개를 입에 넣지 아니하고서 분주히 김을 다 맨 다음,
바삐 집에 돌아가서,

'아버님께도 보여드리고, 어머님께도 이야기하며 팥쥐와 똑같이
나누어 먹겠다.'

고 마음먹고, 잠시 사이에 몇 두락(斗落)밭을 메어 놓고 집으로 돌아
가니라. 그러나 집에 이르러 본즉 벌써 문은 굳게 닫혀 있어 들어갈
수가 없는데, 속에서는 저녁밥을 지어 놓고 팥쥐와 더불어 마주앉아
오목조목 재미나게들 먹는지라, 할 수 없이 콩쥐는 문 밖에서,

"팥쥐야 문 좀 열어다오. 과일 줄게 문 좀 열어다오."

하고 두 번, 세 번 애걸한즉 그제서야 말하기를,

" 조것이 거짓말이지. 과일이 날 때가 어디 있을라고? 조것이 김도
다 매지 못하고 일찍 돌아오니 할 말이 없으니까 저런 거짓말을

하는 구나. ”

하고, 태연하게 여기면서 문을 열어 주지를 아니할 뿐더러 다시 하는
말이,

　“그러면, 과일부터 보여 주어야 문을 열어주겠다.”

하며, 문틈으로 기웃거리더라.

　마음이 곧고 착한 콩쥐는 그 말을 듣자 밤, 대추, 귤, 은행, 호도,
용안(龍眼·漢藥材로 쓰이는 果龍) 예지(藥枝——龍眼과 비슷함)등
여러 가지 과실을 하나 둘씩 문틈으로 들이밀어 보이니, 팥쥐는 얼른
행주치마를 걷어 들고 코웃음을 치면서 들이 미는대로 모조리 받고서
야 대문을 열어 주니, 콩쥐가 들어가기는 과일 덕으로 들어 갔으나,
한 개도 먹어 보지를 못하고 소 한테서 받은 대로 가져 왔으매 그
좋은 과일 등을 어느새 팥쥐에게 송두리째 빼앗긴 셈이 되었더라.

　그러나 그 과일은 온통으로 빼앗기고 먹어보지만 못하였으면 오히
려 무방하겠으되, 통째 빼앗긴 그 과일로 말미암아 도리어 콩쥐의
신상에 큰 액운이 덮치게 되었으니 어찌 아니 원통하랴!

　요사하고 간악한 팥쥐는 그 과일을 빼앗으되 저는 한 개도 아니
먹고 먼저 저의 모친 앞에 풀어 놓으면서 찡긋찡긋, 찌긋찌긋하자,
배씨가 파랗다 못하여 노랗도록 낯빛을 흐리며, 벼락같은 소리로,

　“콩쥐야, 이년! 이리 오너라. 네 이년, 어른이 시켜서 김인지 뭔지
매려 갔으니, 일찍 마치고 돌아와서 밥도 먹고 또 다른 일도 하는
게 아니라, 이 때까지 한 것이 뭣이며, 그리고 과일은 어디서 났단
말이냐? 밭 한 마지기 매기에 종을 해를 보냈을 리도 없고, 이러한
과일이 이 촌 구석에 있기가 만무하니 도시 어디서 났단 말이냐?
이것이 분명 불공에 쓰는 과일같은 데, 저년이 정녕 홍성하여 가는

아무 절 중놈에게 얻은 것이지 네 그렇지 않고서야 이것이 어디서 났단 말이냐? 계집애년이 생긴 대로 아니 있고, 나이 열댓 살 가까와 오니까 벌써부터 김매러 다닙네 하곤 지나가는 행인을 홀려먹는단 말이냐? 나만 아는 것이야 상관이 없다마는 이런 일을 너의 아버지께서 아셔 봐라! 큰일이 나지 않겠느냐? 이애 팥쥐야. 이걸 빨리 먹어버리고 아버지 눈에 닿지 말게 해라. 눈에만 띄는 날이면 언니년은 죽는 날이다. 언니는 실컷 먹었을 것이니 그만 두고 너나 얼른 먹어 치워라. "

하며, 모녀가 마주앉아 과일이란 과일은 저희끼리만 먹어버리고 콩쥐한테는 밥도 주지 아니하더라.

콩쥐는 일이 이렇게 되고 보니, 다시 무엇이라 말할 수도 없고 애매한 소리를 듣는 것만이 억울하여 고픈 배를 졸라가면서 아무소리도 못하고, 그 밤을 눈물로 새우더라.

그로부터 콩쥐는 나날이 닥치느니 뜻밖의 일 뿐이며, 겪느니 새록새록 새 고생이더라, 하루는 계모인 배씨가 콩쥐에게 새로운 영을 내리되,

"오늘은 부엌에 있는 빈 독에 물을 길어다 채워 놓으라."

하기에, 콩쥐는 즉시로 그 말을 따라 방구리로 물을 길어대며 독을 채우려 하나, 진종일 길어다 부어도 어찌된 셈인지 독이 차지 아니하더라. 아침부터 종일토록 물을 길어 나르다보니, 이제는 기운이 쭉 빠져서 진땀이 이맛전이 흐르고 고개도 부러지는 것만 같아 다시는 단 한 방구리도 길을 수가 없더라. 그렇다고 독을 채우지 못한다면 호도천불같은 고역이 닥쳐올 것이매 생각이 이에 미치니 겁이 덜컥 나고 고생될 걱정이 앞서는지라, 콩쥐는 아픔을 억지로 견뎌가며

물독을 채우고자 다시 방구리를 머리에 얹고 우물로 가려 할 때 마당 한녘으로부터 매방석만한 두꺼비 한 마리가 엉금엉금 기어들어 오더니, 길길이 뛰면서 입을 열어 헐떡거리며 두 눈을 꿈쩍거리다가 버럭 소리를 질러 말하였다.

"콩쥐야, 콩쥐야. 네가 암만 물을 길어 부어도 그 독은 밑 빠진 독이라 결코 차지 아니할 터인즉, 그렇게 혼자 애쓰지 말고 내가 이르는 대로 하라. 소양배양(나이가 어려서 철없이 날뜀)한 소년과 는 달라서, 무엇이든지 가르쳐 주리라. 그 독은 깨져서 새는 것이 아니라 트집의 크기가 손가락 하나 들락거릴 만하기로, 그 구멍만 한 내 등으로 받치고 있으면 조금도 샐 염려가 없을 것이다. 네가 그 독을 조금 기울여주면, 내 비록 늙은 몸으로 고생은 될지언정 그 속에 들어가 한 동안 수단을 부리리라. "

콩쥐는 매우 놀라운지라 낯빛을 잃으며 어찌할 바를 모르는 듯하더니, 백 번 사양하며 하는 말이,

"내가 타고난 고생을 어찌 남에게 미룰 수 있겠는고?"

하고 따르지 아니하니, 두꺼비가 성을 버럭내며 말하기를,

"나도 그런 생각이 없는 바는 아니다. 너같이 마음씨 고운 아이를 너의 계모가 일부러 시키려 하는 것인즉, 나로 말하면 인간과 인연 이 깊어 몇 백년의 나이를 누리고 살아 오는 터이다. 나같은 늙은 것이 그와 같은 일을 돌아보지 아니할 수가 없어서 각별히 온 것이 거늘 네가 어찌 어렸듯 거절하여 이 늙은 것의 깊은 뜻을 업신 여기느냐? "

하며 꾸짖는지라, 콩쥐는 이에 다시 사례하고, 그 물독을 기울여 주어, 두꺼비가 엉금엉금 기어 그 밑으로 들어가게 해 주었다.

콩쥐는 독을 바로 잡아 놓은 다음 물을 길어다 부으니, 과연 몇 차례를 아니 떠 와서 한 독이 가득차므로 속으로 기쁨을 이기지 못하겠으나, 천연덕스럽게 계모 배씨에게 물독을 채웠노라고 아뢰니, 배씨도 겉으로는 좋아하는 모양이나 속으로는 이상한 생각을 품으니라. 그리하여 배씨는 마음 속으로 뇌까리되,

"조것이 일전에도 난 데 없는 과일을 얻어 오는 것이 수상하더니, 이번에는 밑빠진 독에 물을 채워 놓았으니, 아무래도 조년을 그냥 버려 두었다가는 큰일 낼 년이로다. 도시 조년이 어찌된 계집아이 기로 남이 할 수 없는 일을 능히 해내는 것일꼬?"

하고, 시기하는 마음이 별안간 꺼뒤(뒤통수의 한 가운데)까지 뻗쳐서, 그로부터는 '어떻게 하여야 조년을 보지 아니할까?'하면서 입버릇처럼,

"조년을 그저, 조년을!"

하고, 벼르기를 마지아니하며 가회가 닥치기를 고대하더라."

3

그러저러 세월을 보내는데, 콩쥐의 외갓집 조씨댁에서 무슨 잔치가 있어 콩쥐를 부르더라. 그리하였더니 염치도 없고 인사도 모르는 게모 배씨는, 큰 마누나 본갓집 잔치에는 무슨 체면으로 나서려는지, 콩쥐는 젖혀놓고 자기가 먼저 날뛰면서 하는 말이,

"콩쥐야, 너는 집이나 보도록 하라. 내가 잠시 다녀올 터이니, 만약에 너도 가고 싶거든 베 짜던 것이나 마치고, 말리던 겉피(껍질을

　벗기지 않은 피) 석 섬만 찧어 놓고 오도록 하라. "
하며, 비단 저고리를 꺼내입고 싸두었던 진신(진날에 신는 기름에
결은신)도 끌어내어 신고서 한동안 수선을 피며 맵시를 내더니 팥쥐
만을 데리고 떠나리라.
　하는 수 없어 콩쥐는 혼자 처져서 눈물을 흘리면서 겉피 석 삼을
마당에 널어 놓고는 얼른 베틀에 올라앉아서 짤깍짤깍 짜기를 시작하
나, 육십 척이나 되는 기나긴 한 필 베를 짜낼 길이 망연하더라. 그러
는 사이에도 되 멍석에는 난데 없는 새떼가 몰려 들어 쪼아먹기에
콩쥐는 허겁지겁 뛰어내려가서 기를 쓰고 쫓았으나 오히려 소란만
피울 뿐 가냘픈 계집아이의 힘으로 아무리 하여도 힘에 겨운 노릇이
더라. 콩쥐는 외갓집 잔치에도 계모 때문에 가지 못하게 된 것이 어린
마음에도 매우 분하거늘, 이제는 새떼마저 나를 미워하는가 하여
절로 눈물이 솟아나며 한숨이 복받치므로, 베틀 위에 엎디어 울면서
한탄하기를,
　"새야 새야, 인정 없는 이것들아! 너이들! 모두 쪼아 먹더라도,
　제발 덕분 헤쳐 놓지나 말려므나! 그 피 석 삼을 말려서 슳어
　놓아야 외갓집에 갈 터인즉, 아무리 한들 가기는 다 틀렸구나!
　저것이 마른다 하더라도 해가 이미 기울 것이매 슳기는 어찌 슳으
　며, 또한 이 베인들 어찌 하루 이틀에 끝이 날 것이냐? "
하고 한탄함을 마지 아니하며, 이렇듯이 고생살이 끝이 모처럼의
외갓집 잔치에도 참례를 못하는가 하여 더욱 서러움이 한 풀 드세지
더라.
　그러나 역시 어머니를 여읜 어린자식인지라, 생각할수록 외갓집에
가고 싶은 마음에 생각이 들먹거리니, 잠시도 삼추(三秋──三年)같

이 여겨져서 다시금 울기를 시작하더라. 얼마나 울었던지 콩쥐는 정신을 못 차릴 정도인데 어느새 한 번도 보지 못한 예쁜 여인이 찬란한 비단 옷을 곱게 차려입고, 신기한 향내를 피우며 뚜렷한 모습으로 베틀 앞에 다가서며 이르기를,

　"여보시오, 새아씨! 새아씨가 그토록 외갓집에 가고 싶다면, 어느 세월에 그것을 마치고 가려 하나요? 내가 비록 재주는 없으나, 잠깐 베틀을 빌린다면 비록 굵고 성갈지라도 당장 짜낼 것이니, 새악시는 곧 떠날 차비를 하도록 하오. "

하며, 콩쥐더러 베틀에서 내려오기를 재촉하더라.

　콩쥐는 마지 못하여 베틀에서 내리며 공손히 여쭈었다.

　"어떠한 부인이신지도 자세히 모르옵는데, 어찌 제가 외가에 가려 함을 아시옵고, 이렇듯 아무런 연고도 없는 터수에 이 베를 대신 짜 주시겠다 하시오니, 소녀는 부인의 말씀만 듣자와도 고마운 생각이 뼈에 사무치나이다. 바라오니 부인께서 누구시온 지 가르쳐 주시면, 후일에 뵈올 적에 인사를 여쭈고자 하나이다. "

　한즉, 그 부인은 다만 입가에 밝은 웃음을 띄울 뿐, 말 없이 베틀에 올라 앉으니니라.

　그러더니 그 부인은 불과 얼마 아니 가서 짜던 것을 다 마치어 놓고, 베틀에서 내려오며 말했다.

　"새아씨, 이제는 일이 다 끝났으니 바삐 외가에 가서 잔치에도 찬례토록 하라. 또한 도중에서 좋은 기회도 있을 터인즉 되도록 견디어 보면 차차 고생을 면하고 호강을 누리게 될 지도 모르는 노릇이라. "

하고, 한 비단 보자기를 풀어 헤치더니, 새로 지은 옷 한 벌과 당기와

신발까지 새로운 것을 내어 주면서

"이것이 비록 좋은 것은 못 되나 새로 지은 옷이니 입고 가도록 하라. 나로 말하면 하늘에서 내려온 직녀(織女―七月七夕에 牽牛와 만난다는 天女)로서, 옥황상제(玉皇上帝)께 잠시 허락을 받고 이와같이 왔은즉 오래 머무르지 못하겠노라."

직녀는 말을 마치더니 얼핏 몸을 날려 공중으로 올라가는데, 멀어져감에 따라 오색이 찬란한 구름으로 변하여 이윽고 그 형용이 없어지니라.

넋을 잃고 바라보던 콩쥐는 그제서야 깨달은 듯 하늘을 향하여 무수히 절을 하고 나서 그 의복을 입어본즉, 옷감도 고운 비단일 뿐더러 품새도 틀림없이 들어맞는지라 무한히 기뻐하며 허둥지둥 외갓집에 가려고 나서는데 깜빡 잊었던 것이 생각나니, 그것은 다름아닌 마당에 널어 놓은 겉피이렷다.

"저것 석 삼을 어찌하고 간단 말이냐? 하느님도 도우사 새옷을 내리시거늘, 난데없는 새떼는 무슨 원수가 맺혀 있기로 저렇듯 덤벼들며 쪼아 먹느냐?"

막대를 집어 들고 일어나서 마당에 내려간즉, 새떼는 훌쩍 날아가 버리는데 널어 놓았던 겉피 석 삼은 은쌀이 되어 그대로 남아 있더라, 속으로 말하기를,

'세상에 이상한 일도 많도다. 새 떼가 덤벼들면 그 곡식엔 결단이 나는 줄로만 알았더니 이렇듯이 쪼아서 껍질만 벗기고 쌀알을 한 톨도 먹지를 아니하며 날았다 다시 앉았다 하도록 누가 날개를 붙여 놓을 줄이야 생각하였으랴? 이런 줄도 모르고 욕부터 하였으니 내한 짓이 죄스럽도다.'

하고 후회하며, 한편으로는 기뻐서 어쩔 줄을 몰라 하면서 그래도 긁어 모아 독을 채워놓으니, 콩쥐는 이렇듯 조금도 힘들이지 아니하였으되 계모가 시키고 나간 일을 잠시 동안에 모두 어김없이 끝내게 되었더라.

4

이에 이르러 콩쥐는 다시 집을 둘러보아 간수하고 건너마을 외갓집 잔치를 보러 가는데, 때는 바야흐로 춘 삼월 좋은 계절이라 만자천홍(萬紫千紅——여러가지 아름다운 꽃)이 모두 스스로 웃기를 마지 아니하고, 나는 새와 또 다른 짐승도 각기 그 즐거움을 마음껏 누리고 있더라. 콩쥐도 또한 그윽한 감회가 스스로 서리어 나는 나비를 희롱하며 웃기도 하고 꽃도 탐내며 두서없는 생각에 잠기어 놀양으로 가는 중에 어느 시냇가에 다다르니, 물도 맑고 고기가 떼지어 노니는 것이 또한 낮 경치의 으뜸이라, 콩쥐는 물도 쥐어서 손도 씻고 돌도 던져 고기를 놀래어 보곤 하니라.

이 때 뒤로부터 감사(監使——觀과 使)의 도임하는 행차가 위의를 갖추어 오느라고 '에라, 거기들 섰거라!'하는 벽제소리를 지르며 잡인(雜人)을 치우는 바람에, 콩쥐는 허겁지겁 냇물을 뛰어 건너려다 그만 잘못하여 신 한 짝을 물 속에 빠뜨리고 마느니라. 그러나 무섭고 다급할 즈음이라 콩쥐는 감히 건져 보려고도 하지 못하고서 아까운 생각만을 품은 채 외가로 달려가더라. 뒤따른 행차가 그 길을 지나칠새, 감사가 무심히 앞길을 바라보니 이상한 서기(瑞氣)가 눈에 띄는지라, 하리(下吏)를 지휘하여 그 서기가 떠도는 언저리를 찾아보게 하니, 별다른 것은 없고 다만 개울물 속에 아이 신 한짝이 있어 그러하다 하기에 감사는 심중에 매우 기이하게 여기어 하리로 하여금 그 신짝을 간수토록 일러 두고, 도임한 후에 곧이어 감사는 신짝 잃어버린 사람을 찾아서 각처로 사람을 보내더라.

이럴 즈음 콩쥐는 외가에 가서 외삼촌과 외숙모께 절하고 뵈온즉 그 때까지 못 오는 줄 알고 섭섭히 생각하고 있던 외삼촌 내외는 매우 기꺼워하며, 어머니가 별세하신 후로 고생살이가 많음을 진심으로 위로하여 좋은 음식을 갖춰 차려 주거늘, 홀로 계모인 배씨의 기색만이 좋지 아니하여 콩쥐를 보고 말하였다.

"콩쥐야, 네 짜던 베는 다 짜고 왔느냐? 말리던 겉피도 다 쓸어 놓고 왔느냐? 또 집은 어찌 하려고 비어두고 왔느냐? 그 비단옷은 어디서 웬 것을 훔쳐 입었느냐? 응, 어떤 놈이 네 대신하여 주더냐?"

이렇듯이 계모는 콩쥐를 몰아치며, 남 못 보는 틈틈이 꼬집어 뜯으면서 따져 묻는 지라 콩쥐는 기가 막히어 할 수 없이 그 사이에 겪은 바를 낱낱이 아뢰니라. 그리하여 콩쥐의 얘기를 듣던 계모는 눈알이 다시 삼모 은행처럼 변하여지고 얼굴이 청기와처럼 푸르러지니 그 흉악한 속마음이야 어찌 다 알 수 있으리요?

그 때는 온 집안이 터지도록 손들이 모여 있었는지라, 이 구석 저 구석에서 콩쥐의 불쌍한 이야기를 주고 받으니,

"저 새아씨는 어머니가 없으니 그 고생이 오죽할꼬?"

하는 사람도 있고,

"저 새아씨가 계모한테 구박을 받으면서 되도록이면 말없이 공궤

(供饋——朝夕으로 食事를 바침)하여 나아가니, 부친에게는 둘도
없는 효녀렷다. "

하고, 칭송하는 이도 있고,

"저렇듯이 고생을 은근히 당하는데도 부친은 전연 모르는 것 같으
니, 어찌하였든 그 부친이 그른 사람이라. "

하는 사람도 있으며,

"이번에 올 때에는 새떼들이 모여들어 겉피 석섬을 부리로 슳어
주고, 다시 하늘에서 직녀(織女)가 내려와 베도 짜주고 올라갔다
하는데, 그런 기이한 일로 미루어 보더라도 저 새아씨는 반드시
귀히 되리라. "

하는 사람도 있고,

"저 옷도 직녀가 주고 간 것이라 하는데, 어쩐 까닭에 신 한짝이
없을까? "

하며 모든 손들의 공론이 분분한데, 이때 마침 관가에서 차사(差使
——守令의 命을 받들고 간 사람)가 나와 동리를 돌아다보며

"이 동리에 신 한 짝을 잃은 사람이 있거든 이리 와서 말하고 찾아
가라. "

하고 외치면서 바로 콩쥐의 외갓집 문전에 이르더니, 잔치에 모인
여러 손들께까지 일일이 그 신을 신겨 보이더라.

이 때 배씨는 속으로 생각하되,

'저 신짝은 분명히 콩쥐년이 잃어버린 것인데, 그 옷과 한가지로
신발도 천녀(天女)가 내려와 주고 간 것이 틀림없은즉, 조년에게
무슨 별다른 일이 있을 것이오, 또한 관가에서 저렇듯이 신 임자를
찾으니 필시 상을 후히 내릴 것이라.'

하고, 관차(官差)앞으로 썩 나서며 큰 소리로 말했다.

"여보시오 관차님네! 그 신 임자가 바로 나인데, 그 신짝을 잃고서
는 아까운 생각을 참을 길이 없어 간밤에도 잠 한숨 이루지 못하였
은즉 이리 주시오, 그 신을 어저께 새로 사서 신고 당일로 잃어버
렸소. "

관차가 그 말을 듣고 물어보되,

"그러면 잃어버린 곳은 어디며, 어떻게 하다가 잃어버렸단 말이
오? 이 신짝은 내가 얻은 바도 아니고, 이번에 새로 도임하신 감사
사또께서 노중에서 얻으신지라, 신 임자 찾아서 관가로 데려오라는
분부가 계시옵기로 만일 당신이 잃어버린 것이 틀림없으면 이리
나와 신어 보시오. "

하고 신짝을 내어 놓은지라, 배씨가 이 말을 듣고 버럭 화를 내며
뇌까리기를,

"아니 관차님네 내 말 좀 들어 보오! 내것 잃고 내가 찾아가는데
신어 보기는 무엇을 신어 보란 말이오? 신어 보지 않으면 내것이
아닐까 보아 그러시오? 어제 그 신을 사서 신고 이집 잔치에 참례
하러 오다가 저 건너 벌판에서 잃어 버렸소. 그래도 내 말을 못
믿겠소? 여러 말 마시고 어서 이리 주시오. "

하며 신짝을 잡아 뺏으려 하니, 관차가 그 하는 양을 보고는 어이없어
주저하다가, 배씨의 발을 내어 놓게 하고 그 신겨본즉 큰 발은 중턱도
들어 놓이지 아니하매, 관차는 무엄(無嚴)한 짓을 나무라며 다른
사람들로 하여금 차례로 신어 보게 하니라.

이윽고 발에 맞는 사람이 없는지라 관차들이 다른 곳으로 옮겨
가려하는데, 콩쥐는 천연덕스럽게 아는 체도 아니하며 구경만 하고

있는지라 손님으로 와 있던 어느 노부인(老婦人)이 당상에 올라앉아
있다가 관차를 불러 이르기를,

"그 신 발을 잃은 사람을 어찌하여 관가에서 찾는지는 모르되 이
가운데 콩쥐라 하는 새아씨가 그 신짝을 잃고 찾으려 하나 부끄러
워 차마 말씀을 아뢰지 못하는 듯하니, 신 임자를 찾아서 주고
가시오. 그 새아씨는 생전에 처음으로 얻은 신이라 합니다."
하고서, 콩쥐를 가르쳐 주니라.

관차는 그 말을 듣고 콩쥐를 불러 내어 신을 신어보게 하니, 콩쥐
는 부끄러워 낯을 붉히며 간신히 발을 내밀어 얌전히 발부리를 살짝
안에 들여 놓으매, 살며시 쏙 들어가 맞는 것이 의심할 바 없는 콩쥐
의 신이렷다. 관차는 콩쥐에게 허리를 굽혀 절하고서 이내 교군(轎
軍)한 채를 꾸며가지고 와서는 관가로 들어가기를 청하는데 콩쥐는
아직도 시집가지 아니한 처자의 몸이라 괴이쩍은 생각도 들며 무서운
생각도 없지 아니하매, 외삼촌께 말씀을 여쭈어 동행키로 하니라.

콩쥐의 교자가 관가에 당도하니 관문 앞에서 사채를 치우고 외삼촌
이 먼저 안으로 들어가서 사유를 물어본즉 이 때 감사는 소식을 고대
하던 중이라 신짝을 잃은 처녀가 삼문(三門)밖에 대령하였다는 말을
듣고 적이 놀라는 기색이 있더라.

5

이번에 새로 도임한 감사로 말하면 당초에 벼슬이 종일품(從一
品)이요, 승지(承旨——國王의 秘書職)와 참판(參判——行政部의 次官

職)을 차례로 지낸 다음 전라감사(全羅監使)로 외임된 양반으로서 성은 김씨라 하더라.

김 감사는 본디 가산도 많으며 일가친척이 번다하나 일찍이 아들 하나 두지 못하고 부인을 잃은 고적한 신세이거늘, 부인이 별세한 후로는 심화에 병으로 첩도 두지 아니하고, 스스로 마음을 가다듬어 가며 세월을 보내는 바이더라. 그러하매 자연 신기한 것을 즐겨 연구하는 성벽이 생기어 조그마한 일일지라도 눈에 띄고 귀에 들리는 것이 마음에 기이하게 여겨지면, 기어이 알아내고야 말곤 하니라.

도임하던 그 날만 하더라도 이상한 서기(瑞氣)를 보자 그 곳에서 새 신짝을 얻었기에 호기심에서 그 신 임자를 만나보려 하였더니, 뜻밖에도 찾으러 나갔던 관차가 관령(官令)만을 중히 여긴 나머지 남의 집 처녀를 데려왔다고 하는지라, 김 감사는 매우 놀라니라. 그리하여 감사는

"어떠한 처녀이기로 신짝에서 그토록 서기가 생기는고."

하며, 자세한 연유를 그 외삼촌에게 물었으나, 외숙되는 사람도 서기가 났다는 까닭에는 무어라 대답할 수 없으므로 결국 콩쥐로 하여금 친히 대답토록 하니라.

콩쥐는 감사또 앞이라 어기지 못할 줄을 알아차리고 할 수 없이 모친의 상사를 당한 일로부터 계모 배씨가 들어온 이후로 구박이 자심하여 고생살이가 된 일이며, 김을 매러 나갔을 적에 검은 소가 내려와 쇠호미와 과일을 많이 주던 일이며, 두꺼비가 밑 빠진 물독을 받쳐 주던 일들을 차례차례 이야기하고, 이번 외가에 올 적에도 계모의 시킨 일과 새떼가 몰려들어 겉피 석 섬을 벗겨 준 일에서 직녀가 내려와 베도 짜주고 옷도 주어서 입고 오는 길에 감사행차의 벽제소

리에 놀라 신 한 짝을 잃게 된 사유를 물 흐르듯 낱낱이 아뢰니라.

감사는 듣기를 다하자 놀라며 한편 기뻐하여 진심으로 콩쥐의 덕행을 흠모하여 마지 아니하더니 이윽고 그 외숙더러 이르어 말했다.

"내 일찍이 아내를 여의고 슬하에 한낱 자식이 없으나 여지껏 첩이라도 두지 아니하였음은 좋은 규수를 만나 속현(續絃——琴의 즐거움을 잇는다는 뜻 곧 再婚)하여 가문을 유지하려 함인데, 지금 그대의 생질녀를 본즉, 가히 군자의 건즐(巾櫛——수건과 빗 시중드는 것)을 받들만 하기로, 그대가 깊이 생각하여 나의 뜻을 저버리지 않을진대, 후한 예로써 규수를 맞아 백년을 같이 하리로다. 혼인은 인륜대사(人倫大事)이라 신중을 기하려니와 그대의 뜻은 어떠하뇨? "

콩쥐의 외숙은 영문도 모르고 따라왔다가, 감사로부터 뜻밖의 소청을 받게 되니 어찌할 바를 모르다가 사도를 우러러 대답하되,

" 감사의 말씀을 듣자오니 황송무지(皇悚無地)할 따름이 오나, 질녀는 여러서 모친을 여의고 아무것도 배운 것이 없삽거늘 어찌 사또를 받들 수 있겠나이까? 사도께서 먼저 이르시는 말씀이 오라 어찌 복종하지 아니할 수 있사오리까마는, 그리하올진대 질녀의 부친이 있사온즉 일단 물러가 상의하옵고 다시 들어와 아뢰겠나이다. 다만 구차한 인생들이오라 갖추지 못한 바가 많사오니, 차후 사또께서는 너그러이 굽어 살피사 많은 용서히 심이 있삽기를 바라옵나이다. "

하고, 콩쥐 외숙은 얼떨결에 고생이 막심한 질녀의 한몸을 팔자 좋게 차려 주고는 싶었으되, 저의 부친이 있는 처지에 자기가 독단으

로 결정할 수 없겠기로, 곧 최 만춘과 의논하고자 감영(監營)을 물러 나오니라.

재취한 배씨에 눈이 어두운 최 만춘으로서는, 콩쥐의 영화를 더욱 지체 높은 감사또와의 혼담을 싫어할 리 만무하매 곧 혼인을 승낙하며, 일변 택일을 서둘러서 감사의 재취부인으로 온갖 예를 갖추어 콩쥐를 시집보내게 되었더라.

6

그러한데 배씨는 당초에 제가 잘 되어 영화를 누려 볼 요량으로 전일에 관차(官差)를 속이어 제가 잃어버린 신이라 하고, 콩쥐의 복을 앗으려 하다가 발각되어 무안을 당한 후로는 콩쥐를 미워하는 마음이 더욱 심하여지는데 팥쥐도 또한 샘이 북받쳐,

"콩쥐, 저년이 지금은 저렇게 고운 옷에 단장을 하고서 감사의 부인이 되어 가거니와, 네가 내 솜씨에는 어차피 웅덩이를 벌리고 앉아서 편안하게 호강은 못하리라. "

하고 이를 박박 갈면서, 기회가 오기를 벼르고 있더라.

하루는 벌써 석류꽃이 한 철을 지냈고 쓰르미가 목을 가다듬어 우는 소리에 문득 세월이 빠름을 깨닫고, 서둘러 조처하여 보리라하는 생각이 치밀어 오르는 팥쥐는 감영 내아로 콩쥐를 찾아보러 들어가니라.

그 때 사또는 공청(公聽)에 나아가고, 다만 홀로 콩쥐가 녹의 홍상(綠衣紅裳)을 떨쳐 입고 분벽사창(粉壁紗窓)으로 아담히 꾸며 놓은

후원 연못가의 별당에서 난간에 의지하여 힘있게 솟아오른 연꽃을
구경하고 있는지라, 팥쥐는 거짓으로 반색을 하며 달려들어 눙치기
를,

　"에그머니, 형님. 그 동안 혼자서만 편안히 지내셨구료? 보기 싫은
팥쥐는 형님이 출가하신 후에 시시때때 형님 생각이 간절하고, 어찌
나 지내시는지 궁금하기 측량할 수 없어서 구차한 옷 주제에도 체면
불고하며 형님을 보러 왔소. 내가 전에는 철없이 형님한테 응석처럼
한 노릇이 지금까지라도 어떻게 생각하시는지 모르거니와, 나는 가끔
가끔 잘못한 뉘우침이 뼈에 사무치며 그만하면 시집을 가서 우리
형제가 떨어져 있게 될 것을 어찌하여 그리하였던고 하는 마음이
참말로 금할 수 없는 때가 있습니다. 그렇더라도 형님은 그런 것을
속에다 품어 두시지 말고 다만 우리형제가 범연하게 지내지는 맙시
다. "
하면서, 여러 모로 간교(奸巧)를 부려 없는 정을 있는 듯이 눈물을
찔끔거리며 선수를 피우니라.

　본디 악의가 없는 사람은 속기를 잘하는 법이라. 콩쥐는 그 말을
들으매 역시 마음에 감동 되는지라, 속으로 생각하기를,

　'저것이 아무리 그전에는 그토록 나를 모해 하였더라도 그 때는
　철을 모를 때요, 이제는 나이가 들어 깨달은 바 있기에 저토록
　사과하는 것이니 기특한 일이로다.'
하고서, 좋은 음식노 내집하며 싫아기는 청편도 물어보곤 하면서
집안 구경도 시켜주더라.

　이 때 팥쥐는 외양으로 그렇듯 정숙하게 굴었으되, 내심으로는,

　'콩쥐, 조년을 어떻게 하면 움도 싹도 없어지게 할꼬?'하는 간악한

심사가 북받쳐, 뱃속에서 온갖 꾀를 꾸며가며 콩쥐를 따라 별의별
화초와 온갖 경치를 구경하다가 연당 앞에 이르매 문득 한 묘계를
생각해 내어 콩쥐를 강권하여 함께 목욕하기를 청하였더니, 콩쥐는
'부끄럽다'고도 사양하고 '더위를 먹는다' 고도 사양하고, 하다 못
하여 '연못 속에 구렁이가 있다'고도 사양하여 보았으나, 팥쥐는 생각
이 다른지라 만사를 무릅쓰고 함께 목욕하기를 청하므로 드디어 콩쥐
와 팥쥐는 옷을 못가에 벗어놓고 연못으로 들어가 목욕을 하게 되니
라.

그리하여 콩쥐와 팥쥐는 한동안 더위를 잊은 듯이 시원한 물놀이를
즐길새 팥쥐는 슬금슬금 콩쥐를 깊은 곳으로 이끌고 가서 별안간
밀쳐 넣으니, 뜻밖에 벌어진 일이라 어찌 할 도리도 없이 콩쥐는 그대
로 물 속에 빠져들고야 마니, 슬프다! 콩쥐는 겨우 잡은 부귀영화를
마음껏 누려 보기도 전에 이렇듯 연못 귀신이 되고야 말 줄을 누가
꿈엔들 알았으리오?

간특(奸慝)하고 요약(妖惡)한 팥쥐는, 콩쥐가 물 속으로 들어간채
물거품만 두어 차례 풍풍 솟아올라옴을 제 눈으로 보고서야 마음이
통쾌한 듯이,

"그만 하면 나의 계교(計巧)가 마음대로 되는 것을 쓸데없이 오래
도록 마음을 썩히었구나! "

라고 뇌까리면서, 입가에 웃음을 띄우며 급히 밖으로 나와서는 콩쥐
의 옷을 주워 입고, 저의 옷은 거두어 치워 버린 연후에 태연한 모습
으로 마치 콩쥐인 양 별당 난간에 의지하여 연꽃을 바라보면서 못내
기뻐함을 마지 아니하더라.

감사는 이 때 공사를 마치고 내아(內衙)로 들어 간즉, 계집하인들

이 여쭈기를,

"마님께서는 후원 별당에서 홀로이 연꽃을 구경하고 계시옵니
다."

하는지라, 감사는 발길을 후원으로 돌리니라.

김 감사는 콩쥐를 맞아들인 후로는 공사만 끝나면 콩쥐를 떨어지지
못하던 터이라, 홀로 연꽃을 구경하고 아울러 콩쥐가 연꽃을 사랑하
는 의취(意趣)도 들어 보자고 하는 생각에서 급히 별당으로 돌아드
니, 그 때까지 난간에 기대어 꽃 구경을 하고 있던 팥쥐는 재빨리
자리에 일어나 웃음진 얼굴로 내려와 맞으매, 감사도 또한 기쁜 낯으
로 부인의 손목을 잡고서 다시 별당으로 올라가 하는 말이,

"부인은 연꽃 구경으로 오늘은 얼마나 즐거우오?"

하며 이야기를 하다가 문득 그 얼굴을 스쳐 보니, 전일의 모습과는
달리 푸르고 거무테테할 뿐더러 얽기까지 한지라, 크게 놀라 낯빛마
저 잃으면서 그 사유를 다시 물은즉, 팥쥐가 대답하기를,

"종일토록 이곳에서 서성거리며 영감께서 오시기를 기다리고 일광
을 쏘여 이토록 검은 빛이 되었사오며, 얽어 보이는 것은 다름이
아니와, 아까 영감께서 들어오시는 줄로 알고 허둥지둥 뛰어 나가
다가 그만 발이 걸려 공명석에 엎어지는 바람에 이 모양으로 되었
나이다. "

하니, 감사는 그 말을 듣고 부인이 늙은 남편인 자기를 사모함이 그토
록 심함을 고맙게 여기어 여러 말로 위로하며 다만 그렇게 얼굴이
변해진 것만을 애석하게 여길 뿐이요, 사람이 바뀐 것은 전연 깨닫지
못하더라.

이러저러 며칠을 지낸 다음, 하루는 감사가 몸이 불편하기에 일찍

이 공사를 마치고 들어와 연못가를 배회하노라니, 못 가운데에 전일에 보지 못하던 연꽃 한 줄기가 눈에 뜨이니라. 꽃줄기가 유별나게 높이 솟아 있을 뿐더러 꽃모양도 신기하며 아름다움이 비길 데 없으므로 노복으로 하여금 그 꽃을 꺾어다가 별당 방문 앞에 꽂아 놓게 하고 감사는 그 꽃을 사랑하여 마지 아니하더라.

그러나 팥쥐는 일찍이 깨달은 바 있으므로, 그와 같이 큰 꽃이 별안간 그다지도 곱고 아름답게 솟아남을 심상치 않게 생각하던 중이라, 영감이 그 방을 떠나면 팥쥐가 들어가보고 하는데 참으로 괴상함은 팥쥐가 그 방에서 나올적마다 그 꽃송이 속에 손과도 같은 것이 있는 듯, 팥쥐의 머리채를 바당바당 쥐어뜯곤 하더라. 한 두 번만이 아니요, 번번이 뜯기를 마지 아니하는 고로, 팥쥐는 매우 놀랍게 여기며 아주 미워하며 뇌까리되,

"요것이 필연 콩쥐년의 귀신이 붙은 것이다!"

하고, 그 꽃을 뽑아다가 불아궁이에 처넣었더라.

그로부터는 과연 머리를 뜯기는 일도 없으매, 팥쥐의 마음은 무한히 상쾌하여 혼자 이르기를,

"콩쥐년, 제 아무리 죽은 귀신이 영특할지라도, 나의 알콩달콩 깨알이 쏟아지게 사는 것이 배만 아플 뿐이지, 다시는 별 수가 없으렸다! "

하며, 한시름을 놓은 듯이 좋아하더라.

이제는 아무것도 꺼리는 바 없이, 콩쥐의 세간도 마구 뒤지며 제 마음대로 채를 잡으려 드는 등, 다시금 이상한 일이 벌어지니라. 바로 이웃에 사는 할멈 하나가 불씨를 얻으려고 감사 댁 내아로 들어와 그전부터 감사부인과는 친숙한 터 이 때 바로 연못가 별당으로 가서

아궁이에서 불을 떠가려하는데, 아궁이 속을 들여다 보니 불은 씨도 없이 꺼져 있고, 난데 없는 오색구슬이 한 아궁이 가득 대굴대굴하므로, 노파는 구슬이 탐이 나서 허겁지겁 구슬을 모조리 치맛자락에 쓸어 담아 가지고 급히 집으로 돌아가서는 남이 행여 알세라 하고 반닫이 속에 감추어 두었다.

그리하였더니 천만 뜻밖에도 반닫이 속으로부터,

"할멈! 할멈"

하며, 부르는 소리가 감사부인의 목소리와 흡사한지라. 노파가 매우 놀라며 반닫이 문을 열고 본즉, 어찌 된 연고인지 감사부인이 그 속에 들어 앉아서 노파에게 반색을 하며 말하기를,

" 내가 본래 콩쥐라 하는 여자임은, 김 감사와 혼인할 적에 이 고을 사람들이 모두 알고 있거니와, 우리 계모가 데리고 들어온 딸 팥쥐 라 하는 계집 아이가 있어 항상 나를 모해코자 벼르다가 이번에 무슨 정이 깊었던지 나를 찾아 왔다가 여차여차 되었노라. "

하며, 그 연못에 빠져 죽은 사연을 낱낱이 밝히고서, 다시 노파의 귀에다 입을 대고 '여차여차하여 달라'는 묘계를 가르쳐 주니라.

노파는 이상도 하거니와 우선 무섭고 두려운 생각이 앞서므로 머리를 조아리며 응락하고, 그와 같은 묘계를 거행할 때 남한테 빚도 얻고 또 얼마간의 볏섬도 찧어 팔아서 돈을 장만하여 가지고 진수성찬으로 잔치를 베풀어 거짓으로 노파의 생일이라 일컫고, 노파는 몸소 김 감사를 찾아보고 공손히 아뢰기를,

"오늘은 소인네의 생일이옵기에 변변치 못하오나 음식을 조금 준비하였삽기로 감히 사또의 행차를 청하오니, 누추한 천인(賤人) 의 집이오나 백성의 솟는 정을 하렴 하옵시와 잠시 들러주시오면

한 잔 박주(薄酒)일망정　관과 민이 함께 즐겨　보올까 하나이
다."
하고 재삼 앙청하였더니, 감사도 그 노파의 뜻을 가상히 여겨 바쁜
시각을 쪼개어 노파의 집에 행차하게 되었느니라.

노파는 본디 아전의 계집으로서 사또의 행차를 맞게 됨은 다시
없는 영광인지라 매우 기뻐할 뿐더러, 동리 사람들까지 '감사가 행차
하신다'하여 구경하러 모인 사람만도 자그만 노파의 집을 가득 메울
지경이 되더라.

감사는 노파 집에 이르러 상을 받으니, 온갖 음식이 안목을 황홀케
할 만큼 없는 것이 없이 높이 고인지라 감사는 크게 칭찬하며, 술을
따라 두어잔 마신 후에 이것저것 맛을 볼 생각으로 저를 들어 한
번 상을 구르니, 한 짝은 길고 한 짝은 짧은 것이 손에 제대로 잡히지
않으므로, 심중에 노파의소홀함을 괘씸이 생각하여 좋지 못한 기색
으로 참다 못하여 젓가락이 짝이 틀림을 나무라니, 노파가 미처 대답
도 하기 전에 홀연 병풍 뒤로부터 사람의 소리가 있어 대답하는 말
이,

"젓가락 짝이 틀린 것은 어찌 저렇게 똑똑히 아시는 양반이, 사람
짝이 틀린 것은 어찌하여 그토록 모르시나요? "
하는지라, 감사는 매우 놀랍게 여기면서 잠시 말을 멈추고 가만히
마음을 가다듬어 생각하여 보았으나, 아무리 궁리를 돌려 보아도
깨닫지 못하겠더라.

'내외의 짝이 틀리다니 이 어찌된 말일꼬? 도시 이런 말을 하는
자가 사람인가, 귀신이가?'
하고 감사는 그윽히 생각하다가도, 그 사이 자기 아내의 거동에 종종

괴상한 일이 있음을 갑자기 깨달으며 '필연 콩쥐에게 무슨 일이 있음이렷다!'하여 바삐 돌아가 알아보리라 하는 생각에, 진수성찬도 입에 들어가지 아니할 뿐더러, 마치 바늘방석에 앉아 있는 듯만 하더라.

그러나 일편정신(一片精神)은 집에 돌아가고자 하는 생각뿐이라, 억지로 주인 노파에게 치사하며 상을 물리고 일어서려 할 즈음, 별안간 병풍 뒤로부터 녹의홍삼을 떨쳐 입은 한 미인이 스스럼도 없이 앞으로 나아와 감사에게 절하며 하는 말이,

"영감께서는 첩을 몰라 보시나이까?"

하고 물으매, 감사는 더욱 놀라움을 마지 아니하며 어찌할 바를 모르다가 말하였다.

"부인은 사람을 속이기를 이같이 심할 수가 있으리오? 내가 불민하였든지 그대의 조롱이 심하였든지 간에 여지껏 하는 일과 하는 말을 전혀 깨달을 수 없으니, 이렇듯 지체를 말고 빨리 사연을 말하고 사람의 답답한 가슴을 풀어 주기 바라오. "

이와같이 감사가 소청하니, 부인 콩쥐는 그 자리에 엎드러지며 목이 메어 말이 잘 나오지 못하는 목소리로 하는 말이,

"첩은 팔자가 기구하여 고생을 면치 못하던 중에 영감의 두터우신 배려로 지체있는 자리에 올랐삽기로 배우지 못한 이몸으로나마 정성껏 받들고자 하였더니, 뜻밖에도 의붓동생인 팥쥐라 하는 계집 아이의 독살스러운 해를 입어 몸은 이미 연못귀신이 되었사오나, 본디 첩의 성질이 약하지 아니하므로 옥황상제(玉皇上帝)께서 세상에 다시 나게 하였삽기로, 이에 이르러 미진한 말씀을 여쭐까 하와 주인노파께 신세를 끼치었으니, 영감께서는 이제 이렇게 된 이상 다른 생각일랑 갖지 마시고 그 팥쥐와 더불어 내내 안녕하옵

기 바라나이다. "

하고는, 흐느껴 울기를 마지 아니하더라.

이야기를 다 듣고나니 감사는 자기의 불찰이 부끄럽고 한편 팥쥐의
소행이 절통(切痛)한지라, 곧 선화당(宣化堂——監使나 郡守가 公事
를 다루는 官職)에 나아가, 팥쥐를 잡아 문초하여 또한 사람들을
시켜서 연못을 치게 하니, 과연 콩쥐의 시체가 웃는 낯으로 누워 있더
라. 급히 건져내어 염습(殮襲——屍體를 씻은 뒤에 옷을 입히고 殮布
로 묶는 일)을 하려할 적에 죽었던 콩쥐는 다시 숨을 돌리며 살아나
니라. 그럴 즈음 노파의 집에서 울음을 그치지 못하고 있던 콩쥐는,
홀연히 온데간데 없이 없어졌으므로, 모든 관속과 읍내에 사는 백성
들까지도 한 신기한 변화에 놀라지 아니하는 사람이 없었더라. 그리
하여 여러 사람이 한 가지로 '팥쥐는 천참만륙(千斬萬戮; 천번 목베
고 만 번 죽이다)되어야 마땅하다'고 떠들썩하게 말하므로, 드디어
감사도 그것을 알게 되매 문초를 더욱 엄히 하더라.

팥쥐는 모진 형벌을 이기지 못하여 하나도 기이지 못하고 낱낱이
자백하니, 감사는 크게 꾸짖으며 즉시 팥쥐를 칼을 씌워 하옥시키
고, 사실을 조정(朝廷)에 보고하니라. 수일이 지나매 조정에서 하회
가 있기로 감사는 형리(刑吏)를 시켜 죄인 팥쥐를 수레에 매어 찢어
죽이고 그 송장을 젓담는 항아리 속에 넣고 꼭꼭 봉하여 팥쥐의 어미
를 찾아 전하였더라.

팥쥐 어미는 처음에 팥쥐가 흉계를 품고 콩쥐를 해치러 들어갈
적에, 매우 기뻐하며 '만반 조심하여 아무쪼록 성사하라'고 부탁하며
보낸 후에, 최 만춘은 곧 고추막이(殘한 계집의 서방)처럼 차버리고
다른 서방을 얻어 갔는데, 이는 혹시 후일에 만약의 경우를 생각하여

후한을 미리 막기 위함이었더라. 그리하여 주야로 팥쥐의 덕을 입고
자 기다리던 중에, 관가로부터 봉물(封物——봉해서 보내는 膳物)이
왔다 하는 소리에 좋아라 하고 내달으며 홋서방 된 자를 안으로 불러
들여,

　"이것 보시오, 내 딸의 효도(孝道)를 보시오. 사위도 잘 골라서
　시집을 보냈거니와, 시집간 지 얼마 아니 되어도 어미에게 잊지
　않고 이런 좋은 봉물을 보내는 구료! 영감도 내 덕이 아니면 관가
　에서 나오는 봉물을 구경하겠소? 이것 보시오. "

하고, 항아리 아구리를 동여맨 노끈을 풀고 봉한 유지를 헤쳐보니,
큰 백항아리에 가득하게 든 것이 모두가 젓갈이더라.

　또 따로이 글씨를 쓴 종이가 한 장 들어 있기에, 집어서 펴보니
쓰였으되,

　〈흉한 꾀로 사람을 속이는 자는 누구든지 이와같이 젓으로 담그
　고, 딸을 가르쳐 흉하고 독한 일을 실행케 한 자는 그 고기를 씹어
　보게 하노라〉

하였기에, 팥쥐의 어미는 그 글을 읽고 팥쥐의 소행이 탄로되어 결국
죽음을 당한 줄로 알고 끄르던 항아리를 그대로 버려 두고 그만 기절
하여 자빠지더라.

　그런데 팥쥐 어미는 기절한 채로 영영 깨어나지 못하고, 풍도지옥
으로 모녀가 서로 손을 이끌고 가 버리니라.

　한편 김 진사는 콩쥐에게 자기가 명불(明不)하였던 허물을 사과하
고, 이웃 노파에게 상급(賞給)을 후히 내린 다음 다시 콩쥐와 더불어
미진한 인연을 뒷 이으니 아들을 셋 낳고 딸도 낳아 화사한 나날을
보내더라.

　콩쥐의 부친되는 최 만춘도 찾아내어 숙덕(淑德)이 있는 여자를
취하여 아들딸 낳고 단란한 살림을 이룩하게 하여주며, 세상사람들에
게 어진 마음씨를 베풀어 어려운 사람 구제하기를 자기 일처럼 생각
하고 돈과 곡식을 아낌없이 뿌리니, 김 감사 내외분의 어진 덕을 모든
백성들이 칭송하기를 마지 아니하고, 그 은덕은 멀리 후세에까지
전하여지더라.

춘 향 전
春 香 傳

──작자 미상(作者未詳)

◇ 작품 해설 ◇

　지은이와 지은 때는 미상, 특권계급의 횡포와 억압을 대표하는 변 학도라는 인물과 이에 대한 평민층의 반항 이속(吏屬)과 농민들의 묘사가 잘 되었을 뿐 아니라 주인공 춘향은 양반자제 몽룡과 백년가약의 사랑과 시대 배경을 초월한 반항의식은 서구와 통하는 점이 있으며, 당시 사회제도와 서민층(특히 기생) 생활상 등 여러가지 면에서 많은 시사(示唆)를 주는 작품이다.

　우리나라 고대소설의 으뜸가는 작품으로 외국에도 소개되었으며, 춘향은 열녀의 대표로서 여성의 절개가 만고의 미로 묘사되었다. 소재에 대해서는 벽오(碧梧) 이 시경(李時慶)의 실제담이라는 설과 남원 사람 옥계(玉溪) 노정(盧禎)의 실제담, 「박문수집」에 이와 비슷한 이야기가 있다는 설 및 전북 지방에 떠돌던 이야기라는 등 확실치 않다. 저작 연대도 숙종(肅宗) 즉위 초라는 말이 있으나 소설사(小說史)적으로 보아 영정(英正) 전후의 것으로 짐작이 된다. 따라서 이본(異本)도 많은데 그 중「한남서림(韓南書林)」에서 〈경판본(京版本)〉과 전주「완서계서포(完西溪書鋪)」에서 낸 〈완산판본〉이 가장 오래된 판이며, 병성(名稱)에도 최 남선(崔南善)의 「고본춘향전」이 병기(李秉岐)의 「별(別) 춘향전」, 이 해조(李海潮)의 「옥중화」, 전 용제(全用濟)의 「광한루」및 이 광수(李光洙)의 「일설(一說) 춘향전」등 20여 종에 달한다.

춘향전(春香傳)

때는 이조(李朝) 숙종 대왕(肅宗大王), 곳은 전라도 남원(南原) 책실에 들어앉아 글을 읽던 몽룡(夢龍)은 책을 탁 덮어놓고 나서 바깥을 내다보며 방자를 부른다.

"얘, 거기 누구 없느냐?"

"예?"

뜰 앞에서 졸고있던 방자는 움찔하고 놀란다.

"날씨가 좋으니 글도 머리에 들어오지 않는구나. 이 근처에 어디 경치 좋은 곳은 없느냐? "

"글쎄올시다. 동문 밖으로 나가면 선원사(禪願寺)가 있구요, 서문 밖으로 나가면 관왕묘(關王廟)가 있구요, 남문 밖으로 나가면 광한루(廣寒樓) 오작교(烏鵲橋) 영주각(瀛州閣)들이 있구요, 북문 밖으로 나가면 교룡산성(蛟龍山城)이 있어서 일년 중에 사람의 발걸음이 끊어질 날이 없습지요만, 글 안 읽고서 구경 나가신다면 사또 나리께서 꾸중을 하실 걸요? "

"그는 네가 걱정할 게 아니다. 어서 나귀 안장이나 지어라."

뭐라는가 듣자하고 한 번 떠보기는 했지만, 속으로 자기부터 바람을 쐬어보고 싶던 터라, 방자는 나는 듯이 가서 나귀를 끌고 나온다.

나귀 등에 앉아 당선(唐扇)으로 햇볕을 가리면서 삼문 밖을 나오니 전에 없이 왕래인들이 많은 중에서도 울긋불긋 색옷으로 치장을 한 여자들의 모습이 더욱 눈에 뜨인다. 그러고보니 오늘이 오월오일 단오날이다.

사람이 새를 한참 누비고 가다가 보니 멀리 다락 하나가 눈 안에 들어온다.

"응, 저게 남원 승지 광한루란 것이로구나!"

"경계로만 말한다면 삼남에서 제일 가는 곳이지요."

어느 새 다락 앞까지 왔다.

나귀에서 내린 몽룡은 수건으로 이마의 땀을 닦았다.

"어서, 저 위로 올라가 보자."

다락 위를 올가가니 먼저 나뭇잎 냄새를 안은 향긋한 바람이 맞아준다.

"음, 정말로 말로만 듣던 천하 절승이로구나. 오작교! 오작교가 분명하다면 견우 직녀(牽牛織女)도 있을 법하구나. 우선 술한 잔 해볼까?"

"주안상을 가져왔사옵니다."

겨드랑이에다 돗자리를 낀 통인이 술상을 들고 올라온다.

"어서 부어라, 음……."

목이 한창 마르던 때라 빼앗듯이 해서 잔을 쭉 들이키고 난 몽룡은 입맛을 쩝쩝 마신다.

"춘홍도 즐겁거니와 술맛도 각별히 있는 날이로구나. 자, 너도 한 잔 해라. "

방자는 좋아서 계집애처럼 몸을 배배꼬아 보인다.

"황송하오이다."

그 사이 주흥에 즐겨 난간 사이를 거닐던 몽룡은 갑자기 무엇을 발견한 모양으로,

"애, 방자야!"

하고 소리친다.

"예?"

" 저, 버드나무 새에서 오락가락 희뜩희뜩하는 것이 뭐란 말이냐."

"저, 버드나무 새에서 그네 뛰는 처녀 말인가요?"

"그래, 그게야, 그 처녀 말이다."

" 저 아이의 내력을 이르옵자면, 이 고을 퇴기 월매(月梅)의 딸 춘향(春香)이라 하옵는데 인물은 절색이요, 행실이 또한 방정해서 실로 맹랑한 아이옵니다. "

" 음, 창기년이면 한번 같이 놀아봄 직하겠구나. 빨리 가서 데리고 오도록 해라. "

이 말에 방자놈이 힐끗 돌아다본다.

"예? 어림두 없는 말씀을…… 그 애가 어떤 앤데 그러십니까? 어미는 비록 천한 기생의 몸이라 하더라도 근본은 서울 성판서(成判書)의 핏줄을 타고난 양반의 따님이에요. 그리 만만히는 못 건드릴 터수인가 아뢰오. "

"이놈아, 듣고 보니 더욱 당길 맛이 있구나. 양반이면 나만 할 것이

며, 세도이면 내 집에다 비할 것이겠느냐? 빨리 가서 꾀어 오도록
해라. "

버드나무 숲 사이,

춘향이가 그네에서 내리려니까, 몸종 아이 향단(香丹)이가 소리를
낸다.

"아씨!"

"뭐니?"

"저기 누가 와요."

술이 취한 방자놈이 거드럭거드럭 걸어오더니만, 소리를 꽥 지른
다.

"애 춘향아!"

"아이 깜짝야! 알 만한 녀석이 왜 이렇게 예절이 없어! "

"허허, 말씀 하나만은 근사하게 잘 하셨구나. 그렇지만, 상놈한테
예절이 있으면 뭘 하니? 그런데 애, 일이 났다! "

"일이, 무슨 일이 났단 말이냐?"

"사또 자제 도련님이 광한루에 소풍을 나오셨다가 네가 그네 뛰고
노는 양을 보시고는 너를 불러오라 영을 내리셨다. "

"미천 녀석!"

춘향이는 화를 발끈 냈다.

"도련님이 나를 어떻게 알아서 부르신단 말이냐? 네놈이 내 말을
씨부렁거린 게 아니냐? "

"네가 함부로 주둥이를 놀린 게지. 처음 보는 도련님이 어떻게
우리 아씨인 것을 알았을 거냐? "

향단이 마저 함께 공격이다.

방자는 저 만큼 피했다가 웃더니만 다시 춘향이 앞으로 간다.

"춘향아, 어서 곱게 가자. 안 가면 너 죽구 나 죽는 판이야. "

"이 녀석이 정말 못하는 소리가 없네. 왜 내가 죽는단 말이냐?
못가! "

"그럼 , 가서 뭐랄까?"

"가거던 이렇게 여쭈어라. 네까짓 게 무식해서 잘 전하게 될진
모르겠다만 꽃마다 앉아 노는 나비, 꽃이 어찌 나비를 따를 수
있는 거냐? 본시 안수해, 접수화, 해수혈이 아니냐 하더라고 말씀
드려라. "

"아, 아니, 지금 뭐랬나? 그 진언(眞言)같은 소리가 뭐지? "

"안수해, 접수화, 해수혈이라고 하잖던!"

"가만 있자, 정말로 그 놈의 거 귀신 쫓는 진언보다도 더 어렵구
나. 그래 안주해, 접주해. 아, 아니 이거 땀 빠질 일이 생겼구
나!"

재빨리 돌아서 가버리는 춘향과 향단을 붙들어 볼 생각도 않고
방자는 혼자서 안주해, 접주해 입안의 소리와 함께 손을 꼬고 하면서
광한루로 돌아간다.

"이놈아!"

일각이 여삼추로 눈이 빠지게 기다리다가, 방자가 혼자 돌아오고
있는 것을 보고서 몽룡이 하는 말이었다.

"이놈아, 왜 혼자 오느냐? 춘향이를 불러 오랬지 누가 너더러 쫓기
어 오라더냐. 그래, 춘향이는 어떻게 됐단 말이냐? "

"말 마시우."

"왜 말을 말라는 거냐?"

"같이 가자니까 마구 욕을 해요."

"무슨 욕을 하던?"

"누가 술 먹여 준다고 했는지, 안주해! 접주해! 자꾸 그런 소리만 하던 걸요? "

"이놈이 정말 미쳤지! 네가 이놈아 술을 쳐먹구 갔으니까 놀려대느라고 하는 소리지 뭐겠니? "

"헤헤! 제게다 그런 말을 해 주면 고맙기나 하게요? 꽃마다 앉아 노는 나비, 꽃이 어찌 나비를 따를 수 있는 거냐? 본시 안주해! 접주해! 뭐, 뭣이 아니냐 아, 그러던 걸요. "

몽룡은 웃으면서 부채로 무릎을 탁 쳤다.

"오, 오라, 안수해, 접수화, 해수혈이라 하지 않던? "

"그, 그래요! 안수해, 접수해, 해수해라고 하더군요. 그러니, 그보다 더 큰 욕이 없잖아요? "

"이 무식한 놈아, 네가 알 턱이 없지."

방자는 헐떡이는 숨소리와 함께 술내를 내품으면서 멍하니 바라보고만 있다.

"너, 이놈아 내가 설명하는 걸 들어보련? 안수해(雁隨海)라는 것은, 기러기는 바다를 따른다는 뜻이고, 접수화(蝶隨花)란 것은 나비는 꽃을 따른다는 뜻이고, 해수혈(蟹隨穴)이란건 개는 구멍을 따른다는 뜻이야. 그러니 이놈아, 날더러 자기를 찾아 오라는 뜻이지 뭐겠니? "

"아, 그렇던가요?"

방자놈은 인제는 제몸도 주체를 못할 만큼 취해 건드렁거리고 나서 쳐다만 보고 있더니 아예 그 자리에 풀썩 쓰러져 버렸다.

광한루에서 집으로 돌아온 몽룡은 보이는 것이 모두 춘향이 같아서 저녁 술갈을 드는 둥 마는 둥, 촛불을 켜놓고서 책을 펴보기는 했지만, 글이 눈에 들어오지 않았다.

한시를 앉아 배길 수가 없는 몽룡은 부친이 잠자리에 드는 것을 기다려서 방자를 재촉해 일어선다.

"어서, 가보자."

"어디를 가봐요?"

"춘향의 집엘 가봐야 할 게 아니냐? 어서 초롱에 불을 켜라. "

인정(人定)을 친 뒤 자는 듯 고요한 골목길엔 두 사람의 발자국 소리만이 가만가만히 난다.

희미하게 비치는 청사초롱, 말 없이 그 뒤를 따르고 있는 몽룡.

방자는 골목길을 몇 번이고 곱쳐 돌더니 어느 집 문 앞에 와서 딱 멈추어선다. 초롱불로 대문을 아래 위로 비춰보다가 손으로 가만히 밀어본다.

"응? 이 집이 춘향의 집 같기는 한데 문이 꼭 잠겨 있으니 해 볼 도리가 있나! "

"그럴 것이 없이 너 이 담을 넘어 들어 가서 빗장을 살짝 뽑아라."

"아, 아니, 어느 놈의 촛대뼈를 날려 줄려구 그런 말씀을 하십니까? "

떠드는 소리에 놀랐던지 안에서 와르르하고 개짖는 소리가 들려나온다 개 짖는 소리 너머로 들으려니까 불을 환히 켜 놓은 안에서 거문고 타는 소리가 흘러나오고 있고, 또 누군지 문을 열고 나오면서 무어라고 혼잣소리처럼 말하고 있는 소리가 들려 나왔다.

"옳아 저것 봐! 저게 춘향의 어미가 아니냐?"

아닌 게 아니라 혼잣소리를 하면서 마당으로 내려오던 것은 춘향의 어미 월매였다.

"에그, 뭐가 지나가기루 저렇게 개가 짖어댈까?"

긴 담뱃대에 불을 붙여 물고서 춘향의 방문을 여니까, 향단이 바느질하는 옆에서 거문고를 타고 앉아 있던 춘향이 떨꺽 멈추고 거문고를 옆에다 밀어 놓는다.

"어머니세요?"

"꿈도 원 별난 꿈이 있지!"

채 앉기도 전에 혼잣말부터 하는 월매였다.

"그새 벌써 어머닌 자리에 드셨던가요?"

"글쎄, 오늘 낮에 내가 너희들이 광한루 추천놀이를 하러 나가고 난 새, 나도 심심하기루 얘기책을 들고 드러누웠더니 그만 잠이 소르르 들어 버렸구나. 그랬더니만 비몽사몽간에 너 뛰는 그네줄 위에 오색 구름이 일어나면서 청룡 한 마리가 나타나서는 너를 물고서 하늘로 올라가겠지? 그러니 경사가 있기로 말하면 큰 꿈이라 네가 사내가 됐더라면 장원 급제할 꿈이다만, 험하기로 말한다면 또 사람의 일을 알 수가 없는 게지. "

"저렇게 어머닌 사사스럽기만 하시지."

"사사해서가 아니라 꿈도 하도 이상하니까 하는 말이야. 난 혹시 너희들이 그네를 뛰다가 무슨 일이나 있지 않았나 하구 걱정을 했지! "

"조용하게 잘만 놀았는 걸요. 마지막 판에 가서 그놈의 방자란 놈이 와서 판을 깨긴 했지만…….”

향단이 하는 소리에 월매는 눈을 둥그렇게 뜨고서 묻는다.

“방자라니, 그 시큰둥이 나용쇠 녀석 말이니? 그 녀석이 계집애들 노는 그네터엔 왜 왔더람?”

“책방 도련님하구 광한루에 소풍을 나왔었다나요? 그래, 고녀석이 우리 아가씨 보구선 자꾸만 같이 가자고 하지 않아요?”

“아이, 망칙두! 아가씰 가자고 하다니, 고것두 사내값을 한다고 그러나?”

“아녜요. 제가 가자는 게 아니라, 책방 도련님이 데리구 오라더래요.”

“뭐? 도령님이 방자를 시켜서 오란다더라구? 어떻게 된 일이니? 어서 춘향이 네가 말을 해봐라.”

“계집 아이년이 주둥아리싸게!”

향단을 보고서 눈을 흘겨주는 춘향이긴 하지만 여하튼 사또 자제 이 도령이 만나서 수작을 걸어오다니 예삿일이 아닌 것이었다.

“허허, 이게 어이 된 소리람! 다 큰 계집아일 문 밖으로 보낸 내가 그르지.”

처음 보는 남의 집 처녀를 보고서 말을 걸다니, 사또 자제라는 아이가 오입장이던가 하는 생각도 들기는 했던 터이지만, 이러나 저러나 남원부사의 아들이 내 딸에게 마음을 두었던가 생각하니 월매는 과히 싫은 것이 아니었다.

“곤한데 일찌감치 자거라. 그리구 향단이 넌 나하구 같이 가서 안 자겠니?”

“자요.”

향단이 바느질 하던 것을 챙기고서 월매의 뒤를 따라 나오려니 문깐 쪽에서 개가 뭔가를 물어 뜯을 듯이 짖어대고 있다.

"저, 개가 왜 저러구 있을까, 원!"

월매가, 두어 발 걸어다니다가 들으니 매화나무 뒤에서 무언지 부스럭한다.

"에그머니! 저게 뭐냐?"

몇 발 더 걸어나가다가 나무 뒤에서 부스럭하는 소리에 월매는 그만 벌떡 나자빠지는데 나무뒤로부터 불꺼진 초롱을 들고 걸어 나오는 것은 방자였다.

"너, 너, 이녀석 나용쇠 아니냐, 응? 아닌 밤중에 담을 넘어 들어오다니, 네가 도적놈이지 사람 가죽 쓴 놈은 아니지, 응? "

월매는 후다닥 그자의 앞으로 달려간다. 방자가 뒤를 돌아다봤다.

"도련님! 이왕 이쯤 됐으니 그만 나오시죠!"

부스럭하고 나뭇잎 흔들리는 소리와 함께 사람 하나가 나타나는 것을 보자 월매는 두 번째로 놀라서 뒤로 두어 걸음 물러섰다.

"아니, 도련님이라뇨?"

몽룡이 헛기침을 해 가며 여기 있는 내색을 하자 월매는 쏜살같이 달려가서 허리를 굽신댄다.

"아이구, 정말 도련님이시군요. 이 늙은 것이 어둔 탓으로 도련님 계시는 것을 모르고서 그만 함부로 입을 놀려 대고 말았습니다. 노여워 마시오. "

그제야 마음의 안정을 얻고서 몽룡도 불빛 있는 쪽으로 걸어나왔다.

"이 양반이 낯선 집에 와서 놀라게 하여 되려 미안하오. "

"아이, 별말씀을 다 하시는군요. 어서 안으로 들어가사이다. "

정말로 자가다 변을 만나도 이만저만한 변이 아니라서 월매는 어찌 해야 좋을지를 몰라 춘향의 방문을 두드린다.

"춘향아, 너 좀 나와 봐라. 손님 오신다."

"밤에 우리 집 찾아올 손님이 어디 있다오. 어머니?"

살며시 문을 열고 나와보니, 아닌게 아니라 어머니가 몽룡과 방자 를 인도해 오고 있는 것이다.

너무도 이외의 일에 가슴이 덜컹해서 춘향은 아무 말도 못하고 돌아서 버리고 말았다.

문위에 부용당(芙蓉堂)이라 써붙인 방으로 들어가서 몽룡이 자리 에 앉는 것을 기다려 월매는 춘향의 치맛자락을 잡아당겼다.

"어서 앉아서 인사드려라. 도련님께서 이 먼델 널 보러 일부러 오셨단다. 아이 자식두, 첨엔 누구나 다 초면이지. 부끄러워 말구서 어서 인살 드리라니까? "

"누추한 집엘 일부러 찾아 주셔서 황송하옵니다."

두 손을 머리위로 올려 고이 앉으면서 절을 드리니, 몽룡이 감격해 서 몸을 반쯤 일으켰다 앉는다.

"말없이 초면에 집을 찾아서 예가 아니오만, 이 사람은 갑인사월 초사일생(甲寅四月初四日生) 이 몽룡이라 하오. 꿈몽자(夢) 용룡 자(龍)! "

월매는 그저 좋기만 해서 입이 벙글벙글하며 춘향을 집적한다.

"너도 이름을 대어 드려야지. 제 성명은 성 춘향이라고 하옵니다. 하고 말씀을 해 올려라. "

"오오, 성 춘향! 무슨 자, 무슨 자던고?"

그제야 춘향은 공손히 허리를 굽혔다.

"봄춘자(春) 향기향자(香)이옵니다."

"어어, 그 이름 참 좋구나! 춘향, 춘향, 좋은 이름이로구나! "

이 이름에 대해서는 사실상 내력이 없지 않은 것으로 그 옛날 월매가 성씨(氏)라는 사람이 남원부사로 내려왔을 적에 수청을 들어 아이를 배었는데 꿈에 한 선녀가 복숭아꽃 한 가지를 가져다 주면서 이꽃을 고이 가꾸어 이화(李花)와 접을 붙이면 장래에 크게 변화하리라하므로 다음 날 딸을 낳은 뒤에 복숭아꽃이란 곧 봄향기라, 그래서춘향(春香)이라 이름 지은 것이었고 월매가 이날 낮의 꿈에 용꿈을보자, 지금 꿈몽자(夢) 용룡자(龍)의 이름인 몽룡을 만나게 되는것과 한가지로 전날 선녀가 예언해 주던 대로 오늘 이화가 접을 하게되느라고 이씨(李氏)인 사또 자제가 찾아온 것으로 일이 맞아 들어가는 것이다.

몽룡은 다시 춘향을 돌아다봤다.

"그래 나이는 금 년에 몇이구, 생일은 언제인고?"

춘향이 차마 말을 못해 얼굴을 옆으로 가져가니까, 월매가 또 옷자락을 잡아당긴다.

"아아니, 왜 대답을 못해? 나이는 열 여섯 살이고, 생일은 사월초파일이라고 해드리려무나! "

이럴 때에 향단이가 술상을 들고 나오는데, 술상이 채 이 자리에내려지기도 전에 몽룡은 말했다.

"실은 내가 춘향이가 글 잘한다는 소문을 듣고 온 것이기는 하지만그보다도 더 긴한 생각은…… "

안나오는 말을 억지로 끄집어내려 하고 있으니까 또 방자가 힘이 되어 준다.

"뭘 그렇게 어려운 말을 하시려고 그러십니까? 그냥 쉽게 내가
오늘 밤에 자네 딸과 백년 가약을 맺을 생각으로 왔다하면 될 게
아니오?"

"정말이오, 도련님?"

월매는 놀람 반, 반김 반으로 입에 물었던 담뱃대를 빼면서 물었
다.

"이왕 말이 났으니 말이오만 늙은이의 의향은 어떻소?"

펄렁대는 사나이들의 일시 바람인가도 여겨지기는 했지만 명색이
양반의 자제로서 더구나 남의 집 내정까지 찾아들어온 사나이의 언명
이 그리 무책임할 것 같지는 않았다.

"어떻다뇨? 그 말씀을 듣기만 해도 하늘에 오른 듯하군요."

기쁨이 넘쳐서 월매는 눈물을 찔끔찔끔 쏟다가 다시 술 한 잔을
부어 바친다.

"여보, 장모!"

술기운이라고는 하지만 어쩌면 이토록 대담해지는 것일까?

몽룡은 게슴츠레한 눈을 반쯤 또고서 월매에게 잔을 권했다.

"춘향이도 미혼이오, 나도 아직 장가 전이니 우리 이 자리에서
육례(六禮)는 못 간춘다 하더라도 오늘 밤에 백년 가약을 맺는
게 어떻겠소?"

이 소리에 반기는 월매의 표정과 놀라는 춘향의 표정이 동시에
엇갈린다.

"지금 당장에 예식을 안 갖춘다 해서 과히 걱정할 건 없소. 우선
부모님들이 두려워서 표면으로 버젓한 장가도 못 드는 실정이지만

양반의 자식이 한 입에 두 말을 하겠나? 장모, 그렇지 않소? ”

“아, 아아니……”

갑자기 응답을 구하는 말에 월매는 우선 어물거리지 않을 수가 없었다.

“듣고 보니 도련님 말씀도 무리는 아니구료. 그렇지만 오죽하면 인륜대사라니, 혼서예상(婚書禮狀), 사주단자(四柱單子)해서 무슨 필적이나 하나 해 주시지요? ”

“어머니……”

춘향이가 무슨 추궁을 하려고 부르는 것을 월매는 모른다.

“너 가만 있어! 글이라면 몰라도 세상물정을 아는데는 네가 나만은 못 할거야! ”

그리고는 몽룡을 건너다본다.

“그럼, 지금 곧 지필을 가져오오.”

말 떨어진 김에 떼를 놓치면 안될세라, 월매가 문방구를 내어 먹을 갈아주니 몽룡은 간지(簡紙)를 두루루 펴 놓고서 황모필에 먹을 흠뻑 묻혀 한숨에 내려쓴다.

써 놓은 글자는 〈천장지지 해고석란 천지신명 공증차맹(天長地之 海枯石爛 天地神明 公證此盟)〉의 열 여섯 자였다.

“이만하면 되겠소? 무궁한 세월에 바다가 마르고 돌이 타는 한이 있다 하더라도 우리 두 사람의 뜻은 변치 않을 것을 천지신명께 맹세한다는 뜻이오. ”

“아이구, 도련님이 쓰셨는데 어련히 잘 쓰셨을라구. 자, 그 턱으로 이 잔은 특별히 뜻 깊은 잔이오. 한 잔 드시오. ”

몽룡이 잔을 받아 반쯤 마시고 나서 춘향에게 권하니 월매가 거든

다.

"애야, 첫날 밤이면 합환주(合歡酒)가 있어야 할 게 아니냐? 어려워 말고 어서 받아 마셔라. "

춘향이 얼굴을 붉히면서 잔을 받아 입술을 적시자 다음엔 몽룡이 월매에게도 권한다.

"합환주가 있으면 장모한테 드리는 예주도 있어야 할 게 아니오? 그런 뜻으로 또 한 잔 드시우. "

"호호호, 나야 뭐!"

하고 웃기에 좋아서 그런 줄로만 알고 있었더니 잔을 받아 입가로 가져간 월매는 잔을 도로 상 위에다 놓으면서 훌쩍훌쩍 눈물을 흘린다.

얼마 뒤에 월매도 자기 방으로 돌아가고, 방자도 제 곳으로 돌아갔을 때 춘향이 금침을 내려서 까는 동안 몽룡은 웃옷을 벗어 병풍에 건다.

"그런데, 춘향아!"

"말씀하시어요."

몽룡은 그냥 잠자리에 드는 것만으로는 아까와서 춘향의 목을 안아 뜨거운 볼을 문지르고 나서 말캉한 손을 잡아다 거문고 위에 놓아준다.

"내 진작부터 이 소리를 듣자 한 것이야, 어서 한 곡조 타 줘! "

몽룡의 팔에서 벗어 나간 춘향은 분길같은 손으로 줄을 고르더니, 나직한 노랫소리에 맞춰서 거문고를 타기 시작한다.

몽룡이 춘향과 한 번 인연을 맺고 난 뒤로부터는 만사에 뜻이 없어 언제나 밤 되기만 기다리면서 춘향의 집을 찾아가 끝없는 사랑의 희롱으로 나날을 보냈다. 그런데 좋은 일에는 마(魔)가 들기 쉬운 탓일까? 몇 달이 못가서 그의 앞에는 놀라운 소식이 떨어졌다.

여느때와 다름없이 이 날도 소풍한다 핑계하고 몽룡이 춘향의 집에 와서 놀고 있으려니까 방자가 부르러왔다.

"도련님 사또께서 부르시와요."

급히 방자를 따라 동헌으로 돌아온 몽룡은 아버님 앞에 나아갔다.

"넌, 요새 어디를 그렇게 자주 나다니니?"

"광한루에 갔다 왔습니다."

"내 들으니, 간간 밖에서 괴이한 소리가 떠돌고 있는 모양이더라만 설마하고서 믿지는 않는다. 그러나 사내 자식이 나이가 이십이 가까왔는데 집안에 경사가 있어도 그걸 모르고서 돌아만 다닌단 말이냐? "

"아버님! 경사가요?"

"동부승지(同副承旨)가 되어서 내직으로 들어가게 되었다. 나는 문서 정리를 다 해놓고서 천천히 올라갈 터이니 너는 네 모친과 함께 내일로 먼저 올라가도록 해라. "

그 소리를 들으니 몽룡은 눈물이 펑 쏟아졌다.

"아버님!"

"더 물을 것도 없다. 도임한 지 일 년 내외에 벼슬이 올라갔으니 그 위에 더 좋은 일이 어디 있겠느냐? "

할 수 없이 동헌을 물러 나온 몽룡은 내아(內衙)로 어머니를 찾아 춘향과의 이야기를 다 털어 놓고서 구원을 청했다. 그러나 어머니의 대답은 기대 밖의 차가운 것이었다.

"너는 양반의 자식이야. 세상이 별소리를 다해도 나는 너 하나만을 믿고서 귀홀려 들어왔더니만 그게 정말이었구나! ”

“어머니! 그 아이는 어머니가 생각하고 계시는 그런 천한 계집아
이가 아니에요. ”

“네가 내 앞에서 화류방(花柳房)에 있는 계집의 자랑을 하려드는
게냐! 나는 또 한번 너에게 말해 둔다. 너는 대대 양반 집안의 후손
이야. 나이 이십도 못된 어린 것이 기생작첩을 해 세상의 소문거리
가 되다니 부끄럽지도 않단 말이냐! 네가 꼭 떠나기를 싫어한다면
난 혼자서 내일로 떠나겠다. ”

인자할 때는 새깃보다도 더 따스한 어머니의 품이었지만, 엄할
적에는 얼음보다도 더 차가운 어머니의 꾸지람이었다.

일이 이쯤 되니 싫으나 좋으나 내일이면 떠나지 않을 수가 없게
된 몽룡이라 그는 저녁 밥상을 받자 빈 숟가락만 들었다 놓았다 하
가 어둡기를 기다려서 춘향의 집으로 갔다.

대문 안을 들어서니 춘향은 뜰끝에 나와 서서 몽룡이 오기를 기다
리고 있었다.

“도련님, 어찌 이렇게 늦으셨소?”

그러나 무슨 일이 났음일까 한 번도 그런 일이 없었는데 물어도
대답을 않고 반겨도 응대를 하지 않는다.

“아까 부름을 받고 들어가시더니, 사또 나리한테서 꾸중을 들으셨
소? ”

몽룡은 고개를 내젓더니만 아예 엉엉 소리를 내어 울고만다.

“도련님, 말씀을 하세요. 무슨 일이 생겼기에 이렇게 서러워하세
요? ”

“아버님이 동부승지 당상에서 한양 내직으로 들어 가게 되었다.

그제야 춘향은 떨어져 앉으면서 손뼉을 치고 웃는다.

"글쎄, 아무래도 나 놀라게 할 장난을 하는 것 같더라니! 그런데 아무리 장난이긴 하더라도 웃으면 웃었지 울기는 왜 우신단 말씀이요? 사또께서 승차를 하셨으니 너무 좋아서 우신단 말씀이오? 도련님 올라가시는데 제가 안 따라 갈까 봐서 우신단 말씀이요?"

"어쩌면 네가 내 속을 그렇게도 못 알아주느냐? 일이 어렵게 됐으니까 내가 이러는 게 아니냐?"

"어렵게 됐단 말씀이 무슨 말씀이오?"

"너도 참 딱하구나! 내가 너를 못 데리구 가게 됐으니까 이러는 게 아니냐?"

춘향은 바싹 다가앉으면서 눈을 똑바로 뜨고 쳐다본다.

"그건 무슨 말씀이오? 죽어도 같이 죽고, 살아도 같이 살 우리두 사람의 처지가 아니오?"

"아버님껜 차마 못 여쭙고, 어머님께만 사정을 해봤더니, 글쎄 양반의 자식이 부형 따라 시골에 왔다가 기생작첩을 해 데리고 올라간다면 조정에 들어 벼슬도 못하게 될 뿐 아니라, 장차 족보에는 빠지고 사당의 제사 참례도 못하게 된다고 마구 꾸지람을 하시지 않아. 그러니 이 일을 어떻게 한단 말이냐?"

춘향은 별안간 눈썹이 꼿꼿하게 서면서 입술을 바르르 떤다.

"그러니까, 너는 데리고 갈 수가 없다. 이런 말씀인가요?"

춘향은 이를 뽀도독 갈면서 경대고, 문방구고 할것 없이 마구 손에 닿는 대로 집어 문 밖으로 내던진다.

"서방 없는 춘향이가 세간살이 무얼하며 단장은 누구를 보라고 한단 말이냐? "

춘향이 애고지탈 두 주먹으로 가슴을 치면서 방성통곡을 하니까 초저녁부터 옷을 벗고 드러누워 있던 월매가 잠을 깨었다.

속옷바람으로 가만가만히 가 영창 밖에서 엿들으니 이것은 사랑 싸움이 아니라, 진짜 미움의 싸움이다. 옷을 주워 입기가 바쁘게 춘향의 방으로 건너갔다.

"왜들 이러니?"

"어머니! 도련님이 가신대요."

"도련님이 어디루 가셔?"

"사또께서 동부승지 당상해서 내직으로 들어 가신대요."

그 소리를 듣더니 월매는 무릎을 탁 치면서 히히 웃는다.

"나 모르는 새 그런 경사가 났단 말이냐! 이것아, 도련님 댁에 경사가 났으면 내 집에도 같이 경사가 난 셈이 아니냐. 그런데 울기는 왜 우니. 나는 남아서 세간살이 방매해 가지고 천천히 올라갈테니 너는 내 걱정 말구서 도련님 따라 먼저 올라가거라. "

"도련님이 못 데려 가신데요."

"뭐가 어떻다고?"

"도련님! 이년의 한 말이 정말이오?"

"글쎄, 데리고 가면 조정에 출세도 못하고 선영께 봉제사도 못하게 된다고 야단이시니 도리가 없단 말이오. "

이 말을 듣고 월매는 주먹으로 가슴을 타탁 치면서 통곡한다.

"아이구, 인제 내 딸 춘향은 죽었구나. 두 내외 팔십 살을 살아도 백발이 되었다 한탄을 하는 세상인데, 이팔청춘 어린 나이에 독수 공방으로 허송 백년을 보내야 하다니 아이구 이 일을 어찌할꼬!

너 이놈 오늘밤에 초상이 안나는가 볼래? ”

두상이고 가슴팍이고 마구 잡아 뜯는 바람에 몽룡은 혼비백산하여 어쩔 줄을 몰라 하고 있는데, 춘향이 말했다.

“어머니! 그만 건너가 주무세요. 도련님도 오죽하면 저런 말까지를 하겠소. 누구를 원망하겠소. 다 우리가 여자 팔자를 타고난 죄가 아니겠소. ”

“아 아니, 이년 봐라! 인젠 이년까지도 창자가 뒤집혀진 모양이로구나. 그래도 제 서방이라고 서방편 들어서 말을 하네! ”

“못 따라 가는 제 간장도 썩지만, 버리고 가는 도련님 가슴인들 오죽이나 쓰리겠소? ”

“어 허어, 이 집에 열녀 하나 났구나, 아! ”

기가 막힌 월매, 영창을 더러럭 여니 향단이 문 밖에서 기다리고 있다가 소매를 끈다.

“너무 기를 올리시면 몸에 해로와요. 어서 건너가 주무세요. ”

“오냐, 이 도둑놈아! 하늘이 두쪽 나는 한이 있더라도 춘향이를 내 집에 내버려 두고는 못갈 터이니미리 알아서 해라! 안그러다가는 이 집 구석에서 떼죽음이 난다는 것을 알아야 한단말야! ”

향단의 부축을 받으며서 월매가 자기 방으로 돌아가고나니, 춘향은 몽룡의 옆으로 가서 어깨에 손을 얹었다.

“도련님! 어머니가 너무 사나운 말씀을 했다고 해서 깊이 느끼진 마세요. 화가 터질 적에는 저렇게 불칼같지 그래도 한번 식고만 나면 또 그만큼 싹싹한 성미도 드문 분이예요. 그렇지만 뭐니 해도 저의 꿈은 산산히 깨어지고 말았어요. ”

“춘향아, 할 말이 없다. 그러나 내가 가면 아주 가며 아주 간들 너를 잊겠느냐? ”

“모르겠소. 죽어도 인젠 당신 사람, 살아도 인젠 당신 사람이 아니오? 우리 모녀의 평생 신세는 도련님 손에 매어 있는 것이니 알아서 해 주세요. ”

“염려마라. 금방(金榜)에 급제만 하면 너를 불러 올릴테다. ”

“그럼, 그 날이 오기만 기다리겠어요. 도련님! 여자가 약하다는 걸 알아주세요. ”

가슴에 폭 안겨 흐느끼니 몽룡은 주머니로부터 조그만 한 거울을 꺼내준다.

“춘향아, 이별의 표적이니 이것을 받아라. 장부의 밝은 마음은 이 거울과 다를 바가 없다. ”

대신으로 춘향은 손에 끼었던 반지를 뽑아 주었다.

“이것은 제가 제 살같이 몸에 붙여 두고 있는 것이에요. 도련님, 몸에 차시고서 저를 본 듯 한시도 잊지 말아 주세요. ”

“오냐, 고맙다! 고맙다. 너무 서러워 말고 나를 기다려라. ”

필경엔 몽룡도 울면서 눈물에 젖은 볼을 맞대어 춘향을 위로하는데, 멀리서는 첫닭 울음소리가 흘러온다.

이 몽룡의 아버지 한림이 서울로 전근되어 올라간 뒤 부사가 몇 사람이나 갈려가고, 봄이 몇 차례가 지나갔지만, 서울서부터는 편지 한 장이 없었다.

이날도 월매가 퇴끝에 걸터앉아서 힘없이 먼 산만 바라보고 있는데 뜻밖에 잘 오지 않던 행수기생(行首妓生)이 온다.

“형님, 계시오? 나 동생 난주(蘭舟)요.”

“아이구, 동생이 어쩐 일인고. 통 안 보이더니만.”

"그 동안 더러 오고는 싶었지만, 알뜰한 도련님 사위 둔 사람이
나 같은 것 보아 주기나 할까 하구서 안 왔지! "

"아이구! 동생, 농담은 변하지 않았구나. 어서 올라오게."

"춘향인?"

"제 방에 들어 있지. 우리 그 방으로 갈까?"

"그래 서울에서 자주 소식은 있구?"

"소식이 있으면 왜 이 식구들의 꼬라지가 이 모양으로 되어 있겠
나! "

"형님이나 나나 그런 일을 범연히 겪어 보았소. 아유, 서울놈 말도
마우. 말짱한 인물 그대로 썩혀 두지 말구서 지금이라도 기생에다
넣으시우. "

"그년이 말을 들어 줘야지!"

"아이구 형님은! 언제는 자식이 먼저 어머니, 날 기생에 넣어 주시
유우 하겠소? "

방으로 들어가니 춘향은 엎어져 있다가 일어나는데 얼굴이 수척
해서 꼭 앓고 난 사람같다.

"애야, 행수 아주머니 오셨구나. 인사 드려라."

"아주머니 안녕하시어요?"

"아이구머니나, 네 얼굴이 왜 그 모양이니? 이러다가 사람 놓치겠
다. 그까짓 소식도 안 전해주는 사내놈을 생각만 하고 있으면 무얼
하니. 금방 내가 이 형님한테도 말을 한 다음이다만 괜히 속절없는
청춘만 늙히지 말구 지금이라도 호장(戶長)한테 기안(妓案)에
올려 넣도록 해라. "

"아주머니! 고마운 말씀입니다만, 사람이 어떻게 한 번 먹은 마음

을 고쳐 먹습니까? 나는 그 분을 믿고 있어요. ”

난주는 기가 찬 모양이었다.

“흥! 점잖고 의젓하다. 이 집에 정절부인(貞節夫人) 명정 띄우게
되겠네! ”

아니꼬와서 난주가 픽 비웃고 일어서 나가니 월매는 막혀 있던
한숨을 후우하고 한꺼번에 내쉰다.

이 도령이 과거에 급제를 해서 남원에 못내려 오면 무슨 소식이라
도 있어야 할 일인데, 글자 그대로의 무소식으로서 이번에 새로 부임
해 내려오게 된 신관(新官)은 서울 자하골(紫霞洞)에 살고 있던
변 학도(卞學道)란 사람이었다.

본시 성미가 고집불통 괴팍한 대다가 특히 남달리 풍류요, 주색을
좋아해서 서울에 있는 아래 웃 대의 큰기생 새끼기생, 기생치고서
오입을 안 해본 기생이 없을 만큼 이름이 나 있던 호걸이었다.

발령이 나자 임지(任地)인 남원에서 인사를 드리러 부하 관원
일행이 자하골의 본댁을 찾아왔다.

“신연(新延) 이방 현신 아뢰오.”

신연은 고을에 있는 관속들이 새로 부임해 오는 상관을 맞이하는
것, 이방은 이전(吏典)에 관한 사무를 맡아보는 책임관, 현신은 아랫
사람이 상전에게 처음으로 인사드리는 것을 말하는 것이다.

인사가 끝나기를 기다려서 변 학도는 일부러 위엄을 보이느라고
배를 썩 내밀고 컹컹 큰 기침을 몇 번하고 나서 말했다.

“올라오느라고 매우 수고들 했다. 그런데 공사는 차차로 물으려
니와 듣기에 너희 고을이 색향(色鄕)이라더니 정말이냐? ”

“예에?”

이방은 목을 쑤욱 빼고서 눈을 둥그렇게 떴다.

지금 부하들로부터 처음 인사를 받는 자리에서 크고 급한 공사일 다 젖혀두고 하필이면 남원이 색향이냐, 아니냐를 묻는 것이 아무래도 자기의 귀를 의심해 보지 않을 수가 없는 일이기 때문이었다.

"허허어, 이방이 귀가 먹었군그래. 너희 고을이 정말 색향인가 그걸 물어보는 거야. 그런데 그 무슨 양인가 하는 것이 제일 유명하다면서? "

"예에, 뭐라고 하셨습죠?"

"너희 고을의 일색 기생에 무슨 양인지 향인지 하는 것이 있다고 하잖아? "

"예에, 일색 기생이 많사옵니다만, 향이라고는 계향이, 월향이, 화향이, 춘향이가 있사옵니다. "

"으응, 참 춘향이라고 했겠다? 그래, 그 애가 잘 있느냐? "

"예에, 무고하옵니다."

얼떨결에 대답은 해 놓았지만 아무래도 귀찮은 상전 하나를 모시게 되었다고 생각해 보는 이방이었다.

"그 아이는 기생이 아니옵니다만……"

"아니고 기고, 잘만 있으면 그만이 아니냐. 음, 춘향이렷다! "

바랐던 대로 춘향이가 일색이란 말을 들은 변 학도는 두 어깨가 저절로 으쓱 올아갔다.

다음 날 부임길을 떠나는 데, 먼저 임금께 사은숙배(謝恩肅拜)를 한 뒤 사당에 참배하고서 숭례문(崇禮門)을 나와 며칠만에 전주(全州)를 거쳐 남원에 이르렀다.

동헌(東軒)에 자리를 정해 앉아 도임상(到任床)을 받으니 이게 벼슬의 맛이던가 싶어서 저절로 입이 벌어진다.

"행수 문안이오."

행수(行首), 군관(軍官), 집례(集禮), 이방(吏房), 예방(禮房), 형방(刑房),병방(兵房),공방(工房) 등 육방 관속들이 차례로 현신을 드리니 그동안 마음은 딴 곳에만 가 있었던 듯 수노호장(戶長)을 부른다.

"빨리 기생 점고(點考)부터 해라아!"

미쳐도 예사로 미친 것이 아니다. 허다한 공사 다 버려두고서 도임 초일에 기생의 출석부터 부르려는 것이었다.

호장이 영을 받고서 급히 사령들은 시켜 기생들에게 알리게 한 다음, 기생들의 이름이 적혀 있는 안책(案冊)을 펴놓고 하나하나 호명을 한다.

"금신이—, 금옥이—, 금련이—, 능옥이—, 난옥이—, 홍옥이 —, 취향이—, 난향이—, 월향이—. "

숨이 찰 만큼 잇달아서 주워 삼키니까 사또가 향짜 소리에 귀가 번쩍 하는 모양으로 꼿꼿이 고쳐앉아 호방을 보고 소리한다.

"거, 호방 듣느냐?"

"예—이."

"너희 고을에 춘향이가 있단 소리를 들었는데 점고에 없으니 웬 일이냐? "

이크! 또 맘령이 나기 시작했다고 생각하고 이방은 안책을 척덮고 고개를 땅바닥에 바싹 숙여가지고서는 사연을 아뢴다.

"춘향은 기생이 아니오라, 퇴기 월매의 딸이온데 기안(妓案)에 착명한 일이 없고 여염해서 생각하압더니 전전 등내 구관(前前等

內舊官) 책방 도령님이 머리를 얹었나이다. ”

사또는 무엇을 생각했는지 혼자서 고개를 끄덕하더니만 또 호방을 내려다본다.

"내 듣기로 춘향은 원기(原妓)의 자식이요, 또한 인물이 절색이라 하니 기안에 착명하고서 바삐 현신시키도록 해라. ”

영이 떨어지는 대로 호방이 금방 착사(着使)를 놓아서 춘향을 붙들어 올 일이지만, 전부터 춘향의 성품을 알아오는터라 한 마디만 더 걸어본다.

"천정의 연분이든지 백년가약을 맺어 놓고 구관사또 자제 이 도령이 가실 적에 과거급제만 하면 데리고 가마 언약을 했기 때문에, 춘향은 그것을 믿고서 수절을 하고 있삽나이다. 그 아이가 근본 기생의 딸이옵긴 하오나 덕색(德色)이 장하기 때문에 여러 권문세족의 양반네와 일등 재사 한량들과 내려오시는 사또마다 한 번 보기를 원했지만 모녀가 굳이 듣지 않기로 별 도리가 없었던 것이 옵니다. ”

그 말을 듣더니 사또는 수염이 거꾸로 설만큼 펄펄 뛰면서 소리를 지른다.

"내가 하라면 첫 말에 당장 대령을 하는 것이지, 수절이 다 뭐 말라 죽은 게란 말이냐……? 만일에 춘향을 시각 지체하다가는 공형(公兄)이하 각청 두목(各廳頭目)을 한 묶음으로 대가리를 잘라 놓을 터이니 바삐 대령시켜라. ”

이 바람에 육방이 소동, 각청 두목이 넋을 잃어서 모두가 앞으로 갔다가 뒤로 갔다가 어찌할 바를 모른다.

　신관 사또가 부임해 왔다가 해서 온 남원 천지가 수군들썩 구경을 가느라 정신들이 없었지만 춘향의 모녀만은 고개를 쭉 빼고서 하나는 방 안에서 벽을 지고 앉아 있고 하나는 퇴끝에 나와 걸터앉아 있는 데, 별안간 밖에서 대문 흔드는 소리가 난다.

　"향단아, 나가봐라, 밖에 누가 왔나 보다."

　향단이가 나가서 빗장을 뽑으니 뛰어들어오는 것은 군노 사령들이 었다.

　무슨 일이 났을까 하고 가슴이 덜컹했지만, 월매는 아닌 체 하고서 뜰로 내려섰다.

　"아이구, 김 번수 박 번수가 오늘 우리 집에 어인 일인고. 그래 이번 서울 갔던 신연(新筵) 길에 노독이나 아니냐구? 그런데 이 사람아, 참 서울 갔던 김에 구관댁엔 한 번 안들려 봤나? 갔더면 편지라도 한 장 전해 주었을 텐데. "

　"편지구 뭐구, 춘향이는 어디 갔나?"

　"아이구, 춘향이를 물어주니 고맙네만, 저게 매양 병석에 드러누워 있기만 하니 집안 꼴이 말이 아닐세."

　"흥, 병들어 누워 있다 하면 슬쩍 눈감아 줄줄 알구서?"

　"이 사람아, 눈을 감는단 말이 웬 말인고. 그새 무슨 일이라도 생겼단 말인가? "

　"신관 사또가 춘향을 잡아다가 현신하랍신다네."

　월매는 뒤로 벌떡 자빠질 듯 눈이 둥그레진다.

　"아아니, 이 사람아, 춘향이를 잡아 오란다니! 그 애가 기생인가, 기안에 착명이라도 한 일이 있었던가? "

　"누가 알어? 잡아 오라니까 잡으러 온 것 뿐이지. 그래 대관절 춘향인 어디 있어? ”

“여보게, 이 집안에 있는 춘향이 설마 달아나겠나? 어서 잠시 올라 가기나 하세. 참 자네들 하고 술 먹어 본 지도 옛날 같아! 얘, 향단 아, 안주는 없더라도 술상 내오너라. ”

세 사람이 마루에 걸터 앉기가 무섭게 술상이 나오니 월매는 큰 사발에다 술을 주루룩 따라 붓는다.

“정말로 오래간만이다. 오늘은 술이나 실컷 하고 가거라. 그러구 이건 몇 푼 안된다만 나누어서 용돈에다 쓰도록 하구. ”

“아? 이게 무슨 짓이요!”

“내가 인정으로 주는 게지 다른 뜻이 있어서 그러는 게 아니다. 어서 넣어? ”

대접을 깍듯이 하는 위에다가 술 주고 돈 주고 하니, 놈들은 초장 부터 질려서 모두 콧구멍이 벌름거리기만 한다.

“사실 시키는 게니까 온 것뿐이지 우리가 나쁜 건 아니여. ”

“걱정 말어! 우리가 있는데 설마 춘향이 하나쯤 못 빼내 주겠나? 그렇지만 이 돈은 갈라서 넣기가 거북한 걸! ”

또 내어다 주고, 또 내어다 주고 하니까 놈들이 얼마나 술을 쳐먹 었던지 하늘이 돈짝만 하고 세상이 노랗게 보이는 모양이었다.

“자, 동헌에서 우리를 너무 기다리고 있어도 안될 거닝께 인젠 일어서서 가세! ”

세 놈이 각각 꽁무니에다 돈꾸러미를 꿰어 차고서 어깨 동무해 걸어가다 보니 벌써 싸문 앞에 다다랐다. 그러나 춘향을 잡아 오지 못한 그들은 필경엔 꽁꽁 묶여서 옥 안으로 끌려 들어가고 말았다.

“아유——하마터면 큰일 날 뻔했지!”

월매가 자리를 치우고 나서 마악 앉아 담배를 재고 있으려니까 또 덜커덩 대문 소리가 나더니만 행수기생 난주가 손벽을 딱딱 치면서 들어온다.

"여봐라 춘향아! 너만한 정절(貞節)은 나도 있고 너만한 수절은 나도 있다. 세상에 남 안 낳은 딸을 낳아서 남 안 가진 양반 서방을 가져서 그리 시끄러우냐! 정절 부인 아가씨! 수절 부인 아가씨! 조그마한 너 하나 때문에 육방이 소동을 하고 각청 두목이 다 죽어 간다. 어서 썩 나오너라. "

그러잖아도 이때까지 놀라고 난 다음이라 어리둥절해지는 것은 월매였다.

"동생 왜 이러나?"

"왜 이러고 왜 저러구, 인제는 정절 부인도 소용이 없게 됐나부다. 춘향이 안 잡아 온다고서 지금 동헌이 휠떡 뒤집어졌다, 어서 가자 애 춘향아——. "

울상이 된 월매는 난주의 두 손을 잡고서 막는다.

"동생이 왜 이러나 정말, 응? 네가 행수를 해 먹으면 몇백 년이나 해먹겠나? 보자 하니 괄시가 너무 심하구나, 응? "

이럴 때에 사령 두세 명이 와락 들여닥치더니만 신 신은 채로 방에 뛰어 들어가서 춘향을 끌고 나온다.

"너 이 화적같은 놈들! 춘향이가 살인을 했더냐 남의 집에 들어가서 도둑질을 했더냐, 왜 잡아 가는 거냐? "

월매가 달려들어 두 놈을 잡아 뜯으니까 춘향은 각오를 한 듯 되려 어미를 떼어 말린다.

"어머니, 내버려 두세요. 설마 사람이 한 번 죽지 두 번 죽겠소?

춘향이가 동헌으로 잡혀간다는 소문에 골목이 하얗도록 사람들이
나와 구경을 하고 있는데, 청령급창(廳令級唱)은 대뜰 위에 나서면서
크게 목을 빼어 외친다.

"춘향 현신이오——."

사또가 내려다보니까 과연 듣던 말대로 우아하게 생긴 여자다.

"음, 대상으로 오르래라!"

춘향이 마지 못해 조심조심 청상으로 올라가서 한 옆에 다소곳이
앉아 고개를 숙이고 있으니, 사또는 뚫어지란 듯이 바라본다.

검은 머리, 하얀 살결, 곱게 앉아 있는 양자까지가 마음에 쏙 들기
만 해서 깎은 밤처럼 바자작 깨물고만 싶은 욕심이다. 보고 또 보고
하더니, 신관 사또는 말했다.

"너 들어라. 오늘부터 몸단장 정하게 하고서 수청 들도록 해
라!"

그 소리에 춘향은 고개를 들었다. 그림인 듯 둥그스름한 얼굴에
별빛같이 맑은 눈을 반짝이면서 고운 입을 연다.

"사또 분부 황송하오나, 소인은 임자가 있는 몸이오이다. 일부
종사를 하였사옵니다."

낭랑하고 조리있는 말씨에 사또는 이거야! 하고서 마음 속으로
놀랐다가, 이내 얼굴을 풀어 웃음을 지었다.

"네가 어쩌면 그렇게 아믈다우냐? 얼굴 보고 말 들으니 안팎이
다 일색이로구나. 그러나 너 들어 보아라. 이 도령이란 어린 아이
가 급제를 하고 나면 천리타향에 일시의 장난으로 얻었던 너를
생각이나 할 듯하냐? 가련한 네 신세는 꽃가지에 서리요, 약한
풀에 티끌인 거야. 이렇게 아무 보람없이 허송세월을 보내고 있다

가 늙어지면 너만 서럽지, 수절했다고 해서 누가 네게 다 열녀문
세워 줄 듯하냐! 아무리 소견없는 여자라 하더라도 너도 한 번
생각해 보렴. 글쎄 네 고을 관장에게 매이는 게 유리하겠느냐?
그까짓 소식도 없는 어린 아이에게 매이는 게 유리하겠느냐? 그만
내 시키는 대로 하라! "

"천지간 만물 중에 사람이 귀하다는 것은 인륜이 있는 까닭이옵니
다. 그 신하가 임금을 잊고 그 자식이 어버이를 잊는다면 어찌
그것을 사람의 도리라 하겠사옵니까? 산이 무너져서 바다가 되는
한이 있더라도 한 번 먹은 신의를 저버릴 수는 없사옵니다. "

이 말을 듣더니 회계가 썩 나가면서 소리를 버럭 지른다.

"요, 요망한 년이! 사또께서 그만큼 말씀하시면 곧 순종을 하는
게지. 너같은 창기녀들에게 수절이 다 뭐고 정절이 다 뭐냐? "

겁 하나 없이 회계를 쳐다보던 춘향은 바르르 떨던 입술을 연다.

"귀하나 천하나 백성은 다 같은 백성이 아니옵니까? 충효 열녀에
도 상하의 구별이 있는 게 아니옵니까? "

"그러면, 너도 끝까지 정절을 지키고 말겠다 그런 말이냐? "

"어제까지도 그랬지만, 오늘도 그렇고 내일도 변함이 없겠사옵니
다. "

사또는 성이 불같이 나서 부채로 책상을 냅다친다.

"조 조, 조런 발칙한 년이 관장거역(官長拒逆)하는 죄는 엄형정배
(嚴刑定配)를 하라 했다. 죽더라도 서러워하지 마라! "

일이 이쯤 되니 춘향도 앞뒤를 잃고서 그대로 반발이다.

"유부녀 겁탈하는 죄는 무슨 죄로 다스리라 하였던가요? "

"아아니, 조 조, 조년이!"

부채로 또 탕탕탕 책상을 치던 사또는 너무 흥분한 나머지 두눈이 캄캄, 첫 마디에 목이 콱 쉬면서 망건 편자가 툭 끊어지고, 상투 윗고가 발끈 넘어진다.

"이년을 당장 잡아 내려라!"

턱을 덜덜 떨면서 집이 떠나가라 호령을 하니——통인이 예에 대답을 하고서 춘향의 머리채를 끌어 내린다.

사령이 그것을 받아 뜰 아래로 차내리니, 군노 사령들이 벌떼 같이 달려들어 헝클어진 춘향의 머리채를 휘휘칭칭 감아쥐고서 열십자 형틀위에다가 여섯 륙(六)자로 잡아 엎친다.

매를 칠 집장 사령들은 형장, 태장, 곤장들을 한아름 듬뿍 안아다가 형틀 아래에 좌르르르 쏟아놓고서 마음에 맞는 놈을 하나 씩 집어들고 영이 떨어지기만 기다린다.

그때 사또의 영이 떨어진다.

"너 이놈들아! 그년을 첫 매에 두 다리가 부러지도록 치되 만일에 사정을 두고서 헛장을 치는 놈이 있다간 당장에 네 놈들의 목이 없어질 테니 그리 알아서 각별히 마구 쳐라! "

"예에——이이! 저만한 년을 일호 사정 두오리까! 뼈가 부러지게 치오리다. "

곤장을 하늘 높이 쳐들고서 뒤로 두어 발 물러섰다가 우루룩 달려들며 한 개를 딱! 붙이니 부러진 형장개비가 푸르르 공중을 날다가, 상방의 대들보 아래에 가서 툭 떨어진다.

그러잖아도 병들어 오래 고생하던 몸이 매를 맞으려니 견디어 낼 재간이 없다. 그러나 인제는 악밖에 남은 것이 없어서 매가 떨어질 적마다 이를 악물고 사지를 바르르 떨면서 발악을 친다.

잇달아서 삼십대를 치고 나니, 백설 같은 두 다리에 살 한점 성한데가 없게 되었다. 사또는 후다닥 일어서더니 후우하고 한숨을 내쉰다.

"에잇 고년! 모질기로 이를진대 독사 이상이요, 독하기로 이를진대 고추 이상이다, 너 저년에게 큰 칼 씌워서 하옥시켜라!"

"예에——이이!"

춘향은 끌려서 동틀 아래에 내려놓으니 이미 의식을 잃어서 호흡도 제대로 못한다. 그 광경을 보자 형방 통인도 고개를 돌려서 눈물을 쏟고, 사령 군노도 목 메인 소리를 한다.

"에잇! 사람의 자식으로선 차마 못 보겠네."

춘향에게 큰 칼을 씌워 옥사정(獄司丁)이 업고 삼군 밖으로 나오니 모든 기생들이 뒤를 따르면서 운다.

"아이구, 서울집아, 부디 정신 차려서 끝까지 살도록 해라."

그럴 때에 월매와 향단이가 문 밖에서 기다리고 있다가 와락 달려와서 춘향에게 매달린다.

"에그 내 딸 죽었구나! 명찰하신 하나님네, 우리 춘향이 죽었습네——."

두 주먹으로 가슴을 치다가 땅바닥에 뒹구니 그 광경을 보고서 흐느끼지 않는 사람이 없다.

원한과 아픔과 이와 벼룩과, 그리고 춘향과 더불어 있는 독방의 옥 중.

손바닥만한 들창 너머로 쳐다보이는 하늘에는 유난히 이날 밤에 한해 별빛이 영롱한데, 시름에 겨운 춘향은 한탄이 절로 한숨이 되어 입 밖으로 나온다.

수십장탄, 옷깃이 젖도록 눈물을 흘리나 아무도 보아주는 사람조차 없다.

이렇게 쓰라린 일을 이 도령이 알고만 있어 주어도 덜 외롭겠는데 이 도령은 한번 가고난 뒤 다시는 소식이 없다.

다른 여자를 사랑하고 있는 것일까? 부모의 영을 거스르지 못해서 올라가던 길로 장가라도 들었단 말일까?

이 때 밖에서는 옥사정과 사령이 이렇게 말을 주고 받는다.

"여보게 사령!"

"왜 그러나?"

"아무래도 일은 심상하질 않아!"

"무슨일인데?"

"내일 아침 조사(朝査) 뒤에는 춘향을 올려 죽이려고 형장을 많이 깎아 올리라고 하니, 그거 아무래도 춘향일 죽이고 말지 않겠는가? "

"원, 세상에 그런 일도 다 있나? 위풍으로 그러는 거겠지. 설마 참말로 죽이기까지야 할라구! "

"망녕만 나면 못하는 일이 없는 사똔데, 정말 어떻게 할는지 그걸 누가 알어. 하여간에 혹시 무슨 도리라도 있게 될지 춘향이 보고서 서울에다 편지나 하나 해 보랬으면 좋겠어. "

"죽고 난 뒤에 기별이 오면 뭘 하나."

"그래도 모르고 있는 것보단 알고 있는 게 낫지 않아? "

"하기야 그렇지!"

사령이 돌아가고난 뒤 옥사정이 옥 안을 들여다보고서 춘향을 부른다.

"여보 서울댁, 자요?"

"아뇨, 왜 그러지요?"

"편지 한 장 쓰실까?"

"어디다요?"

"서울에요. 몸이 그렇게 수척해만 가는데 한 장쯤 보내놓으면 거저 있을 리가 있겠소? "

말은 아니해도 인제 무슨 결단이 나려나부다. 춘향은 선뜻 짐작되는 것이 있었다.

"옥사정님, 고맙소. 나도 진작부터 편지 전하고 싶은 생각은 간절했지만 전할 사람이 있어야죠? "

"사람이 구하면 있지. 여하간에 편지나 한 장 써 보시오. "

옥사정이 지필묵을 가져다가 옥 안에 넣어 주고 나서 편지 쓸 동안에 밖으로 나가 삯군을 구했다.

"여보게 동생! "

가서 찾은 것은 방자 나용쇠였다.

"형님이요? 이 아닌 밤에 무슨 일이오?"

"자네, 내일 아침에 좋은 일 하나 해야겠네."

"내가 언제는 나쁜 일만 하던가 뭐?"

"춘향이가 저렇게 다 죽어가고 있지 않아! 자네 오늘 서울 좀 가 주어야겠네. "

"춘향이가 죽는다는데 서울은 왜?"

"편지를 가지고 이 도령한테 간단 말야."

"그래, 편지는 쓰겠다든가?"

"지금 쓰고 있네."

"그럼 내가 갔다 오지."

누구보다도 인정이 많은 방자라, 그는 옥으로 가 춘향을 보기가 무섭게 엉엉 소리를 내어울었다.

"아이구, 자네가 오늘 왔구려! 사람의 정의가 어쩌면 날 한 번도 찾아주질 않는가? "

"보면 마음이 더 아프기만 한 걸요."

"자네 구관댁에 가서 내 편지 하나 전해 줄려나?"

"편지 쓰신 것 어서 주세요."

"그런데, 가서 도련님을 너무 재촉은 하지 마라."

"그런 염려마시구 그동안 몸이나 잘 보전하셔요."

방자도 돌아가고 옥방은 다시 쓸쓸하게 차가와 오기만했다.

여기는 서울 융문대(隆文臺) 과시장(科試場), 시험 문제를 내거는 현제판(懸題板) 아래에는 동대가 꽂혀 잇고, 장막 앞에는 흰 차일이 있어 중 안에는 일산(日傘)으로 발친 어좌에 임금님이 새 조복으로 성장을 한 모든 중신들의 호위를 받고 있다.

모두가 긴장해서 나무로 깎아 놓은 것같이 엎드려 있으니까, 사알(司謁)이 크게 소리를 뽑는다.

"시관 전진 전진(試官前進前進)── "

시관이 절을 한 뒤 대독관(代讀官)이 받아 들고서 현제판에다 걸어놓으니 시제(試題)「춘당춘색고금동(春塘春色古今同)!」

기다리던 차에 시제가 내어 걸리게 되자 수많은 선비들은 모두가 자세를 무너뜨리고서 설레이기 시작하는데 이 몽룡만은 선뜻 벼루에

다 먹을 갈더니 단숨에 죽 내려쓴다.

사람들 틈을 헤엄쳐나가 남보다 먼저 시험지를 바치니까, 시관
(試官)이 받기는 받으면서도 설마 이렇게 빨리 쓸 수가 있으리까
하고 몽룡을 눈여겨 내려다본다.

그러나 상시관(上試官)이 시험지를 들고 보더니 어어——하고
감탄의 한숨을 내쉰다. 그 뒤로 잇달아 들어오는 시험지들을 한 번씩
눈을 보낼 뿐 먼저 받아 든 이 몽룡의 글에만 몇 번이나 고개를 끄덕
이고 끄덕이고 하던 상시관은 붓에다 붉은 먹을 흠뻑 묻혀가지고
글자마다 큰 동그라미를 친다.

문체도 노련하지만 글씨마저도 능하고 뛰어나 있다.

"음, 드물게 보는 재주야!"

상시관이 탄복을 마지 못하면서 상지상등(上之上等)을 매겨 휘장
(麾壯)이라 써 내어 거니, 내어 걸린 글을 보고서 시험장이 일시에
와아! 하고 갈채를 하는 데 대독관은 어전에 나아가 큰 소리로 읽는
다.

"유학 신 이 몽룡 연 이십, 본 연안 거경 부통정대부 승정원동부승
지 참찬관 수찬관 이 준상(幼學 臣 李夢龍 年 二十 本 延安 居京
父通政大夫 承政院 同副承旨 參贊官 修贊官 李俊相)."

사알이 붓을 들어 「이 몽룡(李夢龍)」 석 자를 써내니 정원사령
(政院使令)이 장중이 뒤집힐 만큼 큰 소리로 외친다.

"이 쥬샹 자제, 이 몽룡이——."

"이 준상 자제, 이 몽룡——."

몽룡이 세수를 한 뒤에 도포를 고쳐 입고, 정원사령의 뒤를 따라
어전에 나아가 절을 하니, 임금님께선 어주 삼배(御酒三盃)와 어사화

(御賜花)를 내려 주시면서 특히 풍악을 내려주고 부수찬(副修撰)을 제수하시었다.

물 끓듯한 흥분과 격동의 도가니 속에 소용돌이 치고 있는 과거에서, 나와 이번 과거의 승리자 이 몽룡은 홍화문 밖을 나왔다.

십 리에 뻗친 행렬! 백성이 함께 춤추는 풍악, 이른바 자축행렬은 사흘을 계속해 행하여진다. 그러나 장원급제를 하고 나서 어느 일보다도 생각에 먼저 떠오른 것은 처음 춘향의 집에서 춘향에게 내가 장원급제를 하면 너를 불러 올리겠다고 한 말이었다.

자나깨나 잊지 못하던 춘향을 만나는 일!

이제는 춘향을 만날 수도 있게 되었지만 그러나 지금까지 변하지 않고서 춘향이 옛모습 그대로 자기를 기다리고 있는 것일까? 사흘에 걸친 자축행렬을 마친 이 몽룡은 선영(先塋)의 산소에 가서 성묘를 한 뒤 임금께 나아가서 숙배를 했다.

"음, 경(卿)의 재주는 조정에서 으뜸이오. 내외직(內外職)에 무슨 벼슬이 소원인가?"

"예예, 연소하고 재주 옅은 소신에게 소년급제를 주시오니 천은이 망극하와 감히 아뢸 바를 모르겠사옵니다. 그러하오나 근자에 듣자오매 원방(遠方)에 탐관 오리가 직권을 남용하여 감히 위로 성은을 망극하고, 아래로 순진한 백성을 괴롭힌다하오니 암행어사를 제수해 주시오면 각색 탐관을 적발하고 민생을 도탄에서 구제해 낼까 하옵니다."

"음, 기특한 인재로다. 허다한 높은 벼슬 다 버리고서 암행어사를 구하다니 그게 바로 보국충정(報國忠情)이란 거야. 그럼 경의 소원대로 전라어사(全羅御史)를 특차하는 터이니 백성을 사랑하고 수령방백(守令方伯)들의 잘 잘못을 캐고, 효자, 열부 빠짐없이 장계 올린 뒤에 조심해서 다녀오도록 해라. ”

즉석에서 수의(壽衣)와 마패(馬牌)와 유척(鍮尺)을 내려주시었으니, 수의는 수놓은 옷으로써 어사가 입는 옷, 마패는 역마를 징발하는 동패로써 이것은 어사의 인장도 되고 신분증이 되는 것, 유척은 여러 가지 행정의 일을 감사하는데 쓰는 놋쇠로 만든 자를 말하는 것이다.

부모님께 하직하고 다음 날로 서울을 떠나는 데 매사가 급하고 바쁘다.

이 몽룡은 서리(胥吏), 중방(中房), 역졸(驛卒)의 일행을 거느리고서 남대문을 나서서 길을 떠난다. 어느덧 은진(恩津), 황화정(皇華亭), 지애미 고개를 지나 여산(礪山)읍에서 자고, 이튿날 날이 밝은 뒤에는 역마를 다 물리고 나서 남루한 옷차림으로 변장을 하고 각자 행동을 개시하도록 명령한다.

“너희들 듣거라!”

“예에——”

하고 일행 서리, 장방, 역리, 역졸들이 동태같이 일렬로 빙 둘러선다.

“전라도의 초읍(初邑)이 바로 여산이다. 지금으로부터 각자가 맡은 일을 해야 하는데, 국사처럼 중한 것이 없다. 조금도 어긋난 일이 있다가는 추호도 용서가 없을 터이니 그리 알아라, 알겠지?

“예에——이이.”

어사는 하나 하나에게 다 지명을 해 임무를 맡긴다.

“너는 여기서 내 달아 익산(益山), 금구(金溝), 창평(昌平), 옥과

(玉果)를 돌아서 이달 보름 날 오시(午時)에 남원 광한루로 대령
하도록 해라. "

"예에——이이."

"너는 여기서 내달아 임파(臨坡), 옥구(沃溝), 구례(求禮), 곡성
(谷城)을 둘러서 같은 이달 보름날 오시에 남원 광한루로 대령하
도록 해라. "

"예에——이이."

"또 너는 여기서 전주(全州), 임실(任實), 남원(南原) 등 사십팔
면을 소소히 염탐하고서 모두 이달 보름날 오시에 광한루로 대령하
도록 해라. "

"예에——이이."

이렇게 명령을 내리고 어사는 모자 없는 헌 파립(破笠)에다가
초사(草紗) 갓끈을 달아서 쓰고, 명색이 도포라고는 입었지만 무명실
로 꼰 띠를 가슴 위에 바짝 눌러맨 데다가 헌 부채엔 거지나 미친
사람처럼 솔방울로 추를 해서 달았다.

풍채가 그러니 아무도 거들떠보는 사람도 없는데, 그 길로 여산에
서 민정을 염탐하면서 내려온 어사는 삼례(參禮)에서 하룻밤을 쉬고
한내(寒萊) 주엽정, 가리내(楸天), 싱금정을 지나 전주에 있는 공북
루(拱北樓)의 서문을 지나 남문에 올라 사방을 둘러보니, 백성들이야
속으로 곯거나 어쨌거나 경치많은 그럴 만한 곳이었다.

잠깐 쉬었다가 다시 걷기로 하고 길가에 있는 돌위에 앉아 있으니
까. 저 아래로부터 머리에 흰수건을 질끈 동인 총각 하나가 노래를
부르면서 올라오고 있는 것이 보였다.

자세히 보니까 그것은 다른 사람도 아닌 방자였다. 그래도 몽룡은

모른 체 하였다.

"이애야!"

"왜 부르오?"

"어디를 가는 길이냐?"

"이 양반이 그건 왜 묻나? 서울 구판댁에 편지 가지고 가요. "

"그러면, 그 편지 좀 보여 주렴."

"여보, 당신 정신이 있소 없소? 남의 부녀자의 편지 사연이 어찌된 줄을 알구서 함부로 보자는 거요? "

"부녀자의 편지라니까 더 구미가 동하는구나. 내가 보니? 컬컬할텐 테 탁주 값이나 줄께 좀 보자. "

"허! 술값이라면 누가 홀딱할 줄 알까 봐서."

"어라! 보아 하니 얼굴에 술 생각이 쭈루루해 있다.그까짓 눈으로 보는 편지 본다구서 표나는 거냐. 어서 주어! "

"여, 위에 술집이 있기는 합디까?"

"물을 건 뭐니? 어서 편지나 내어라."

"그럼, 빨리 보고 주시오."

술값에 낚인 방자놈, 전대에서 편지를 꺼내 주는 것을 몽룡은 빼앗 듯해서 받아 읽는다.

〈세월이 물 같아야 어느덧 삼년이 넘었건만 떠나신 후 일장의 글월 이 없으니 오직 무심하다 할 뿐이옵니다. 임 그리운 상사일념(相思 一念) 그 무엇으로 그려내오리까. 수심장탄으로 괴로운 아침 저녁 을 보내삽더니 신관 사또 도임 후에 수청들라 하옵기에 죽음으로 모피하옵다가 참혹한 악형을 당하여 모진 목숨이 아직 끊기진 아니

하였으나, 필경엔 오래지 않아 매 아래의 귀신이 되고 말겠사옵니
다. 구구한 일편단심 낭군 위해 죽는 것은 당연한 이치이거니와
그리던 낭군의 용안을 이 세상에 볼길 없어 죽어 후세에 기약하는
바이오니, 바라건대 서방님은 나 죽었다 서러워마시고서 금옥같이
귀한 몸을 천만 보중하옵시고, 일장춘몽한 이 세상에 부귀영화
누리시다가 후생에 다시 만나 이별 없이 살아 볼까 하나이다. 이
몸이 죽기 전에 다시 보지 못할망정 죽는 줄이나 알리려고 혈루로
쓴 글씨를 두어줄 부치오니 부디 감찰하옵소서.〉

몽룡이 편지를 읽으며 눈물을 뚝뚝 떨어뜨리었다.
"이 양반아, 눈물에 편지 젖소! 남의 편지 보구서 울긴 왜 우오.
그런데, 춘향이 하고는 어찌 되오? "
"애야, 춘향이 하고 어찌 되어서 그러는 게 아니라 남의 편지라도
사연을 보니 하도 슬퍼서 그러는 게다. "
"여보, 인정있는 체하고 남의 편지 눈물 묻어 찢어지오."
"여봐라, 이 도령이 나하구 죽마고운데 이번에 볼 일이 생겨서
나하고 같이 내려오다가 완영(完營)에 들렀다. 내일은 남원에서
같이 만나기로 약조가 되었지. 네가 그 양반을 보구 싶거든 나를
따라가 내일 만나 봐라. "
놈은 눈을 힐끔한다.
"그런 되잖은 소리 말구서 남의 편지나 내시오."
와락 달려들어서 옷을 거머쥐다가 어멋! 소리를 내면서 뒤로 물러
선다.
옷을 거머쥐다가 보니 허리에 두른 전대안에서 제기접시같은 것이

손에 닿았기 때문이었다.

방자는 빤히 몽룡을 바라보았다.

"이것 어디서 났소! 찬 바람이 나오."

그제야 몽룡은 방자의 손몬을 덥썩 잡았다.

"너 이녀석아, 이래두 나를 모르겠느냐?"

자세히 쳐다보다가,

"도 도 도련님 아니셔요?"

"인젠 알겠느냐?"

방자는 몽룡을 안고 눈물짓는다.

"그런데 춘향이는 대관절 어떻게 됐냐?"

"그 편지 사연대루죠. 하지만 도련님은 어쩌다가 이 모양이 돼 있단 말씀이오? "

"글쎄 어쩌다가 세간살이 다 팔아먹고서 집도 없이 유리걸식을 하고 돌아다니게 되었구나. "

방자는 몽룡의 얼굴을 유심히 들여다보더니만 씩 웃으면서,

"도련님! 어사하셨죠?"

"이놈아. 이 꼴에 어사가 다 뭐냐?"

"말 마시오. 이 놈도 십 년을 넘게 관물 먹고 자란 놈이오. 그 만한 눈치쯤은 없을라구요? 정말이죠? "

방자는 너붓이 땅바닥에 엎드려서 절을 하고 일어난다.

"도련님께서 남원 출도를 하실 때엔 제가 방망이로 신관 사또 놈의 대강이를 까줄테닝께. "

"허허, 이런 입싼 놈이, 이러다간 큰일 나겠다. 가만 있자. 저 아래 에 있는 주막 집으로 들어가자. "

기밀이 새지 않도록 우선 이놈의 입을 봉해 놓아야 했기 때문에, 어사는 주막으로 들어가서 편지 한 장을 썼다.

"너 이 편지 가지고 운봉(雲峯) 관가에 가서 답장 받아가지고 남원으로 오너라. "

"그럼 도련님! 축지법을 써서 금방 날아서 갔다 올께요. "

그러나 막상 그 편지를 가지고 간 방자는 운봉의 옥 중에 붙들려 들어가서 감금의 몸이 되고 말았다.

깊은 밤 옥사정의 코고는 소리만이 들려오고 있는데, 춘향은 방자가 지금은 어느 지점쯤 가서 객주집에 들어있을까? 서울에 가면 이 도령을 만나 볼 수는 있을까? 편지를 보면 내려와 주기나 할까? 온갖 생각을 다 해보다가 어렴풋이 잠이 들면서 꿈 하나를 꾸었다.

"그거 이상한 꿈이라!"

그렇게 밤마다 수선한 꿈을 꾸는 춘향이었지만 꿈에 이 도령이 보인 것은 이번이 처음이었다. 이것 역시 죽음의 직전 마지막 이별을 하느라고 전에 없이 꿈에 보여 주는 것이었을까? 만일에 그것이 틀림 없다면 어찌 꿈 가운데서나마 좀더 오래 머물러 주지 않았을까?

춘향은 온 몸에 진땀이 났다.

한편, 이 도령이 그날 오수역(獒樹驛)에서 자고 박석고개(磚石峴)를 넘었을 적엔 이미 해가 떨어져서 넓은 남원읍이 옅은 땅거미에 싸여 있는 때였다.

어사는 걸음을 멈추고 서서 후우——하고 한숨을 쉬었다.

오래간만에 보는 정든 땅의 모습이라 감회가 너무 깊었던 까닭이다.

건너편을 바라보니 처음으로 춘향을 발견했던 버드나무 숲은 희미
한 달빛에 눌려 있을 뿐 모두 꿈속인 양 고요하기만 했다.

어사는 저도 모르는 새에 춘향의 집 앞까지 걸어갔다.

삼 년 안팎이란 세월이 이처럼까지 세상의 옛모습을 변하게 하는
것일까!

울 안에 있는 나무들은 옛 모습 그대로 인 듯하나 담벽에 칠해져
있던 회는 죄다 벗겨져 있고, 기왓장도 모두 헐고 무너져 있었다.

들어가 볼까말까 망설이던 어사는,

"이리 오너라!"

하고 큼지막하게 소리를 질렀다. 그러나 어쩐 일인지 대답이 없다.

"이리 오너라!"

몇 번 무섭게 부른 뒤에야 향단이가 대답을 했다.

"누구요?"

"나다!"

"나라니 누구에요?"

"나다, 나야! 나를 모르겠느냐?"

향단이가 조심조심 걸어와서 보더니만 기겁을 할 듯이 놀라면서
매달려 운다.

"아이구, 이게 누구에요!"

"애야, 누굴 잡구서 그러니?"

향단의 우는 소리를 듣고서 월매가 물어보는 소리였다.

"마님, 서울 서방님이 오셨어요."

월매는 어허! 어허! 물에 빠진 사람의 소리를 하면서 달려나오더
니 만 어사의 목을 안고 운다.

"애고 애고 이게 누구인가! 이 사람아, 자네가 나를 찾아오다니 하느님이 감동했나! 부처님의 영감인가! 하늘에서 떨어졌나! 땅에서 불끈 솟았나?! "

어사의 손목을 끌고 들어가 방 안에 앉혀 놓고 말했다.

"어디, 오래간만에 사위님의 얼굴이나 한 번 보자! "

그러다가 불빛에 어사의 얼굴을 본 월매는 기절 낙담을 하고 놀란다.

"아아니, 이 사람 이 서방! 자네가 이게 웬일인가?"

"뭐가, 어찌 됐소?"

"자네 풍채가 왜 이 모양으로 되었는가?"

찌그러진 갓에다 굴뚝에서 나온 듯한 도포!

"장모 내 말을 들어보오. 책은 만 권이나 읽었지만, 과거를 못보았으니 벼슬 길이 끊어졌고, 가산(家産)이 몰락해 버렸으니 문전걸식으로 남의 집 개나 짖기게 될 밖에요. 환난에 필사친척구(必思親戚求)란 옛글 그대로 내가 궁해지니까 아는 사람밖에 더 생각나는 것이 있겠소? 그래서 생각다 못해 장모라도 한 번 만나 볼까 하고서 왔더니만, 보니까 장모의 형편은 그 전만도 못해 보이는구려. 그러나 그뿐도 아니고 설상가상으로 내려오면서 들으니 춘향이도 옥에 갇혀서 다 죽게 되었다고 하니 갈수록 신세가 왜 이 모양으로 되는지 알 수가 없구려! "

그 소리를 들으니 월매는 두 손을 가슴을 치면서 운다.

"아이고 죽었구나. 우리 모녀 다 죽고 말았구나! 아이고 하느님도 어쩌면 이렇게 야속하고 무심할까! 에라 모두가 다 쓸데 없다. 애 향단아──. "

"예에."

"너 후원에 들어가서 칠성단 다 헐어 치워 버려라. 그까짓 영험없는 단 모아 두고서 손발이 닳도록 빌기만 하면 뭘하니! 아이고 불쌍해라, 내 딸 춘향! 이팔 시절 좋은 때에 복을 못 누리고 어미하나 잘못 만난 죄로 원통히 죽어가는구나. 너 죽는 걸 어찌 보나 차라리 내가 먼저 죽어야지. "

이번에 두 손으로 방바닥을 쾅쾅 치면서 통곡을 하니까 어사는 민망해서 월매의 허리를 안아 일으킨다.

"여보 장모, 나를 보아서 진정하시오."

"에라 놔라! 보기 싫다. 이 도적놈아. 네가 이 꼬라지를 해 가지고서 무슨 낯짝으로 날 찾아왔나! 이 서울 깍정이놈아! 생긴 꼬락서니 보니까 포교 눈에 뜨이면 영락없이 차여가겠다. "

"여보 장모, 사람을 너무 그리 팔시마오. 행색이야 이 모양이지만 세상 일을 어떻게 알겠소? 하늘이 무너져도 솟아날 구멍이 있다고 혹시 살아날 길이 있게 될지 누가 아오? "

"애개개, 저 꼬라지에 그래도 무슨 별 수나 있을 줄 알구! 어사나 될까, 감사(監司)나 될까? 꼴이 꼭 객사(客死)밖에 못하겠다. "

"무슨 사가 되든지 사만 되면 될 게 아니요. 그런데 장모! 우선 춘향이나 한 번 보아야지. "

월매는 또 한 번 훑어 보면서 혀를 끌끌 찬다.

"저 꼬라지에 그래도 제 것은 다 찾아 보겠다구?"

향단이가 문 밖에서 엿듣고 있었던 모양으로 문을 열고 들어와 어사에게 말한다.

"아니에요 서방님! 지금은 문이 닫혀 있으니까 파루(罷淚)를 치거든 가 보지요. "

파루란 오경(五更) 첫새벽에 쇠북을 쳐서 부민에게 통행을 허락하
는 것.

그러저러 얼마를 있으니까 덩——덩——하고 종소리가 들려온다.

"그럼 서방님 일어서세요."

향단은 등롱에다 불을 붙여 한 손에는 등불을 들고 한 손으로 머리
에 미음상을 이고서 가는데, 앞에는 춘향 모가 서고 뒤에는 어사가
따른다.

어느 때인들 안 그럴 때가 있을까만 이날 밤 따라 더욱 음산한
옥 안.

내일은 진정 나를 죽이려는가? 방자는 이 도령에게 소식을 전했을
가? 이 도령은 그 소식을 듣고서 나를 구하러 내려오는가? 이 생각
저 생각에 잠을 못 이루고 있는데 밖에서 옥문을 찾아온 어사가 춘향
을 부른다.

"춘향아!"

"그 누구이오?"

깜짝 놀라서 대답하는 춘향. 월매가 창살 앞으로 바싹 들어서며
말했다.

"나다!"

"아이구, 어머니! 날도 안 샌 이 이른 새벽에 또 무얼 하러 오시었
소? "

"왔다!"

"오다니 무엇이 와요? 서울서 편지가 왔소? 날 데리러 사람이 왔단
말이오? "

"서울서 이 서방이 왔구나. 좋은 거지 네 서방이 여기 왔구나. "

춘향이 그 말을 듣더니 쑤세미같이 헝클어진 머리채를 목에다 휘휘 둘러감고 길 넘은 전목(全木)칼을 드르륵 끌어 칼머리를 저 만큼에다 놓고 두 손으로 땅을 짚고서 뭉그적 뭉그적 기어 나온다.

"허허, 이게 웬 말씀이오! 서방님! 서방님! 진정으로 오셨거든 어서 말 소리나 들려 주오? "

월매는 그것까지도 보기 싫어서 혀를 끌끌 찬다.

"서방 잘된 것 보구서 단박에 미치는구나."

"어머니 그 말 마오. 잘 되어도 내 낭군. 못 되어도 내 낭군. 고관대작도 내 다 싫고, 천금 보화도 내 다 싫소. 어머니가 정해 주신 배필인데, 좋고 글코가 웬 말씀이오. 서울에서 일부러 나를 찾아오신 낭군, 어찌 그리 괄시를 하시오. "

월매가 어이없이 가만히 하는 대로 보고만 있는데 멋없는 몽룡은 창살 새로 고개를 디민다.

"춘향아, 고생이 어떠하냐? 만사가 모두 다 이놈의 허물이다. "

"서방님이 문틈으로 손을 넣어 저를 좀 일으켜 주세요. "

어사가 손을 내밀어 주니 간신히 손을 잡고서 일어나 앉는 춘향은 감격이 극해서 절로 탄식이 터져 나온다.

"아이고, 무정한 서방님아, 어디 갔다 인제 오오. 아이고 어쩌면 그렇게 무정한 사람이 있소! "

"내가 할 말이 없다!"

"그렇지만, 하느님이 감동하여 아니 죽고 살았다가 이렇게 도련님을 보게 되니 인제는 죽어도 한이 없겠소. "

이 때 옥사정이 멀찌감치 앉아서 담배를 뻑뻑 빨고 앉아서 있더니

226

만 담뱃대를 툭툭 털고 나서 옥문 앞으로 걸어온다.

"인제 고만 돌아가도록 하시오. 이렇게 와 있는 것이 남의 눈에 띄었다간 이놈의 모가지부터 날아가게 되니까요. "

옥사정이 재촉하는 바람에 어사도 마지막으로 춘향을 위로해 주며 말했다.

"인제 날이 밝아졌으니 생사 간에 나중에 또 한 번 만나기로 하자. 너무 과히 서러워하지 마라. "

세 사람이 옥문 밖으로 나오니까 향단이 어사를 붙든다.

"서방님, 집으로 가셔서 좀 쉬세요."

"아니다, 나도 오래간만에 온 남원이니 찾아볼 사람도 한두 사람쯤 있지 않겠느냐. 일 다보면 나중에 돌아갈 테니 그 동안에 밥이나 따뜻이 지어 두어라. "

광한루 쪽으로 횡 가버리니까 향단과 월매는 멍하니 바라만 보고 서 있다가 할 수 없이 자기의 집으로 돌아갔다.

컴컴한 주막집에 들어가서 아침밥 겸해 해장국 한 노릇을 먹고 광한루로 가니까 점심 때쯤 해서 서리, 중방, 역졸들이 모두 그럴싸하게 변장을 해 가지고서 하나씩 둘씩 모여든다.

"사또나리, 문안이오."

"사또전 문안이오."

차례로 어사 앞에 가서 귓속말로 각기 염탐한 결과를 보고하니 어사는 일일이 다 듣고난 뒤에 역시 낮은 소리로 지시를 한다.

"오늘이 본관의 생신날이라니 너희들은 모두 요령있게 삼문 근처에서 대기하고 있도록 해라. "

우선 누구보다도 어사부터 그 찌그러진 갓에다 때묻고 헤어진 도포를 걸치고서 동헌 근처에서 어정어정하고 있으려니까, 이웃 고을에 있는 여러 수령들이 갖은 복색을 차려가지고서 혹은 교자를 타고 혹은 나귀를 타고서 많은 수원을 데리고 삼문 안으로 들어가고 있다.

이윽고 남원 부사 변 학도가 상좌에 앉으니 각 읍의 수령들이 차례로 좌정해서 음식상에도 젓가락을 대고 있는데, 질탕히 피어오르는 풍악소리와 함께 좌우에 늘어서 있던 일등 명기(名妓)들이 떵뚱나지나 하고서 옥수 나삼을 툭툭 던지며 춤을 춘다.

이럴 때에 문 밖에서 한참 들여다보고 있던 어사는 앞 가슴을 썩 내밀고 들어가면서 큼지막하게 말을 던진다.

"여봐라 사령들아! 너희 원전(員前)께 여쭈어라. 먼데 있는 걸객이 좋은 잔칫골에 왔다가 안주 한점, 술 한잔 얻어먹고 가련다고 그래라."

"이 양반이 여기가 어딘 줄 알구서 함부로 들어오노."

사령이 왈카 밀어 내는 것을 어사는 사령을 되려 저만큼 떼밀어 놓고는 동헌으로 뛰어 들어간다.

"그까짓 남은 술 한잔 얻어먹고 갔겠다는데 뭘 그리 어렵게 구는 거요."

본관이 술잔을 집다가 통인을 내려다보고서 소리를 버럭 지른다.

"너 서 미친놈을 널리 쫓아내려!"

그러나, 어사는 못들은 체하고 섬돌 끝에 걸터 앉았다.

"날 쫓아내려는 놈은 내 아들놈이다. 한잔 얻어먹자."

사령이 끌어내려는 것을 억지로 안나가겠다고 몸을 트니 운봉영장

(雲峰營將)이 그 광경을 유심히 내려다본다.

운봉은 이미 빙자의 편으로 전해진 편지에 의해서 이 지방에 암행 어사가 내렸다는 것을 벌써 알고 있었기 때문에 저 남루한 차림의 인간이 혹시 어사나 아닐까 냄새를 맡아보는 것이었다.

운봉은 본관을 들여다보았다.

"저 걸인이 비록 의관은 남루하나 양반의 후예인 듯하니 말석에 앉히고서 술이나 한잔 먹여 보내는 게 어떻겠소? "

"저런 것 가까이 하면 담뱃대나 부채 도둑맞지 일쑨데 대접은 무슨 대접을 하겠다고 그러시오? "

얼굴을 찡그리면서 돌리니까 운봉이 민망해서 통인을 부른다.

"너, 이 양반한테 상 하나 차려다 드려라."

"예에——이이."

운봉의 호의로 어사가 한쪽 옆에 끼어 앉기는 앉았으나 상이라고는 하나 갖다주는 게 형편이 없다.

모 떨어진 개다리 소반에 콩나물 한 접시에다가 술이라는 것도 뿌연 막걸리 한 사발이다. 그것을 보니까, 잔뜩 심사가 나서 부채 자루를 거꾸로 쥐고서 옆에 앉은 운봉의 갈빗대를 쿡 찔렀다.

"여보시오!"

운봉이 깜짝놀란다.

"아야! 왜 이러시오?"

"나도 저 갈비 한 대 주오."

"이 양반아, 갈비를 달라면 거저 달라지 사람의 갈비를 먹으려고 이러시오? "

하는 짓을 보니 아무래도 예사 놈팡이는 아닌 것 같아서, 운봉은 기분이 언짢아지려고 했다.

"애, 통인아!"

"예에——이이."

"그 갈비 갖다가 이 양반 드려라."

그러니까 어사는 벌떡 일어선다.

"아니오, 얻어먹는 사람이 남의 수고 시킬 것 있소! 내 손으로
집어다 먹지. "

그리고는 일부러 실수를 해 술을 쏟아 도포자락에다 흠뻑 묻혀
가지고서 좌중에다 대고 뿌리고 털고 한다.

"에잇! 이런 좋은 자리에서 무슨 실례람!"

본관이 여러 수령들과 함께 목을 구부려 술방울을 피하다가 운봉을
보고서 화를 낸다.

"운봉이 들어서 기어코 이 변을 당하게 하는 구려!"

"그 양반이 술잔을 잘못 들다가 그러한 모양이오. 그런데 좌중에
내 의견을 하나 말해 볼까 하는 데 어떨까요? "

본관이 안주를 집으려다 말고 바라다본다.

"뭔데요?"

"이러한 잔치에 풍류로만 놀아서는 맛이 적겠으니 우리 차운(次
韻) 한 수씩 하는 게 어떻겠소? "

"아, 그러는 게 좋겠군!"

본관이 생각하니까, 저 길인 놈이 하는 요행을 뵈서 양반의 가시인
것은 틀림이 없겠으나 젊은 놈이 버르장머리가 없는 것을 보아서는
난봉꾼에다가 무식을 겸한 놈일 터이니, 글을 짓자하면 당장 겁을
내어서 달아나 버리게 될 것이라고 생각을 한 것이었다.

"좋지요!"

모두 좋은 꾀를 내었다싶어서 대찬성이다.

"좋은 말씀이오, 그건 그렇게 하기로 하구서 본관께선 어서 운자 (韻字)나 내어 보시오. "

"기름 고(膏)."

"기름 고라, 다음자는?"

"높을 고(高)."

"기름고! 높을고!"

지필묵을 내어 놓고서 모두 시를 짓느라고 응응 앓는 소리를 해가 며 비비고 있는데, 어사가 썩 나앉는다.

"이 걸인도 부모님 덕에 글자는 약간 배운 게 있으니 같이 한 수를 지을까 합니다. 좋은 잔치에 와서 얻어 먹고만 가서 되겠소? "

"지어보시구려!"

무슨 못난 짓을 하나 보자하고서, 운봉이 종이와 붓을 집어주니까 어사는 즉시 한 수를 적어 자리 밑에 넣고는 일어선다.

"먼 데 있는 걸객이 주육을 포식하고 갑니다. 잘들 노시다가 가시 오. "

그러나 좌중은 누구하나 잘 가란 인사 한 마디도 없이 그냥 어깨 만 흔들고 응 응 소리만 내고 있더니 임실(任實)이 운봉을 건너다본 다.

"지금 그 자가 글을 지어놓기나 하고 갔소?"

"글쎄, 뭔가 써서 이 자리 밑에 넣어두고 갑데다만."

"어디 꺼내어서 한 번 읽어보시지요."

운봉이 펴서 보니 글은 다음과 같은 것이었다.

"금동이의 향기로운 술은 천 사람의 피요(金樽美酒千人血), 옥소반의 아름다운 안주는 일만 백성의 기름이라(玉盤佳肴萬姓膏), 촛불 눈물 떨어질 때 백성의 눈물 떨어지고(燭淚落時民淚落), 노랫소리 높은 곳에 원망의 소리 높았더라(歌聲高處怨聲高). "

"아, 여보시오, 운봉! 크게 좀 읽어 보시오."

그러나 크게고 작게고 지금 그러한 말을 하고 있을 때가 아닌 것이다. 아뿔사! 일은 났구나! 하고서 운봉은 종이를 쥐고 있는 손이 사시나무처럼 덜덜 떨려오는 것을 어찌할 수가 없었다. 종이를 좌중의 앞에 내던진 운봉은 대청 아래로 내려서면서 신을 꿰어 신었다.

"아, 여보, 운봉은 어디를 가시는 거요?"

물색 없는 본관이 하는 소리.

"소피하고 돌아오겠소."

변소에 갔다 오겠다니까, 다른 수령들도 다 눈치를 채고는 하나하나 일어선다. 그래도 눈치없는 본관은 왜 끝까지 놀지 않고 기분을 잡치는가 싶었다.

"임실은 왜 또 일어서시오?"

"나는 오늘 백성에게 환자(還子) 내어 주기로 약조를 해 놔서 일찍 가봐야 겠소. "

"나는 미진한 급한 공사가 있어서 먼저 좀 가봐야겠소."

전주 판관의 소리.

이제 막 흥이 나려는 판에 모두 자리를 떨치고서 일어나 가버리니 본관은 기분이 나쁠 대로 나빠졌다.

"갈 사람은 다 가시오. 남아 있는 우리들만 끝까지 먹을 테니. "

그러고는 악공(樂工)들을 돌아다보고서 고함을 쳤다.

"왜 이렇게 풍악소리가 다 죽어가느냐?"

갑자기 풍악소리가 왕! 하고 높아지니까, 본관은 때를 타서 주망
(酒妄)까지가 겸해서 난다.

"빨리 춘향을 잡아 올려라."

한편, 동헌에서 어사가 달아나온 때는 이미 전날에 약속한 오시
(午時)가 되어 있었기 때문에 삼문 밖에서는 진작부터 서리와 역리,
역졸들이 기다리고 있었다.

어사가 나오는 것을 보자, 서리는 눈을 꿈쩍! 모두가 우우 역소
(驛所)로 내달아 가는데 서리는 소리를 높이 지른다.

"역장(驛長)아, 사또 분부 급급하다. 청상(青上) 적삼 입고, 홍견대
(紅肩帶)를 띠어라. 빨리 사또 타실 대마(大馬)를 들이고서 안장
짓고, 배띠 조르고, 덧굴레 씌우고, 뒷걸이 늘여라. 그리구 평량립
(平涼笠)은 어찌했느냐? 빨리 거동해라! "

금관 조복(金冠朝服)으로 바꾸어 입은 어사또가 마상에 높이 앉아
달려가니 사자같은 마두 역졸들은 육모방망이를 높이 들고 날아가
삼문을 꽝꽝 치면서 출도(出道)를 외친다.

"암행어사 출도야——."

"암행어사 출도야——."

외치는 소리, 강산이 무너지고 천지가 뒤눕는 듯 산천 초목이 함께
덜덜 떤다.

"남원 고을의 육방(六房) 하인은 별반 큰 죄가 없는 것들이니 상해
하지 말고 죄 많은 수령놈들 만 혼을 내 줘라! "

"예에이이!"

대답 소리도 신나게,역졸들은 비호같이 대청 위로 뛰어올라가 육모 방망이로 마구 부수어 댄다.

"아이고, 죽네——."

"하느님, 사람 살리오——."

병풍이 휘떡 넘어지고, 음식상이 버썩! 술병은 쿨쿨! 거문고,가야 금, 젓대가 산산이 부숴지니 각 읍 수령들이 넋이 있을 까닭이 없다.

진안(鎭安)은 인궤(印櫃)를 잃고 달아나고 담양(潭陽)은 갓을 잃고 달아났다.

이렇게 마른 날에 벼락이 떨어져서 잔치자리는 수라장이 되고 뒤가 꿀린 관속들마저도 넋을 잃고 있는데 좌수가 겨우 정신을 차려서 각 관속들은 불러 각각 부서에 나가 질서를 회복시키라 하니 어사는 자리에 앉은 뒤에 본관에 대한 선고를 했다.

"본관은 봉고 파직(封庫罷職)하라!"

영이 떨어지자 사대문에다 방(榜)을 붙여 백성에게 알리고, 다음에 는 형리를 불렀다.

"형리, 거기 있느냐?"

"예에이이, 형리 대령하였소."

"네, 고을에 있는 옥수(獄囚)를 모두 올려라."

"예에——이이."

일일이 죄를 물어 억울한 자는 전부 무죄 석방을 해준 다음에 어사 는 끝으로 춘향을 가리켰다.

"저 계집은 무엇이냐?"

"예에, 기생 월매의 딸 춘향이라 하는 아이이온데 관정(官庭)에 포악한 죄로 갇혀있던 자이옵니다. "

"무슨 죄더냐?"

"예에, 본관 사또 수청으로 불렀더니 수절이라, 정절이라 하고서 수청을 아니 들려 하고 관전(官前)에 포악한 죄이옵니다. "

어사는 캥! 하고 큰 기침을 했다.

"너만한 년이 수절한다고서 관전에 포악했으니 살기를 바라겠느냐. 죽어 마땅한 일이나 내 수청도 거역할까? "

춘향이 그 소리를 듣자 몸을 바르르 떨면서 발악을 한다.

"어허, 내려오는 관장마다 개개이 명관이로구나. 수의 사또 들으시오. 층암절벽 높은 바위 바람 분다 무너지리까? 그런 분부 마옵시고 어서 바삐 죽여 주오. "

이렇게 말하고 울고있을 때에, 어사는 염낭을 끌러 옥지환(玉指環)을 내어 쥐더니, 행수기생을 부른다.

"거 행수기생 있느냐?"

"예에, 행수기생 대령하였소──."

"너, 이거 갖다가 춘향에게 주어라."

행수기생이 지환을 받아들고 내려가 춘향에게 주니, 어사는 춘향을 보고 분부한다.

"얼굴을 들어 대상을 보라!"

정신이 없던 중에서도 춘향이 옥지환을 보다가 또 대상을 쳐다보니 이것이 하늘의 조작일까? 귀신의 장난일까? 어젯밤 옥문관에 왔던 낭군이 분명하고, 옥지환은 부용당에서 이별 할 때 주던 그 지환임이 틀림없다.

춘향은 '아이고, 서방님!'하고 다시 대상을 쳐다보기는 했으나 일어설 기운이 없다.

"아이고, 서방님. 이것이 어이된 일이오?"

입이 뻣뻣해지고, 사지가 저려서 그대로 고꾸라지고 마니 행수기생
도 영문을 몰라서 넋을 잃고 서 있다가 겨우 정신을 차려 춘향을
안아 일으킨다.

"아씨, 일어나 대상으로 올라가시오."

춘향이 행수기생의 부축을 받고 올라가 어사의 앞에 풀썩 주저앉으
니 어사도 눈물이 글썽하면서 춘향을 끌어안는다.

"서방님!"

춘향은 아무래도 못 미더운 듯 어사의 얼굴을 쳐다보았다.

"서방님! 진정 이게 생시일까요?"

사인교(四人橋)에다 태워서 춘향을 집으로 보내고 나니, 그제야
문간에서 머뭇거리고만 있던 월매가 부끄럼을 돌보지 않고서 사람을
헤치고 들어온다.

"아이고, 고을 사람들아. 이 일이 웬 일이오. 이년이 늙어서 눈이
멀었지. 어젯밤에 사위님이 내 집을 찾아왔을 적에 하도 볼 모양이
헐하기로 내가 구박을 하기는 했지만 잘되라고 위해서 그러한 것이
지 참말로 미워서 그리했겠소? "

무안을 끄느라고 월매는 한바탕 울다가 웃다가 한다. 월매도 나간
뒤 어사는 모든 공문서를 검열한 끝에 문득 생각이 나서 호장(戶長)
을 돌아다본다.

"내가 깜빡 잊었구나, 지금 당장 사람을 보내어서 운봉에가 붙들려
있는 방자를 데리고 오도록 해라. "

"예에이, 운봉에 가서 방자를 데리고 오랍시는 분부이시다. "

그랬더니 호랑이는 제말하면 온다는 격으로 생각지도 않았던 방자

가 뛰어들어오면서 급창(級唱)을 기다릴 것도 없이 제가 청령(廳
令)을 해 소리하면서 뜰 앞에 와 엎드린다.

"방자 나용쇠 문안이오——."

어사가 깜짝 놀라면서 웃었다.

"너, 이놈 운봉에 가두어 둔 놈이 어떻게 내 영도 없이 왔느
냐?"

방자가 계상으로 뿌르르 걸어올라와 마루 끝에 걸터 앉더니만 손짓
발짓으로 떠벌려댄다.

"사또께서 남원 출도를 하실 때, 운봉 영장이 버선발로 도망을
해 오는 걸 보니 신명이 나서 가만히 있을 수가 있습데까? "

"그래서 어쨌단 말이냐?"

"발로 이렇게 옥문을 툭 차 열어버리고서 간다온다 말도 없이 달아
오는 길이죠. "

어사가 껄껄 웃었다.

"국법을 이기었으니, 네 놈은 또 한 번 가두어 넣어야 겠구나. "

방자는 허리를 굽신 하더니 웃으면서 뒤통수를 썩썩 긁는다.

"황송하옵니다. 앞으로 조심하겠습니다."

그러다간 다시 주저앉았다.

"그런데, 사또님도 너무 하십데다."

"내가 어쨌단 말이냐?"

"죄없는 이놈을 왜 운봉에다 가두었습니까, 마나님 편지에 소인
가두라는 부탁이 있어서 가두었습니까, 수 년 모시고 거행하던
이놈을 정이 모자라서 가두었습니까? 도대체 왜 그렇게 괄시를
하시는 겁니까? "

"허허허, 원통하냐? 네가 죄가 있어서 그런 게 아니라, 네놈의 주둥이가 싸기 때문에 잠시 봉해두었던 것 뿐이야, 만일에 방정을 떨어서 기밀을 누설시켰다간 큰일이 나겠기에 그리했던 것뿐이야. 그렇지만 곧 풀려 나왔으니 인제 더 말할 건 없지 않느냐? "

즉석에서 수노(首奴)를 불러 방자에게 남원 관노청(官奴廳) 일을 보게 하니 방자는 사령장을 받아들고서 옥사정의 손을 잡고 우쭐거린다.

"이게 웬 덕이냐. 우리 도련님 과거 덕이라. 사정 형님, 오늘은 내 술 한잔 먹세. "

어사가 열심히 공사를 다 보니 모르는 동안에 날이 깜빡 어두워졌다.

관속배가 어사를 교자에 태워 춘향의 집으로 가니, 달빛은 어젯밤이나 다름이 없어 낮같이 휘황하다.

역졸들이 쉬――하고 소리를 하니까 춘향모가 깜짝놀라 대문을 연다.

"아이고, 사또 나오시네."

달빛이 그림자 짓는 뜰 나무들이 꽉찬 부용당엔 옛이야기 속처럼 불빛이 환해 있는데 향단이가 달려나온다.

"사또 서방님! 안으로 드사이다."

"아이고 서방님!"

자리에 누워 있던 춘향이 어사가 들어오는 소리에 비실비실 문귀틀을 잡고 나왔다가 어사를 인도해 늘어산나.

비록 벽은 그을려 있었지만, 지난 날에 보던 축대에 불은 훌훌 춤을 추고 있다.

춘향은 어사의 손을 잡아 자기의 가슴위에다 얹었다.

"서방님, 저를 서울에 안 데려가 주시겠소?"

"일부러 겸사해서 만나자고 내려온 것인데, 왜 안데려 가겠나 향단이 데리고서 너의 모녀가 먼저 올라가 있어라. 나는 봉명 사신이라 남은 고을을 다 돌다가 가야겠다."

"아이구, 그러면 만나자 또, 이별이란 말씀이오?"

"그러나 이번 이별은 며칠 동안이 아니냐. 이방에게 치행 절차 (治行節次)를 부탁해 놓았으니 수일 간으로 교자와 하인들이 모시러 올 것이다."

다음 날 춘향이의 몸이 회복되어 세 식구가 서울로 길을 떠나니, 남원부중 남녀노소가 인산인해로 몰려나와 춘향의 정절을 칭찬 아니하는 사람이 없고, 영달의 치행 길을 축복 아니하는 사람이 없다.

장화홍련전
薔 花 紅 蓮 傳

──작자 미상(作者未詳)

◇ 작품 해설 ◇

　작자와 연대 미상. 효종(孝宗) 때 평안도 철산(鐵山)에 전해오던 설화를
소재로 한 작품으로서 계모형(繼母型)의 가정비극 소설 중에 가장 대표적
이며 주제는 권선 징악이다.

　현재 한글본과 한문본 두 가지가 전해 오는데 전래되던 귀신설화의 한
갈래인 아랑형(阿娘型) 설화를 소설화한 것으로 보인다.

장화홍련전(薔花紅蓮傳)

　해동(海東) 조선국 세종대왕 시절에 평안도 철산군(鐵山郡)에
한 사람이 있었으니, 성은 배(裵)요, 이름은 무룡(武龍)인데 본디
양반으로 좌수(座首)를 지냈으며 성품은 순후하고 가산이 유여하여
그리울 것이 없으되, 다만 슬하에 일점 혈육이 없으므로 부부는 매양
슬퍼하더니, 하루는 부인 장씨의 몸이 곤하여 침석을 의지하고 조는
동안 문득 한 선관(仙官)이 하늘에서 내려와 꽃 한 송이를 주기에,
부인이 받으려 할 때 홀연히 회오리 바람이 일며 그 꽃이 변하여
한 선녀가 되어 완연히 부인의 품속으로 들어 오는지라, 부인이 놀라
깨어 보니 남가일몽(南柯一夢)이라, 부인이 좌수를 청하여 몽사를
이야기하고 괴이 쩍게 여기는데, 좌수 이 말을 듣고 가로되,
　"우리의 무자힘을 하늘이 불쌍히 여기시, 거기를 점지하신이라."
하며, 서로 기뻐하더라.
　과연, 그달부터 태기가 있어 십 삭이 차매, 하루는 밤중에 향기
진동하더니 순산하여 옥녀(玉女)를 낳았으니라. 용모와 기질이 특이

하여 좌수 부부는 크게 사랑하며, 이름을 장화(薔花)라하고 장중보옥
(掌中寶玉)같이 여기더라.

장화가 두어 살이 되매, 장씨는 또한 태기가 있어 십 삭이 되어
가니, 좌수 부부는 주야로 아들 낳기를 바라다가 역시 딸을 낳으니,
마음에는 서운하나 할 수 없이 이름을 홍련(紅蓮)이라 하니라.

장화·홍련의 형제 점점 자라매 얼굴이 화려하고 기질이 기묘할
뿐더러 효행이 뛰어나니, 좌수 부처는 형제의 자라감을 보고 사랑함
이 비길 데 없던 중 너무 숙성함에 염려하더라.

그러던 가운데 시운이 불행하여 장씨는 홀연히 병을 얻어 자리에
누우니, 좌수와 장화가 정성을 다하여 주야로 약을 쓰되 증세는 날로
위중할 뿐이요, 조금도 효염이 없는지라, 장화는 초조하여 모친이
회춘(回春)하기를 바라마지 아니하더라, 이 때 장씨는 자기의 병이
회춘치 못할 줄을 짐작하고, 딸아이 형제의 손을 잡고 좌수를 청하여
슬퍼하며 이르기를,

"첩이 전생에 죄가 많아 이 세상 오래지 못하리니 죽기는 섧지
아니하나, 장화 형제를 기를 사람이 없사오니 지하에 갈지라도
눈을 감지 못 할지라, 슬프다. 이제 골수에 맺힌 한을 가슴에 품고
돌아가거니와, 외로운 혼백이라 다시 취처(娶妻)하시면 낭군의
마음이 자연 변하기 쉬울 것이니, 그를 두려워 하는지라. 낭군은
첩을 저버리지 말고 전일의 정의를 생각하시고, 이 두 딸을 불쌍히
여겨 장성한 후 같은 가문에 배필을 얻어 봉황(鳳凰)의 짝을 지어
주신다면 첩이 비록 어두운 저승 속에서라도 낭군의 은택을 감축하
여, 결초보은(結草報恩)하리이다."

하고 길이 탄식한 후 이 세상을 떠나니 장화는 동생을 안고 하늘을

우러러 통곡하니 장화의 그 가련한 정경은 철석 같은 간장이라도 서러워하겠더라.

그럭저럭 장일이 다달아 선산에 안장하고 장화는 효심을 다하여 조석으로 상식을 받들며 주야로 과상하더니, 세월이 여류하여 어느덧 삼상이 지나가니, 장화형제의 망극함은 더욱 새롭더라.

이 때 좌수는 비록 망처의 유언을 생각하나, 후사(後嗣)를 아니 돌아볼 수 없으매, 부득이 허씨(許氏)에게로 장가를 드니 그 용모를 말할진대 두 볼은 한 자가 넘고 눈은 퉁방울 같고, 코는 질병같고, 입은 메기 같고, 머리털은 돼지털 같고, 키는 장승만하고, 소리는 이리 소리 같고, 허리는 두 아름이나 되는 것이 게다가 곰배팔이요, 수종 다리에 쌍언청이를 겸하였고 그 주둥이를 썰어내면 열 사반은 되겠고 얽기는 콩멍석같았다.

그 생김새는 차마 바로 보기가 어려운 중에 그 심사가 더욱 불량하여 남의 못할 노릇을 골라 가며 행하니, 집에 두기 일시가 난감하더라.

그래도 이것이 계집이라고 그 달부터 태기가 있어 연하의 아들 삼형제를 낳으니, 좌수 그로 말미암아 적이 부지하나 매양 딸아이와 더불어 죽은 장부인을 생각하며, 한때라도 두 딸을 못보면 삼추(三秋)같이 여기고, 들어오면 먼저 딸의 방으로 들어가 손을 잡고 눈물을 흘리며 말하기를,

"너희들 형제 깊이 규중에 있으면서, 어미 그리워함을 이 늙은 아비도 매양 슬퍼하노라."

하며 애연히 여기는 지라, 허씨는 그럴수록 시기하는 마음이 대발하여 장화·홍련을 모해하고자 꾀를 생각하더라.

좌수는 또한 허씨가 시기함을 짐작하고 허씨를 불러 크게 꾸짖어 나무라되,

"우리는 본디 빈곤하게 지내왔으나, 전처의 재물이 많으므로 지금 넉넉하게 사는 것이니, 그대의 먹는 것이 다 전처의 재물이라. 그 은혜를 생각하면 크게 감동할 바이거늘, 저 여아들을 심히 괴롭게 하니 무슨 도리뇨? 다시는 그렇게 하지 말라."

하고 조용히 타이르나, 시랑(豺狼)(승냥이와 이리)같은 그 마음이 어찌 회과함이 있으리요.

그 후로는 더욱 불칙하여 장화 형제를 죽일 뜻을 주야로 생각하리라.

하루는 좌수가 내당으로 들어와 딸의 방에 앉으며 두 딸을 살펴보니, 딸 형제가 서로 손을 잡고 슬픔을 머금어 눈물이 옷깃을 적시기에 좌수가 이것을 보고 매우 측은히 여겨 탄식하여 이르기를,

"이는 반드시 너희 죽은 모친을 생각하고 슬퍼함이로다."

하고, 역시 한가지로 눈물을 흘리며 위로하기를,

"너희들이 이렇듯 장성하였으니, 너희 모친이 있었던 들 오죽이나 기쁘겠느냐마는 팔자 기구하여 허씨를 만나 구박이 자심하니, 너희들의 슬퍼함을 짐작하겠노라. 이 후에 또 이런 연고가 있으면 내 조치하여 너희의 마음을 편케 하리라."

하고 나오니라.

이 때에 흉녀가 창틈으로 이 광경을 엿보고 더욱 분노하여 흉계를 생각하다가 문득 깨달았다.

하루는 제 자식 장쇠를 시켜 큰 쥐 한 마리 잡아 오라 하여 가만히 튀하여 피를 바르고, 낙태한 핏덩이 모양으로 만들어 장화가 자는

방에 들어가 이불 밑에 넣고 나와 좌수가 들어오기를 기다려 이것을
보이려 하더라. 잠시 후에 좌수가 외당에서 돌아오므로 허씨 좌수를
보고 정색하며 혀를 차는 지라 좌수는 괴이쩍게 여겨 그 연고를 물은
즉, 허씨가 하는 말이,

"가중에 불칙한 변이 있으나 낭군이 반드시 첩의 모해라 하실 듯하
기에 처음에는 발설치 못하였거니와, 낭군은 친 어버이라 나면
이르고 들면 반기는 정을 자식들은 전혀 모르고 부정한 일이 많으
매, 내 또한 친어미 아닌 고로 짐작만 하고 잠잠하였더니 오늘은
늦도록 기동치 아니하기에 몸이 불편한가 하여 들어가 보니, 과연
낙태를 하고 누었다가 첩을 보고 미처 수습치 못하여 황망하기로
첩의 마음에 놀라움이 크나, 저와 나만 알고 있거니와 우리는 대대
로 양반이라 이런 일이 누설되면 무슨 면목으로 세상을 살리
요."

하고, 매우 말이 많더라.

좌수는 크게 놀라 이에 부인의 손을 이끌고 딸아이의 방으로 들어
가 이불을 들치고 보니, 이 때 장화 형제는 잠이 깊이 들었는지라,
허씨가 그 피묻은 쥐를 가지고 여러 가지로 날뛰거늘 용렬한 좌수는
그 흉계를 모르고 매우 놀라며 이르기를,

"이 일을 장차 어찌하리오?"

하며 애를 쓰니, 이 때 흉녀가 하는 말이

"이 일이 매우 중난하니 이 일을 남이 모르게 죽여 흔적이 없이
하면, 남은 이런 줄은 모르고 첩이 애매한 전실 자식을 모해하여
죽였다고 할 것이요, 남이 이 일을 알면 부끄러움을 면치 못하리
니, 차라리 첩이 먼저 죽어 모르는 것이 나을까 하나이다."

하고 거짓 자결하는 체하니, 저 미련한 좌수는 그 흉계를 모르고 급히
달려들어 붙들고 빌며,

"그대의 진중한 덕은 내 이미 아는 바이니, 빨리 방법을 가르치면
저 아이를 처치하리라. "

하며 울거늘, 흉녀는 이 말을 듣고,

'이제는 원을 이룰 때가 왔다.'

하고, 마음에 기꺼워 하면서도 겉으로 탄식하며 하는 말이,

"내 죽어 모르고자 하였는데, 낭군이 이토록 과렴하시니 부득이
참거니와, 저 아이를 죽이지 아니하면 장차로 문호에 화를 면치
못하리니, 기세양난(其勢兩難)이니 빨리 처치하여 이 일이 탄로치
않게 하소서. "

하더라.

좌수는 망처(亡妻)의 유언을 생각하고 망극하나 일변 분노하여
처치할 묘책을 의논하니, 흉녀는 기뻐하여 말하였다.

"장화를 불러 거짓말로 속여 저희 외삼촌 댁에 다녀오라 하고 장쇠
를 시켜 같이 가다가 뒤 연못에 밀쳐 넣어 죽이는 것이 상책일까
하나이다. "

좌수는 이 말을 듣고 옳게 여겨, 장쇠를 불러 이리이리 하라고
계교를 가르치더라.

이 때 두 소저는 죽은 어머니를 생각하고 슬픔을 이기지 못하다
가, 잠이 깊이 들었으니 어찌 흉녀의 이런 불칙함을 알았으리오. 장화
는 잠이 깨어 심신이 우울함으로 다소 이상하게 여기며 다시 잠을
이루지 못하고 일어나 앉았더니 부친이 부르시기에 장화가 놀라며
즉시 나아가니 좌수 이르되,

"너희 외삼촌 집이 여기서 멀지 아니하니, 잠시 다녀오너라. "
하거늘, 장화는 너무도 의외의 영을 들으매, 일변 슬퍼 눈물을 머금고
대답하기를,

"소녀 어미를 여읜 후로 지게문을 나가 보지 아니하여 외인을
대한 일이 없사온데, 부친은 어찌하여 이 심야에 아지 못하는 길을
가라 하사나이까? "

좌수는 대로하여 꾸짖기를,

"네 오라비 장쇠를 데리고 가라 하였거늘, 무슨 잔말을 하여 아비
의 영을 거역하느냐? "

하니, 장화가 이 말을 듣고 방성대곡하여 여쭈기를,

"부친께서 죽으라 하신들 어찌 분부를 거역하겠나이까마는, 야심하
였삽기로 어린 생각에 사정을 아뢸 따름이옵고, 분부 이러하시니
황송하오나 다만 바라옵기는 밤이나 새거든 가게 하옵소서. "

하였더니, 좌수 비록 용렬하나 자식의 정을 생각하고 망설이므로
흉녀 이렇 듯 수작함을 듣고 갑자기 문을 발길로 박차며 꾸짖어 하는
말이,

"너는 아비의 영을 순순히 따라야 되거늘, 무슨 말을 하여 부명을
어기느냐? "

하며 호령하니, 장화는 이를 보자 더욱 서러우나 할 수 없이 울며
이르기를,

"아버님, 분부 이러하시니 다시 여쭐 말씀이 없사오며 분부대로
거행하겠나이다. "

하고, 침방으로 들어가 홍련을 불러 손을 잡고 울며 하는 말이,

"부친의 의향을 알지 못하겠으나 무슨 연고가 있는 지 심야에 외가

에 다녀오라 하시니, 마지 못하여 가거니와 이 길이 아무리 하여도 불길하다. 시급하여 사정을 못다 하거니와 가장 망극한지라. 다만 슬픈 마음은 우리 형제가 모친을 여의고 서로 의지하여 세월을 보내되 일각이라도 떠남이 없이 지내더니, 천만의 외에 이 일을 당하여 너를 적적한 빈방에 혼자 두고 갈 일을 생각하면 가슴이 터지고 간장이 타는 이 심사는 청천일장지(靑天一場地)로도 다 기록하지 못할지라, 아무쪼록 잘 있거라. 내 길이 좋지 못할 듯하나 만일 순하면 속히 돌아오리니, 그 사이 그리운 생각이 있을지라도 참고 기다리거라. 옷이나 갈아 입고 가리라. ”

하고 옷을 갈아 입은 후, 형제는 다시 손을 잡고 울며 아우를 경계하여 일러두되,

　　“너는 부친과 계모를 극진히 섬겨 잘못함이 없게 하고 내가 오기를 가다리면, 내 가서 오랫 동안 있지 않고 수 삼일에 곧 오려니와, 그 동안 그리워 어찌하며 너를 두고 가는 형의 마음 측량 할 길 없으니 너는 슬퍼 말고 부디 잘 있거라. ”

하며 말을 마치고 대성통곡하며 손을 붙잡고 서로 나누지 못하니, 슬프다 생시에 그지 없이 사랑하던 모친은 어찌 이런 때를 당하여 저 형제의 형상을 굽어 살피지 못하는가? 홍련이 뜻밖에 형의 일장설화(一場說話)를 들으니 간담이 메어지는 듯하여 서로 붙잡고 통곡하니, 그 가련한 정상은 일필난기(一筆難記)이겠더라.

　　이에 흉녀가 밖에서 장화의 말을 듣고 들어와, 시랑같은 소리를 지르며 꾸짖기를,

　　“네, 어찌 이렇 듯 요란히 구느냐?”

하고, 장쇠를 불러 이르되,

"네 누이를 데리고 속히 외가에 다녀 오라."

하매, 개돼지같은 장쇠는 바로 염라대왕의 분부나 받은 듯이 소리를 벽력같이 질러 어깨춤을 추며 삼간마루를 떼구르며 하는 말이,

"누님은 바삐 나오소서. 부명을 거역하여 공연히 나를 꾸중 듣게
하니 이 아니 원통하오? "

하며, 재촉이 성화같더라.

장화는 할 수 없이 홍련의 손을 뿌리치고 나오려 한즉 홍련이 형의 옷자락을 잡고 울부짖기를,

"우리 형제는 일시도 떨어지지 아니하였거늘, 갑자기 오늘은 나를
버리고 어디로 가려 하시느뇨? "

하며 쫓아나오니, 장화는 홍련의 잔인한 형상을 보매 간장이 마디마 디 끊어지는 듯하나, 할 수 없이 홍련을 달래며 이르되

"내 잠깐 다녀 오겠으니 울지 말고 잘 있으라."

하는 소리가 설움에 잠겨 말끝을 맺지 못하니, 노복들도 이 정경을 보고 눈물을 머금더라.

홍련이 형의 치마를 굳이 붙잡고 놓지 아니하거늘, 흉녀가 달려들 어 홍련의 손을 뿌리치며 나무라기를

"네 형이 외가에 가거늘 네 어찌 이처럼 요사스럽게 구느냐? "

하며 꾸짖으니, 홍련이 할 수 없어 물러서니, 흉녀 장쇠에게 넌지시 눈짓하자 장쇠의 재촉이 성화 같으니, 장화는 마지못해 홍련을 이별 하고 부친께 하직하고 말에 올라 통곡하며 가더라.

장쇠, 말을 급히 몰고 산골짜기로 들어가 한곳에 다다르니, 산은 첩첩 천봉(千峰)이요, 물은 잔잔 백곡(百曲)이라, 초목이 무성하고 송백(松柏)이 자욱하여, 인적이 적막한 데 달빛만 휘영청 밝고 구슬

픈 두견소리 인촉간장을 다 끊어 놓는다.

장화가 굽어 보니 송림 중에 한 못이 있으되 크기가 사십 여 리요, 그 깊이는 알지 못하겠더라. 한 번 보니 정신이 아득하고 물소리만 처량한데, 장쇠 말을 잡고 내리라 하니 장화는 크게 놀라며 큰 소리로 나무라니,

"이곳에 내리라 함은 어쩐 말이냐?"

하닌, 장쇠 대답하되,

"누이의 죄를 알 것이니 어찌 물으오? 그대를 외가에 가라함은 정말이 아니라 그대 실행이 많되, 계모가 착하신고로 모른 체 하시더니 이미 낙태한 일이 나타난 고로, 나로 하여금 남이 모르게 이 못에 넣고 오라 하기로 이에 왔으니 속히 물에 들어가오. "

하며 잡아 내리는지라, 장화가 이 말을 들으니 청천벽력이 내리는 듯 넋을 잃고 소리를 지르기를,

"하늘도 야속하오. 이 일이 웬 일이오? 무슨 일로 장화를 내시고, 또 천고에 없는 누명을 씌워 이 깊은 못에 빠져 죽어 속절없이 원혼이 되게 하시는고? 하늘이여, 굽어 살피소서. 장화는 세상에 난 후로 문 밖을 모르거늘, 오늘날 애매한 누명을 쓰오니 전생에 죄악이 그렇게 중하더뇨? 우리 모친은 어찌 세상을 버리시고 슬픈 인생을 남겼다가 간악한 사람의 모해를 입어 단번에 나비 죽 듯 죽은 것은 싫지 않거니와 원통한 이 누명은 어느 때나 설원하며 외로운 저 동생은 어찌하느뇨? "

하며 통곡하여 기절하니, 그 정상은 목석간장이라도 서러워하련마는 저 불칙하고 무정한 장쇠놈은 서서 다만 재촉하여 말하기를,

"이 적막한 산중에 밤이 이미 깊었는데, 아무래도 죽을 인생 발악

한들 무익하니 바삐 물에 들라. "

하매, 장화 정신을 진정하고 일러 주되,

"나의 망극한 정지를 들어라. 너와 나는 비록 이복(異腹)이나 아비 골육(骨肉)은 한가지라 전에 우리를 우애하던 정을 생각하여 영영 황천으로 돌아가는 인명을 가련히 여겨 잠깐 말미를 주면, 삼촌 집에도 가고 망모(亡母)의 묘에 가서 하직이나 하고 외로운 홍련을 부탁하여 위로하고자 하니, 이는 결단코 내 목숨을 보존코자 함이 아니라, 밝혀본즉 계모의 시기였을 것이요, 살고자 한즉 부명을 거역함이니 일정한 명대로 하려니와 바라건대 잠깐 말미를 얻어 다녀와 죽음을 청하노라. "

하며, 비는 소리 애원 측은하건마는 목석같은 장쇠놈은 조금도 측은한 빛이 없이 마침내 듣지 않고 재촉이 성화 같으니 장화 더욱 망극하여 하늘을 우러러 통곡하여 하는 말이,

"명천(明天)은 이 억울한 사정을 살피소서. 장화의 팔자 기박하여 칠세에 모친을 여의고, 형제 서로 의지하여 서산에 지는 해와 동녘에 돋는 달을 대할 때면 간장이 슬퍼지고, 후원에 피는 꽃과 섬돌에 나는 풀을 볼 적이면 비감하여 눈물이비오 듯 지내옵는데, 십년 후 계모를 얻으니 성품이 불칙하여 구박이 자심하온지라 서러운 간장 슬픈 마음을 이기지 못하오나, 낮이면 부친을 바라고 밤이면 망모를 생각하며 형제 서로 손을 잡고 장장하일(長長夏日)과 긴긴 추야(秋夜)를 장우단탄(長吁短歎——긴 하숨과 짧은 탄식)으로 보내옵더니, 궁흉극악한 계모의 독소를 벗어나지 못하옵고 오늘날 물에 빠져 죽사오니, 이 장화의 천만 애매함을 천지·일월·성신은 바로 잡아 주소서. 홍련의 가련한 인생을 불쌍히 여기사 나같은

인생을 본받게 마옵소서. ”

하고, 장쇠를 돌아보며 이르되,

　“나는 이미 누명을 쓰고 죽거니와 저 외로운 홍련을 불쌍히 여겨
　잘 인도하여, 부모에게 잘못됨이 없게 하고 부모를 모셔 백세무량
　(無量)하기를 바라노라 ”

하며, 왼 손으로 치마를 걷어잡고 바른 손으로 월귀탄을 벗어 들고
신발을 벗어 못 가에 놓고, 발을 구르며 눈물을 비오 듯 흘리고 오던
길을 향하여 실성(失性) 통곡하였다.

　“불쌍토다, 홍련아! 적막한 깊은 규중에 너 홀로 남았으니 잔인한
　네 인생이 누구를 의지하고 살아간단 말이냐. 너를 두고 죽는 나는
　쓰라린 이 간장이 굽이굽이 다 녹는다. ”

　말을 마치고 만경창파(萬頃滄波)에 나는 듯이 뛰어드니 진실로
애닮도다. 갑자기 물결이 하늘에 닿으며 찬 바람이 일어나고 월광이
무색한데, 산중으로부터 큰 범이 내달아 꾸짖었다.

　“네 어미 무도하여 애매한 자식을 모해하여 죽이니 어찌 하늘이
　무심하시랴! ”

이에 달려들어 장쇠놈의 두 귀와 한 팔, 한 다리를 떼어 먹고 간데
없으니, 장쇠 기절하여 땅에 거꾸려지니 장화의 탔던 말이 크게 놀라
집으로 돌아가더라.

　흉녀는 장쇠를 보내고 밤이 깊도록 아니오매 매우 이상히 여기는
데, 갑자기 장화가 타고 간 말이 소리를 지르고 달려오기에, 흉녀
생각하기는 장화를 죽이고 온 줄로 알고 내다본즉, 그 말이 온몸에
땀을 흘리고 들어오되 사람은 없는지라, 흉녀는 크게 놀라 이에 노복
을 불러 불을 밝히고 말 오던 자취를 더듬어 찾아가게 하니라.

이윽고 한 곳에 다달아 보니, 장쇠가 거꾸러졌기에 놀라 자세히 보니 한 팔, 한 다리와 두 귀가 없고, 피를 흘리고 불성인사(不省人事)되었으니, 모두 놀라 어찌할 줄 모르더라. 그러더니 문득 향내가 진동하여 냉풍이 소슬하매 괴이하게 여겨 두루 살피니 향내가 못 가운데서 나더라.

노복이 장쇠를 구하여 오니 그 어미 놀라 즉시 약을 먹이고 상한 곳을 동여주니, 장쇠 비로소 정신을 차리는지라, 흉녀는 크게 기꺼워하며 그 연고를 물은즉, 장쇠가 전후사연을 낱낱이 다 말하매 흉녀는 더욱 원망하여 홍련을 마저 죽이고자 주야로 생각하더라.

이 때 좌수는 장쇠의 변을 보아 장화가 애매하게 죽은 줄을 깨닫고 한탄하여 슬퍼하더라. 홍련이 또한 가증사(可憎事)를 전연 모르다가 집안이 소란함을 보고 매우 괴이하게 여겨 계모더러 그 연고를 물으니 흉녀가 말하기를,

"장쇠는 요괴로운 네 형을 데리고 가다가 길에서 범을 만나 물려서 병이 중하다."

하기에 홍련이 다시 사연을 물은즉, 흉녀는 눈을 흘기며,

"네 무슨 괴로운 말을 이토록 하느냐?"

하고, 자리를 떨치고 일어나더라.

홍련이 이렇듯 박대함을 보고 가슴이 터지는 듯하여, 일신이 떨려 제 방으로 들어와 형을 부르며 통곡하다가 어느새 잠이 드니, 비몽사몽간(非夢似夢間)에 물속에서 장화가 황룡(黃龍)을 타고 북해(北海)로 향하매 홍련이 내달아 물으려 하는데, 장화는 본 체도 아니하는지라, 홍련이 울며 묻기를,

"형님은 어찌 나를 본 체도 아니하시고 혼자 어디로 가시나이까?

하니, 장화 눈물을 뿌리며 대답하되,

"이제는 내 몸이 길이 다른지라, 내 옥황상제(玉皇上帝)께 명을 받아 삼신산(三神山)으로 약을 캐러가니 길을 바쁘기로 정회를 베풀지 못하나. 네 나를 무정하다고 여기지마라. 내 장차 너를 데려 가리라. "

하며 수작 할 즈음에, 홀연 장화가 탄 용이 소리를 지르므로 홍련이 놀라 깨니, 침상(寢床)의 한낱 꿈이더라.

기운이 서늘하고 땀이 나서 정신이 아득한지라, 홍련은 이에 부친께 이 사연을 말씀하며 통곡하여 하는 말이,

"오늘을 당하여 소녀의 마음이 무엇을 잃은 듯하여 자연히 슬프오니 형이 이번에 가서 필경 연고가 있어 사람의 해를 입었나 보옵니다. "

하고, 실성통곡하니라.

죄수는 딸아이의 말을 듣고 흉격이 막혀 한 마디 말도 이루지 못하고 다만 눈물만 흘리므로, 흉녀가 곁에 있다가 갑자기 낯빛을 변하며 나무라되,

"어린아이가 무슨 군말을 하여 어른의 마음을 무단히 슬프게 하여, 이렇게 심상케 하느냐? "

하며 등을 밀어 내치매, 홍련이 울며 나와 생각하되,

'내 몽사를 여쭈니 부친은 슬퍼하시며 아무말도 못하시고, 계모는 낯빛을 바꾸며 이렇듯 구박을 하니, 이는 반드시 이 가운데 무슨 연고가 있도다.'

하며, 그 허실(虛實)을 알고자 하더라.

하루는 흉녀가 나가고 없기에 장쇠를 불러 달래며 장화의 행방을

탐문하니, 장쇠는 감히 속이지 못하여 장화의 전후 사연을 토파하는
지라 그제야 홍련이 제 형이 애매하게 죽은 사실을 알고 깜짝 놀라
기절하였다가 겨우 정신을 차려 형을 부르며 외치기를,

"가련할사 형님이여! 불칙할사 흉녀로다! 잔인한 우리 형님이여,
이팔 청춘 꽃다운 시절에 망칙한 누명을 몸에 싣고 창파에 몸을
던져 천추(千秋) 원혼 되었으니, 뼈에 새긴 이 원한을 어찌하여
풀어 볼꼬? 참혹할사 우리 형님, 가련한 이 동생을 적막한 공방에
외로이 남겨 두고 어디 가서 아니 오시는가? 구천(九泉)에 들어가
동생이 그리워서 피눈물 지우실 제 구곡간장(九曲肝腸)이 다 녹았
으리로다. 예로부터 오늘에 이르도록 이런 억울하고 원통한 일이
또 어디 있으리오? 밝고 밝은 하늘은 살피소서! 소녀 삼세에 어미
를 잃고 형을 의지하여 지내 오는데 이 몸의 죄가 지중하여 모진
목숨이 외로이 남았다가 이런 변을 또 당하니, 형과 같이 더러운
욕을 보지 말고 차라리 이내 몸도 일찍 죽어 외로운 혼백이라도
형을 따라 지하에 놀고자 하나이다. "

하고 말을 마치니 눈물은 비오듯 하며 정신이 아득한지라, 아무리
형의 죽은 곳을 찾아가고자 하나 규중처녀의 몸이라 문 밖 길을 모르
니, 어찌 그 곳을 능히 찾아가리오? 침식을 모두 끊고 주야로 한탄할
뿐이더라.

하루는 청조 한 마리가 날와서, 온갖 꽃이 만발한 사이로 오락가락
하기에 홍련이 심중에 헤아리되,

'내 형님의 죽은 곳을 몰라 주야로 궁금하여 한이 되는데, 저 청조
비록 미물이나 저렇듯 왕래하니 필경 나를 데려가려 온 것이렸다.'

하며, 슬퍼 정회를 진정치 못하여 좌불안석(坐不安席)하더니, 청조는

간 데 없으매 마음이 서운하나 할 수 없더라.

날이 다시 밝으매 홍련이 또 청조가 오기를 기다리나 종시 오지
아니하므로 슬픔을 이기지 못하여 종일 통곡하다가 드디어 날이 저무
니, 창을 의지하고 혼자 생각하되,

'이제는 청조가 아니 와도 내 형의 죽은 곳을 찾아 가려니와, 이
일을 부친께 말씀하면 못 가게 하실 터이니 이 사연을 기록하여
두고 가리라.'

하고, 인하여 지필(紙筆)을 내어 유서를 쓰니 그 글에 아뢰기를,

〈슬프다, 일찍이 모친을 이별하고 형제가 서로 의하여 세월을 보내
옵더니 천만 의외에 형이 사람의 불칙한 모해를 입어 죄없이 몹쓸
누명을 쓰고 마침내 원혼이 되오니 어찌 슬프며 억울치 않사오리
까? 불초녀(不肖女) 홍련은 부친 슬하에 이미 십여 년을 모셨다가
오늘날 가련한 형을 따라가오니 이후로는 부친의 용모를 다시 뵙지
못하며, 성음조차 들을 길이 없사오매 이런 일을 생각하니, 눈물이
앞을 가려 흉격이 막히옵는지라, 바라건대, 부친은 불초녀를 생각
하지 말으시고 만수무강 하옵소서〉

하였더라.

이 때는 오경이라 달빛이 뜨락에 가득하고 청풍이 솔솔 불더니
문득 정조가 날아와 나무에 앉으며 홍련을 보고 반기는듯 지저귀므
로 홍련이 이르되,

"네 비록 날짐승이나 우리 형님의 있는 곳을 가르쳐 주고자 왔느
냐?"

그 청조가 듣고 응하는 듯 하기에 홍련이 다시 이야기를,

"네 만일 나를 가르켜 주려 왔거든 길을 인도하면 너를 따라가리

라."

하니, 청조는 고개를 조아리며 응하는 듯 하기에 홍련을 이르기를,

"그러하면 네 잠깐 머물러 있으라. 함께 가자."

하더니, 유서를 벽상에 붙이고 방문을 나오며 일장 통곡하여 하는
말이,

"가련하다. 내 신세여! 이제 이 집을 나가면 언제 다시 이 문전을
보리요."

하고 청조를 따라 나서니라.

홍련이 집을 빠져나와 수 리를 못 가서 동방이 밝는데, 점점 나아
가니 청산은 중중하고 장송은 울울한데, 백조는 슬피 울어 사람의
심회를 돋우더라. 청조가 한 못가에서 주저하기에 홍련이 좌우를
살펴보니, 물 위에 오색 구름이 자욱한 속에서 슬픈 울음소리가 나며
홍련을 불러 이르는 말이,

"너는 무슨 죄로 천금같이 귀중한 목숨을 속절없이 이곳에 버리고
자 하느냐? 사람이 한번 죽으면 다시 살지 못하나니 가련하다,
홍련아! 세상 일은 헤아리기 어렵노라. 이런 일 다시 생각지 말고
속히 돌아가 부모봉양을 극진히 하고, 성현군자(聖賢君子)를 만나
아들 딸 고루 낳아 기르며 돌아가신 어머님 혼령을 위로하라."

하므로, 홍련이 형의 소리임을 알아듣고 급히 소리를 질러 외치기
를,

"형님은 전생에 무슨 죄로 나를 두고 이곳에 와 외로이 있나이까?
내 형님을 버리고 혼자 살 길이 없사오니 한가지로 돌아다니고자
하나이다."

하고, 또 들으니 공중에서 울음소리가 그치지 아니하고 슬프 울기

에, 홍련이 더욱 서러워 정신을 차리지 못하다가 겨우 진정하여 하늘에 절하며 축수하여 하는 말이,

"비나이다 비나이다! 빙옥(氷玉)같이 맑은 우리 형님 천추에 몹쓸 누명 설원(雪怨)하여 주옵소서. 황천후토(皇天后土——하늘의 신과 땅의 신)이 홍련의 억울하고 원통한 한을 밝게 굽어 살펴옵소서."

하고, 방성대곡 슬피 우니라.

이럴 즈음 공중에서 홍련을 부르는 소리에 더욱 비감하여 바른손으로 비단치마를 움켜잡고, 나는 듯이 물 속에 뛰어드니 슬프고 애닯도다. 일광이 무색하고, 그 후로는 물 위에 안개 자욱한 속으로 슬피 우는 소리 주야로 연속하여 계모의 모해로 애매하게 죽음을 자세히 뇌이니, 이는 원근 사람을 다 알게 함이라.

장화 형제의 애원한 한이 구천(九泉)에 사무쳐 매양 설원코자 하매, 철산부사(鐵山底使)가 아문(衙門——上級官廳 즉 監營)에 들어가 지원극통한 원정을 아뢰려하면, 부사가 매양 놀라 기절하여 죽는지라, 철산부사로 오는 사람이 도임한 이튿날이면 죽으므로, 그 후로는 부사로 오는 사람이 없어 철산군은 자연이 폐읍이 되었으며, 연년 흉년이 들어 사람이 아사 지경에 이르니 백성들이 사방으로 헤어져 한 고을이 텅 비게 되었더라.

이러한 사연으로 여러 번 장계(狀啓——國王에게 바치는 陳情書)를 올리니 상이 크게 근심하사 조정에서 논의가 분분한데, 하루는 정동호(鄭東鎬)라 하는 사람이 부사로 가기를 자원하니, 이는 성품이 강직하고 체모(體貌)가 정중하는 사람이라 상이 들으시고 천견하여 분부를 내리시되,

"철산 읍에 이상한 변이 있어 폐읍이 되었다 하여 매우 염려하던
중, 경이 이제 자원하니 심히 다행하고 아름다우나, 또한 근심이
되니 십분 조심하여 인민을 잘 안돈(安頓)하라. "

하시고 철산부사를 제수하시니, 부사 사은하고 물러나와 즉일로 발행
하여 고을에 도임하고 이방(吏房)을 불러 물어 보았다.

"내 들으니, 이 고을에 관장(官長)이 도임한 후면 즉시 죽는다고
하니 과연 옳으냐? "

이방이 대답하여 여쭈기를,

"아뢰옵기 황송하오나, 오륙 년 이래도 등내(等內)마다 밤이면
비몽사몽간에 꿈을 깨닫지 못하옵고 죽사오니 그 연고를 알지 못하
겠나이다 "

하므로, 부사는 듣기를 다하고 분부하되,

"너희들은 밤에 불을 끄되 잠을 자지 말고 고요히 동정을 살피
라. "

하니, 이방이 청령(聽令)하고 나아가더라.

이리하여 부사는 객사에 가서 등촉을 밝히고 주역(周易)을 읽는
데, 밤이 깊은 후에 홀연히 찬 바람이 일며 정신이 아득하여 어찌할
줄을 모르는데 난데없이 한 미인이 녹의홍상(綠衣紅裳)으로 완연히
들어와 절을 하므로, 부사는 정신을 가다듬어 물어보았다.

"너는 어떠한 여자이기로 이 깊은 밤에 무슨 사정을 말하려 하는
가? "

그 미인이 고개를 숙이고 몸을 일으켜 다시 절하며 아뢰었다.

"소녀는 이 고을에 사는 배좌수의 딸 홍련이옵고, 소녀의 형 장화
는 칠세가 되었고 소녀가 삼 세가 되던 해에 어미를 여의옵고 아비

를 의지하여 세상을 보내 오던 중, 아비 후처를 얻으니 후처의
성품이 사납고 시기심이 극심하온 중 공교히 연하여 삼자를 낳으
니, 아비 혹하여 계모의 침소를 신청하고 소녀의 형제를 박대함이
자심하였나이다. 소녀의 형제는 그래도 어미라 계모 섬기기를 극진
히 하였으되 박대와 시기는 날로 심하오니 이는 다름아니라, 본디
소녀에 죽은 어미 재물이 많으므로 노비가 수백인이요, 전답이
천여 석이며 보화는 거재두량(巨載斗量——수레에 싣고 말로 되
다)이요, 소녀 형제가 출가하면 재물을 다 가질까 하여 시기심을
품고 소녀 형제를 죽여 재물을 빼앗아 제 자식을 주고저 하며,
주야로 모해할 뜻을 두었나이다. 그리하여 몸소 흉계를 내어 큰
쥐를 튀하여 피를 많이 바르고 낙태한 형상을 만들어 형의 이불
밑에 넣고 아비를 속여 죄를 씌운 후에, 거짓 외삼촌 집으로 보낸
다 하고 불시에 말을 태워 그 아들 장쇠놈으로 하여금 데려다가
못 가운데 넣어 죽였삽기에, 소녀 이 일을 알고 억울하고 원통하여
스스로 생각하온즉, 소녀 구차히 사옵다가 또 흉계에 빠질까 두려
워 마침내 형이 빠져 죽은 못에 빠져 죽었사오니, 죽음은 섧지
않으나 이 불칙한 누명을 씻을 길이 없삽기로 더욱 원통하여 등내
(等內)마다 원통한 사정을 아뢰고자 하온즉 모두 놀라 죽사와,
뼈에 맺힌 원한을 이루지 못하옵더니, 이제 천행으로 밝으신 사또
를 맞아 감히 원통한 원정을 아뢰오니, 사또는 소녀의 슬픈 혼백을
불쌍히 여기사 천추의 원한을 풀어 주시옵고 아울러 형의 누명을
벗겨 주시옵소서. "
말을 맺고 하직하고 나가기에 부사는 속으로 괴이쩍게 여겨,
"당초에 이런 일이 있기로 폐읍이 되었도다."

하고 이튿날 날이 샘을 기다려 동헌(東軒)에 나가아 좌기하고 이방을
불러 물어봤다.

　"이 고을에 배좌수라는 사람이 있느냐?"

　"과연 배좌수 있사외다."

　"좌수 전후취(前後娶)에 자식이 몇이나 있느냐?"

　"두 딸은 일찍이 죽삽고, 세 아들이 살아 있나이다."

　"두 딸은 어찌하여 죽었다 하더냐?"

　"남의 일이옵기에 자세히는 알지 못하오나, 대강 듣사온즉 장녀는
무슨 죄가 있어 연못에 빠져 죽은 후, 그 동생이 있어 서로 우애
(友愛)하므로 주야 통곡하다가 필경 제 형을 쫓아 역시 연못에
빠져 죽어 한가지로 원혼이 되어 날마다 못 가에 나와 앉아 울며
이르되 '계모의 모해를 입어 죽었다'하고, 허다한 이야기를 늘어
놓으므로　행인들이　듣고　눈물을　아니　흘리는 사람없다 하더이
다."

하기에, 부사 듣기를 다하고 즉시 관차(官差——官衙에서 보내는 아
전)을 보고 분부하되,

　"배좌수 부부를 잡아 들이라."

하니, 관차는 영을 듣고 삽시간에 잡아 들이는지라, 부사는 이에 좌수
에게 물었다.

　"내 들으니, 두 딸과 후처의 세 아들이 있다 하니 그러하냐? "

　"두 딸은 병들어 죽고, 다만 세 아들만 살았나이다."

　"두 딸이 무슨 병으로 죽었는고? 네 바른대로 아뢰면 숙기를 변하
려니와, 그렇지 아니할진대 장하(杖下)에 죽으리라. "

　좌수 얼굴이 흙빛이 되어 아무 말도 못하나, 흉녀는 이 말을 듣고

크게 놀라며 아뢰었다.

"안전에서 이미 아옵시고 묻삽는 바에, 어찌 일호라도 기망하옴이 있사오리까? 전실에 두 딸이 있어 장성하옵더니, 장녀 실행(失行)하여 잉태하온지라, 장차 누설케 되었삽기에 노복들도 모르게 약을 먹어 낙태하였사오나, 남은 실로 이러한 줄 모르고 계모의 모해인 줄 알 듯 하옵기로, 저를 불러 경계하되 '네 죄는 죽어 아깝지 아니하나 너를 죽이면 남이 나의 모해라 알겠기로 짐작하여 죄를 사하나니 차 후는 다시 이러한 실행을 말고 마음을 닦도록 하라. 만일 남이 알면 우리집을 경멸히 여길 것이니, 그러하면 무슨 면목으로 사람을 대하리요?'하고 경계하여 꾸짖었삽더니, 저도 죄로 알고 스스로 부모 보기를 부끄러워하여 밤에 나가 못에 빠져 죽었삽고, 그 아우 홍련이 또한 제 형의 행실을 본받아 밤을 타서 도주한 지 격년(隔年)이 되었사오나, 그 종족을 모를 뿐 아니오라, 양반의 자식이 실행하여 나갔다고 어찌 찾을 길이 있사오리까? 이러하므로 나타나지 못하였나이다. "

부사 듣기를 다하고 물어 보았다.

"네 말이 그러할진데 낙태한 것을 가져오면 가히 알리라."

흉녀 대답하여 가로되,

"소녀의 골육이 아닌고로 이런 일을 당할 줄을 알고 그 낙태한 것을 깊이 감추었다가 이에 가져 왔나이다. "

하고 즉시 품속에서 내어 바치매, 부사가 본즉 낙태한 것이 분명한지라 이에 분부하되,

"말과 사실이 어긋남이 없으나 죽은 지 오래 되어 분명히 징험이 없으매, 내 다시 생각하여 처치할 것이니 아직 물러가 있으라. "

하고 놓아 주었더니, 이날 밤에 홍련의 형제 완연히 부사 앞에 나타나
절하고 여쭈거늘,

"소녀들이 천만 의외에 밝으신 사또를 만나 소녀 형제의 누명을
씻어 볼까 하였삽더니, 사또 흉녀의 간특한(奸慝) 꾀에 빠지실
줄을 어찌 알았사오리까? "

하며 슬피 울다가, 다시 여쭈거늘

"일월같이 밝으신 사또는 깊이 통촉하옵소서. 옛날에 순(舜)임금
도 계모의 화를 입었다 하옵거니와 소녀의 뼈에 사무친 원한은
삼척동자라도 다 아옵는 바이거늘, 이제 사또 잔악한 계집의 말을
곧이 들으사 깨닫지 못하옵시니 어째 애닮지 않사오리까? 바라건
데, 사또는 흉녀를 다시 부르사, 낙태한 것을 올리라 하여 배를
가르고 보시면 반드시 통촉할 바 있사오리니 소녀의 형제를 천만
긍칙히 여기사 법을 밝혀 주옵시고, 소녀의 아비는 본성이 착하여
어두운 탓으로 흉녀 간계에 빠져 흑백을 분별치 못함이오니 십분
용서하여 주시옵기를 바라나이다. "

말을 마치고 홍련의 형제 일어나 절하고 청학을 타고 반공에 솟아
가므로, 부사는 그들 형제의 말이 신기하고도 분명하매, 자기가 흉녀
에게 속은 것을 알고 더욱 분노하여 날이 밝기를 기다려 해가 뜨자
좌기(坐起)를 베풀고, 좌수 부처를 성화같이 잡아 들여 다른 말은
묻지 아니하고 그 낙태한 것을 드리라 하여 살펴 본즉, 낙태가 아님을
분명히 알겠기에 좌우에 명하였다.

"그 낙태한 것을 배를 갈라 보라!"

호령이 서릿발 같은지라 좌우 받잡고 칼을 들어 배를 가르니 그
속에 쥐똥이 가득하더라. 허다한 관속(官屬)들이 이를 보고 모두

흉녀의 간계로 알고 저마다 침을 뱉아 꾸짖으며, 홍련 형제의 애매한 죽음을 불쌍히 여겨 눈물을 흘리는지라, 부사 이를 보고 대로하여 큰 칼을 씌우고 소리를 높여 꾸짖어 이르되,

"이 간특한 년아, 네 천고의 불칙한 죄를 짓고도 발칙스럽게 공교한 말로 속이므로 내 생각하는 바 있어 놓아 주었거니와, 이게 또한 무슨 말을 꾸며 변명코자 하느냐? 네 국법을 가볍게 생각하고 못할 짓을 행하여 무죄한 전실 자식을 죽였으니, 그 연고를 바른대로 아뢰어 형벌의 괴로움을 받지 않도록 하라."

좌수가 이 광경을 보고 애매한 자식의 원통한 죽음을 뉘우치고 눈물을 흘려 아뢰었다.

"소생의 무지한 죄는 성주(城主——郡守를 가리킴)의 처분에 달렸거니와, 비록 하방(遐方——서울에서 먼 시골)의 용렬한 우민(愚民——어리석은 백성)인들 어찌 사리와 체면을 모를 수 있겠나이까? 전실 장씨는 가장 현숙하더니 불쌍히 죽고 두 딸이 있사오매, 부녀 서로 의지하여 위로하며 세월을 보내 오던 중 후사(後嗣)를 아니 보지 못하와 부득이 후처를 얻어 삼자를 낳아 가장 기꺼워 하였나이다. 하루는 소생이 내당에 들어 간즉 흉녀가 문득 발연 변색하여 이르기를 '상공이 매양 장화를 세상에 없이 귀엽게 여기더니, 제 행실이 불칙하여 낙태하였으니 들어가 보라.'하고, 이불을 들치기에 소생이 놀라 어두운 눈에 본즉 과연 낙태한 것이 적실(適實)하오매, 미련한 소견에 전혀 깨닫지 못하던 중 더욱 전처의 유언은 잊고 흉계에 빠져 죽인 것이 분명하오니, 그 죄 만 번 죽어도 아깝지 아니 하나이다."

말을 마치고 배좌수가 통곡하니, 부사는 곡성을 그치게 하고, 이어

흉녀를 형틀에 올려매고 문초를 받으니 흉녀 매를 이기지 못하여 하는 말이,

"소첩의 친정은 대대로 거족(巨族)이오나, 근래에 문중이 쇠잔하고 가세(家勢) 탕진하던 차 좌수 간청하므로 소첩이 그 후처가 되오니, 전실의 두 딸이 있으되 그 행동거지(行動擧止) 심히 아름답기로 내 자식같이 양육하여 이십에 이르렀나이다. 그러나 차차 제 행사 점점 불칙하여 백 말에 한 말도 듣지 아니하고 성실치 못한 일이 많으며 원망이 자심하옵기로, 때때로 저희들을 경계하여 개유하여 아무쪼록 사람이 되도록 하였삽더니 하루는 저희들 형제의 비밀히 하는 말을 우연히 엿듣고 보니, 그 말이 과연 소첩이 매양 염려하던 바와 같이 불칙한 일이온지라, 마음에 매우 놀랍고 분하오나 가부(家父)더러 이른즉 반드시 모해하는 줄로 알겠기로 부득이 가부를 속이고 쥐를 잡아 피를 묻혀 장화의 이불 밑에 넣고 낙태하였다고 하여, 소첩의 자식 장쇠에게 계교를 가르쳐 장화를 유인하여 연못에 넣어 죽였삽더니, 그 아우 홍련이 또한 화를 만날까 두려워 밤을 타서 도주하였사오니, 법대로 처분을 기다리려니와, 첩의 아들 장쇠는 이 일로 천벌을 입어 이미 병신이 되었사오니 죄를 사하시옵소서. "

장쇠 등 삼형제 한가지로 여쭈되,

"소인 등은 다시 아뢸 말씀이 없사오나, 다만 늙은 부모를 대신하여 죽고자 바라옵나이다. "

하므로, 부사는 좌수의 처와 장쇠 등의 초사(招辭)를 듣고 일변 흉년의 본 뜻을 깨닫고 일변 장화의 형제의 원통한 죽음을 불쌍히 여겨 이르기를,

"이 죄인은 여타 자별(與他自別)하니 내 임의로 처치 못하겠노라."

하고 감영에 보장(報狀)하니, 감사(監使) 이 말을 듣고 크게 놀라 이르되,

"이런 일은 고금에 없는 일이라."

하며, 즉시 이 뜻을 조정에 장계(狀啓)하였더니, 상이 보시고 홍련의 형제를 불쌍히 여기사 하교(下敎)하시기를,

"흉녀 죄상은 만만불칙하니 흉녀는 능지처참(陵遲處斬——몸을 토막쳐 죽이는 刑極)하여 후일을 징계하며, 그 아들 장쇠는 교(絞)하여 죽이고, 장화 형제의 혼백을 신원(伸冤)하여 비를 세워 표하여 주고, 제 아비는 방송(放送)하라."

하시니, 감사 하교를 받자 그대로 철산부에 관자하니 부사는 드디어 즉시 좌기를 베풀고 흉녀는 능지처참하여 회시(回示)하고, 아들 장쇠는 교살(絞殺)하고, 좌수는 뜰 아래 꿇어 앉히고 꾸짖어 이르되,

"네 아무리 현명치 못한들, 그 흉녀의 간계를 깨닫지 못하고 애매한 자식을 죽였으니 마땅히 네 죄를 다스릴 것이로되, 홍련 형제의 소원이 있고 또 하교(下敎)도 그러하시기에 네 죄를 특별히 사하노라."

하니, 좌수는 천은(天恩)을 사례하고 두 아들을 거느리고 나가니라.

부사는 몸소 관속을 거느리고 장화 형제 죽은 못에 나아가 물을 치고 본즉, 두 소저의 시체가 옥령상에 자는 듯이 누웠으되, 얼굴이 조금도 변치 아니하여 산 사람 같은지라, 부사가 보고 괴이쩍게 여겨 관곽(棺槨)을 갖추어 명산을 가려 안장하고 무덤 앞에 석 자 길이의 비석을 세웠으니, 그 비석에 새겼으되 〈해동 조선국(海東朝鮮國)

평안도 철산군 배 무룡의 딸 장화·홍련의 불망비(不忘碑)〉라 하였더라.

부사 장사를 마치고 돌아와 정사를 다스리는데, 하루는 부사 몸이 곤하여 침석을 의지하여 졸고 있을 즈음, 문득 장화 형제가 절을 하고 사례하여 가로되,

"소녀 등은 일월같이 밝으신 사또를 만나 뼈에 사무친 한을 풀고 또 해골까지 거두어 주옵시며 아비의 죄를 용서하여 주옵시니 그 은혜는 태산이 낮삽고 하해(河海)가 얕으온지라, 어두운 저승길에서라도 결초보은(結草報恩)하오리다, 미구에 관작이 돋아 오르리니 두고 보옵소서. "

하고 홀연 간데 없기로, 부사가 놀라 깨어보니 침상일몽이라 몽사를 기록하여 그 후 징엄하여 보더니 과연 그 달부터 차차 승직하여 통제사(統制使)에 이르니라.

배좌수, 나라의 처분으로 흉녀를 능지하여 두 딸의 원혼을 위로하였으나 오히려 마음에 쾌함이 없고, 오직 두 딸의 애매한 죽음을 주야로 슬퍼하여 그 형용이 보이는 듯 거의 미칠 듯하여지니라. 다시 이 세상에서 부녀지의(父女之義)를 맺아 남은 한을 풀고자 매양 축원하던 중, 더욱 집안에 조석 공양(供養)할 사람조차 없어 마음 둘 곳이 없으므로 부득이 혼처를 구할새, 향속 윤 광호(尹光浩)의 딸을 장가드니 나이 십 팔세요, 용모와 재질(才質)이 비상하고, 성정(性情)이 또한 온순하여 자못 숙녀의 품도(風度)가 있는지라, 좌수는 크게 기꺼워 금실이 자별하더니, 하루는 좌수 외당에 있어 두 딸의 생각이 간절하며 능히 잠을 이루지 못하고 전전반측(轉轉反側)할제 장화 형제가 단장을 황홀히 차리고 완연이 들어와 절하며 여쭈기

를,

"소녀 팔자 기구하여 모친을 일찍이 여의옵고 전생업원(前生業寃
——前生에서 지은 罰로 이승에서 받는 괴로움)으로 모진 계모를
만나 마침내 애매한 누명을 쓰고 부친 슬하를 이별하니 억울하고
원통함을 이기지 못하여, 이 원정을 옥황상제께 아뢰었더니 상제께
서 통촉하시와 이르시기를 '너의 정성이 가긍하나 이 역시 너희
팔자라, 뉘를 원망하리오? 그러나 너의 아비와 세상 인연이 미진
하였으니, 다시 세상에 나아가 부녀지의를 맺어 서로 원한을 풀
라'하시고 물러가라 하시니 그 의향을 알지 못하나이다. "

하기에 좌수 붙잡고 반길 즈음에 닭소리에 놀라 깨어보니 무엇을
잃은 듯 여취여광(如醉如狂)하여 심신을 능히 진정치 못하는 듯하더
라.

후취 윤씨 또한 일몽을 얻으니, 선녀가 구름으로 내려와 연꽃 두
송이를 주며 하는 말이,

"이는 장화와 홍련이니 그 애매하게 죽음에 옥제(玉帝)께서 불쌍
히 여기사, 부인께 점지 하나니 귀히 길러 영화를 보라. "

하고 간데 없기에, 윤씨가 깨어보니 꽃송이는 손에 쥐어있고 향기가
방 안에 가득하므로 매우 괴이하게 여겨 좌수를 청하여 몽사를 전하
며

"장화 · 홍련이 어찌 된 사람이나이까?"

하고 물으니, 좌수는 이 말을 듣고 꽃을 본즉 꽃이 넘놀며 반기는
듯하는지라, 두 딸을 다시 만난 듯하여 눈물을 흘리고 딸의 전후 사연
을 말한 후에,

"내 전일에 그러한 몽사가 있더니, 오늘 부인이 또 그런 몽사를

얻으니, 이는 반드시 두 딸이 부인께 태어날 징조인가 보오. "
하고, 서로 기꺼워하며 꽃을 옥병에 꽂아 장 속에 넣어 두고 시시로
대하여 사랑하니, 슬픈 마음이 자연 사라지더라.

윤씨는 그 달부터 태기가 있어 십 삭이 되어 감에 배가 너무도
드러나니 쌍태가 분명하더라.

달이 차매 몸이 피곤하여 침상에 의지 하였더니, 이윽고 순산 하여
쌍태에 두 딸을 낳는지라, 좌수가 밖에 있다가 급히 들어와 부인을
위로하나 산아를 본즉, 용모와 기질이 옥으로 새긴듯 꽃으로 모은
듯 짝이 없이 아름다와 그 연꽃과 같은지라, 좌수 부부는 기꺼워하여
그 꽃을 돌아보니 이미 간 데 없더라. 너무도 괴이하게 여겨 '꽃이
반드시 화하여 여아가 되었도다'하며 이름은 다시 장화(薔化) · 홍련
(紅蓮)이라 하고 장중보옥(掌中寶玉)같이 기르더라.

세월이 여류하여 사 오세에 이르니 두 소저 골격이 비상하고 부모
를 효성으로 받들더니, 점점 자라서 십오 세에 이르매 덕이 구비하고
재질이 또한 출중하므로, 좌수 부부는 사랑함이 비할 데 없어 그와
같은 배필(配匹)을 구하고자 매파를 널리 놓았으되, 마침내 합당한
곳이 없어 매우 근심하더라.

이 때 평양에 이 연호(李延浩)라는 사람이 있어 가산이 누거만
(累巨萬) 있으나, 다만 슬하에 일점 혈육이 없어 슬퍼하다가, 늦게야
신령(神靈)의 현몽을 얻고 쌍태에 아들 형제를 두었으니, 이름은
윤필(潤弼) · 윤석(潤傾)이니라 이세 나이 십육 세요, 용모기 최려하
고 문필이 출중하여 도내(道內)에 딸 둔 사람들이 모두 탐내며 매파
를 보내어 청혼함에, 그 부모도 또한 자부를 선택하는 데 심상치 않던
차에, 배좌수의 딸 쌍동 형제가 아주 영특하다 함을 듣고 크게 기꺼워

혼인을 청하였으니, 양가가 서로 합의하여 즉시 허락하고 택일하니 때는 추 구월 보름께더라.

이 때 천하가 태평하고 나라에 경사가 있어 과거를 보일새, 윤필의 형제 방에 참여하여 장원 급제를 한지라, 상이 그 인재를 기특하게 여기사 즉시 한림학사(翰林學士)를 제수하시고, 한림 형제 사은하고 인하여 말미를 청하니 상이 허락하시매, 한림 제제 바로 떠나 집으로 내려 오니라.

이공(李公)이 잔치를 베풀고 친척과 고구(故舊——사귄지 오래된 친구)들을 청하여 즐기니, 본 고을 수령(守令)이 각각 풍악(風樂)과 포진(舖陣——宴度에 必要한 방석 자리 등)을 보내고 감사와 서윤(庶尹)이 신래(新來——과거에 及第하여 새로 任官된 사람)을 기리며 잔을 나누어 치하하니, 가문에 영화는 고금에 드물겠더라.

이러저러 혼일을 당하여 한림 형제 위의(威儀)를 갖추고 풍악을 울리며 혼가(婚家)에 이르러 예를 마치고 신부를 맞아 돌아와 시부모께 뵈오니, 그 아름다운 태도는 가위 한 쌍의 명주(明珠)요, 두 날의 박옥(璞玉)이라, 부모들은 기꺼움을 측량치 못하더라.

이리하여 신부 형제는 구고를 효성으로 받들고 군자를 승순하며, 장화는 이남 일녀를 낳으니, 장자는 문관으로 공경재상(公卿宰相)이 되고 차자는 무관으로 대장을 하여 모두 귀히 되고, 홍련은 역시 두 아들을 두어 장자는 벼슬이 정남이 이르고, 차자는 학행(學行)이 높아 산 속에 숨어 풍월로 벗을 삼고 거문고와 서책을 즐기더라. 이러하므로 배 좌수는 구십이 되어 나라에서 특별히 좌찬성(左贊成)을 제수하시니 이것으로 여년을 마치고, 윤씨 또한 세상을 버리니 장화 형제 친모나 다름 없이 슬퍼하더라.

한림 형제도 부모가 돌아가고 형제 간 한집에 동거하여 자손을 거느리고 지내더니, 장화 형제는 칠십 삼 세에 한가지로 죽고 한림 형제는 칠십 오 세에 죽으니, 그 자손들이 아들 딸을 갖춰 낳고 복록을 누리더라.

```
┌─────────┐
│ 판   권 │
│ 본 사   │
│ 소   유 │
└─────────┘
```

옥루봉

2004년 4월 20일 인쇄
2004년 4월 30일 발행

엮은이 • 편 집 부

펴낸이 • 최 상 일

펴낸곳 • 태을출판사

주 소 • 서울특별시 강남구 도곡동 959-19

등 록 • 1973 1.10(제4-10호)

ⓒ1999. TAE-EUL publishing Co.,printed in Korea
※파본 낙장본은 교환해 드립니다.

■ 주무 및 연락처
우편번호 100-456
서울 특별시 중구 신당 6동 제52-107호(동아빌딩내)
전화 • 2237-5577 팩스 • 2233-6166

ISBN 89-493-0249-7   03810